彷徨える帝（上）

安部龍太郎

角川文庫 13673

彷徨《さまよ》える帝（上）

目次

彷徨える帝（下巻）目次

観阿弥《かんあみ》暗殺

境内は薄闇に包まれていた。

西からの風が、鬱蒼《うっそう》と茂る松林の梢《こずえ》を鳴らして吹き抜けてゆく。切り立った山が、藍色《あいいろ》の屏風《びょうぶ》となって背後に横たわっている。

ここは駿河《するが》の浅間《せんげん》神社新宮である。

新築されたばかりの能舞台のまわりには、かがり火が燃えさかっている。

舞台正面に作られた桟敷《さじき》席《せき》には、駿河の守護今川泰範《やすのり》、範政《のりまさ》父子をはじめ、家中の主立った者たちが着座し、神ノ池の横の芝の上には、数百人の観衆が詰めかけていた。

舞台では藤若扮《ふじわかふん》する静御前《しずかごぜん》が佐藤忠信《ただのぶ》と向かい合っている。

「や、これに渡り候うは、静御前にて候うか」

「おん身は忠信にてましますか」

「さん候う、防ぎ矢仕《つかまつ》れとのおんことにより、それがし一人留《とど》まり防ぎ矢射、難なく君をば落とし申して候」

小面《こおもて》をつけた静御前は唐織の派手な小袖《こそで》を着流し、忠信は左手に弓、右手に矢を持っている。

兄頼朝《よりとも》に追われて吉野《よしの》に逃れた義経《よしつね》は、吉野の衆徒にも裏切られて逃避行を余儀なくされる。

忠信は義経を無事に逃がすために、ただ一人吉野に踏み留まり、取り残された静御前と再会したのだ。

『義経記《ぎけいき》』から材を取った「吉野静《よしのしずか》」という演目である。

小柄な藤若はいつもより所作を大きくし、声を高めに出して、義経を逃がすために犠牲になろうとする静御前の気丈さを前面に出している。

その狙《ねら》いがぴたりと当たっていることは、桟敷の今川家の者たちも、芝の上に座った地侍たちも、身動きひとつせずに舞台に見入っていることからも分る。

(鬼夜叉《おにやしゃ》の奴、また腕をあげおった)

幕口の陰に立って舞台を隙見《すきみ》していた観阿弥は、得意と嫉妬《しっと》の入り交じった奇妙な感情を味わっていた。

自分がこの歳まで越えられなかった壁を、二十歳をいくつも出ていない藤若が易易と越えている。このまま順調に伸びたなら、申楽《さるがく》の評判を一変させるほどのシテになるにちがいない。

久々に若い頃のような血のたぎりを感じながら客席に目を移した観阿弥は、鼻先に小太刀でも突き付けられたように身を引いた。

客の中に、ここ二月ばかり執拗《しつよう》に付きまとっている男がいることに気付いたからだ。

その男は前から三列目にいた。

脇柱から三間ばかり離れた芝の上に、悠然とあぐらをかいている。侍烏帽子《えぼし》をきっちりとかぶり、格子模様の小袖を着ている。

ひげをたくわえたふっくらとした顔立ちで、腰にむかばきを当て深沓《ふかぐつ》をはいた姿は、近くの地侍が旅のついでに立ち寄った風に見える。

だが、観阿弥は男の目に見覚えがあった。二カ月前に京都を発《た》った時から、さまざまに姿を変えながら付きまとっている男だ。

粟田口《あわたぐち》では山伏の姿をしていた。引間宿《ひきましゆく》（浜松市）では柿色の衣を着た念仏聖《ひじり》たちの中にまぎれていたし、五月四日に富士宮《ふじのみや》の浅間神社本宮で能の奉納をしたときには、市女笠《いちめがさ》をかぶって女に姿を変えていた。

並の者なら、それが同じ男だとは気付かないだろう。

だが、物心ついた頃から申楽の舞台に立ち、一目見渡しただけで客の顔を覚えられるほどの鍛錬をつんだ観阿弥には、その程度の変装を見破るのは雑作もなかった。目である。いかに姿を変えようとも、目だけは変えることが出来ない。自身が物まね芸の天才だけに、観阿弥はそれを知り抜いていた。

しかし何故、執拗にあとをつけ回すのか……。

今度の旅は、浅間神社本宮の流鏑馬《やぶさめ》祭りに能を奉納するためのものだ。その帰りに今川泰範に招かれて、駿府《すんぷ》（静岡市）の浅間神社新宮にも能を奉じることになった。

久々に平穏な、何の密命も帯びない旅である。

監視をつづけたところで、誰に連絡を取るわけでも、帝《みかど》の密書を届けるわけでもない。

（とすれば、あの男）

そこまで考えて、慄然《りつぜん》とした。

男の狙いが自分の命だということに気付いたからだ。

うしろから軽く背中を押されて、観阿弥は我に返った。

出番が来たのだ。この日の役柄は、義経を追跡する吉野の衆徒だった。

「つうわい、つうわい」

観阿弥は両手を口に当てて法螺貝《ほらがい》の音をまねながら、橋掛りを渡って舞台に進んだ。

脇柱の近くを通るとき、むかばきの男を盗み見た。

相手はその一瞬をとらえて、まともに見返してくる。背筋にひやりとしたものを感じながら、目付柱の方に進んだ。客の目が自分の動きにつれて少しずつ動く。

観阿弥は危うく声を上げそうになった。

脇正面の客の中に、むかばきの男の仲間がいる。五人、いや、少なくとも七人。

京都を発《た》って二月の間、入れ替わり立ち替わり監視の網を張ってきた者たちが、一堂に会して包囲陣を張っている。

(舞台を下がるときに、襲ってくる)

直感がそう告げた。

だが、いったん舞台に上がったからには、途中で逃げ出すことは出来ない。

観阿弥はいつもと寸分変らぬ動きをみせながら、連れの衆徒と舞台の正面先に並んで立った。

「まず、とうど居てこれで待とう」

二人は野人のおもむきを出すために、片膝《かたひざ》を立てて座った。

義経追跡のために、金峰山《きんぶせん》寺の衆徒が会合を開くことになっていたのだ。

そこに都からの参詣者《さんけいしゃ》に身を変えた佐藤忠信が現われる。

二人はこれ幸いと都での頼朝と義経の争いの動向をたずねた。

「上はご一体なれば、ついにはおん仲直らせ給《たま》うべきよしを申し候」

二人はご兄弟なので、すでに仲直りをしておられますよ。忠信はそう言って立ち去る。義経の追跡を一刻でも遅らせようとする計略である。

「それならば、われらもお暇《いとま》申し候わん。ただ退《の》かしめ」

「退かしめ」

おどけた調子で言い交わしながら、観阿弥は後座に下がり、舞台口に向かった。

その先には長さ八間ばかりの橋掛りがつづいている。

そばに座っていた刺客の肩がわずかに動く。

このまま幕口に向かって歩けば、確実に滅多斬りにあう。だが、退場しなければこの能はぶち壊しだ。

浅間神社に非礼をなし、今川泰範の顔に泥を塗ることになる。そうなれば結崎座《ゆうざきざ》は立ち直れないほどの痛手を負う。

命を取るか、結崎座を取るか……。

迷いは一瞬だった。

(生涯をかけて育てた一座に比ぶれば、わが命など惜しくあるものか)

そう決して一歩を踏み出したとき、幕がゆれて白拍子姿の藤若が姿を現わした。

立烏帽子をかぶり水干に長袴《ながばかま》という出立《いでた》ちでしずしずと歩いてくる。

明らかに早すぎる出だ。

観阿弥は大げさに驚くそぶりをして後見座に隠れるように座り込んだ。

橋掛りですれ違う醜態を避けるためだが、見物客には静御前の美しさに畏《おそ》れをなした体の、新しい工夫と見えただろう。

後見座の前を通るとき、藤若がちらりと目線を投げた。

その所作で、観阿弥はすべてを悟った。

この天才児は二段目の舞台に立っただけで刺客に気付き、早く出ることによって父を虎口《ここう》から救ったのだ。

舞台では藤若の語り舞いが始まっていた。

義経が落ちのびる時間をかせぐために、静御前が義経の無実と将来の復活を訴えながら、吉野の衆徒の面前で舞いを披露する件《くだ》りである。

しかるにかの判官《ほうがん》は、神道を重んじ朝家を敬い
すこぶる忠勤を抽《ぬき》んでて、私の省みさらになし
人讒《ざん》し申すとも
神は正直の頭《こうべ》に宿り給うなれば

静が舞いの袖にしばらく移りおわしまし

藤若の舞いは見事だった。

扇をかざす手つきは柔らかで、長袴で包んだ足の運びはしなやかである。首はふわりと保ち、腰や膝は真っ直ぐに伸びている。

たおやかな姿の中に緊張の糸がぴんと張った、なんともいい女ぶりだ。

後見座でその技の確かさに驚嘆しながらも、観阿弥はめまぐるしく考えを巡らして刺客の正体を突き止めようとした。

(幕府か、吉野の帝か)

これほど執拗な手を使うのは、そのどちらかしかない。

幕府の手の者だとすれば、諸国を興行しながら吉野の帝のために密偵として働いていたことが暴かれたのだ。

あるいは今川泰範が浅間新宮の能に招いたのも、幕府の意を受けてのことかもしれない。

とすれば、もはや活路はなかった。

藤若や結崎座に迷惑が及ばぬよう、従容《しょうよう》として死ぬほかはない。

(だが、あるいは吉野の帝が……)

その疑いも捨てきれなかった。

秘密に触れすぎたのだ。後村上《ごむらかみ》、長慶《ちょうけい》、後亀山《ごかめやま》と三代の帝に仕える間に、観阿弥は南朝の内情に通暁していた。その中には幕府はおろか身方にさえ知られてはならない秘事があった。

観阿弥は刺客の正体を見極めようと、客席に目をこらした。

藤若の舞いは鼓と笛の軽快な調子に乗り、匂いたつほどの優雅さで客を魅了しながら、刻々と終わりに近づいていく。

観阿弥の額に脂汗が浮かんだ。

分らない。脇柱の前のむかばきをはいた武士も、橋掛りの近くに並んでいる七人も、身元をさぐる手掛りとなる物は一切身につけていなかった。

（落ち着け、心の目を開け）

人の姿と動作の特徴をこまやかに観察すること。それが物まね芸を習得するための第一歩だ。心の目を開いて見れば、姿と動作の内側にある人の心まで読み取ることが出来る。

日頃、藤若や座員に口をすっぱくして教え込んでいることを、必死で実行しようとした。

その間にも最後の語りは容赦なく進んでいく。

動いた。

それまで身じろぎひとつしなかった七人のうちの一人が、帰りかけた客に道をゆずって橋掛りの方に寄った。

男の右足首が内側に曲り、不自由そうに引きずっている。

(服部《はっとり》一族だ)

伊賀《いが》の服部一族は、長年吉野の帝の隠密《おんみつ》として働いてきた。

敵と闘うときには、相手の足元に倒れ伏してすねを狙う独特の剣を使う。男が右足を引きずっているのは、技の鍛練中に避《よ》けきれずにすねを折られたからにちがいない。

刺客が彼らなら、誰が暗殺を命じたかは明らかだった。

(吉野の帝は、この観阿弥の心底をお疑いか)

観阿弥は体から力が抜けていくようなやる瀬なさにとらわれた。

「難なく君をば、落とし申しつ、心静かに、願成就《じょうじゅ》して」

「都へとてこそ帰りけれ、都へとてこそ、帰りけれ」

語りにあわせて藤若は常座に回り、止め拍子をおごそかに踏んだ。

桟敷席《さじきせき》も芝の上も静まり返っていた。

あたりはすでにとっぷりと暮れ、境内の数カ所にかがり火が焚《た》かれている。松明《たいまつ》のはじける音と、浅間神社の背後の松林が風に鳴る音だけが大きい。

刺客は確実に橋掛りを渡るときに襲ってくる。

おそらく右足を引きずっていた男が、両足のすねを狙って刀を抜き打ちに横に払う。それを避けて飛び上がった所を、別の一人が手槍《てやり》で突く。

体が宙に浮いていては、この槍をかわす手立てはない。

(殺《や》られる前に、死ぬ他はあるまい)

観阿弥はそう決意した。

仮死の術である。自ら息を止めることによって、わずかの間体を仮死状態にする。

戦場で敵をあざむくために編み出されたものだ。

年老いた観阿弥には危険な技だが、神社に非礼に当たらぬようにこの場を脱するには、これしか方法がなかった。

(鬼夜叉)

藤若に目で語りかけ、拳《こぶし》で胸を軽く叩《たた》いた。

何をしようとしているのか知らせるには、それだけで充分だった。

観阿弥は息を止めた。あごを引き舌の根元で喉《のど》を閉ざす。長年の鍛錬と強靭《きょうじん》な意志がなければ出来ることではなかった。

(皮肉なものだ)

胸が裂け目の玉が飛び出すほどの苦しみに耐えながら、観阿弥は心中で己れを笑った。

観阿弥の祖父竹阿弥《ちくあみ》は服部一族の出である。大和《やまと》に出て申楽《さるがく》の一座を立てたのは、吉野の帝の隠密として諸国を往来するためだ。その任務は父から観阿弥に相伝された。仮死の術も、祖父から伝授された技のひとつだ。

その技を服部一族の包囲陣から逃れるために使うことになろうとは……。

観阿弥は苦しみに負けて開きそうになる喉を、鬼の形相で押さえつけた。視界が薄桃色に染まり、満開の桜におおわれた吉野山の光景が脳裏をよぎった。

気付いたときには、夜具に横たえられていた。

諸国往来の申楽一座のために、境内の一角に設けられた宿舎の中である。枕元には藤若と三人の男が座っていた。

燭台《しょくだい》の光を背後から受けているので、三人の顔を見分けることは出来なかった。

「ご気分はいかがでございますか」

藤若が顔をよせてたずねた。

襟元から沈香《じんこう》のいい香りがした。

「今、何刻《どき》じゃ」

「亥《い》の刻（午後十時）を過ぎております」

「一刻（二時間）以上も正気付かぬとはな」

わしも老いたものだ。観阿弥は生気の失《う》せた顔に薄い笑みを浮かべた。

「一日と一刻でございます。昨夕から丸一日、気を失っておられました」

仮死状態になった観阿弥を、藤若は脇や地謡《じうたい》の者たちとともに鏡の間まで運んだ。

これで刺客の襲撃をかわすことは出来たが、口を開いて息を吹き込んでも観阿弥は蘇生《そせい》しなかった。四半刻ほど胸を押しつづけると、ようやく息は吹き返したが、意識を取りもどすまでに丸一日かかったのである。

「観阿弥どの、申し訳ござらぬ」

藤若の隣にいた男が、身を乗り出して両手をついた。

今川五郎入道である。

九州探題として筑前《ちくぜん》におもむいている今川貞世《さだよ》（了俊《りようしゆん》）の弟で、結崎座を駿河に招く仲立ちをした男だった。

「これほどお疲れと知っておれば、昨日の奉納は取りやめましたものを。当家の都合ばかりを申し立て、まことに厚顔の極みにて」

「入道どの、お手を上げて下され。舞台の上で正気を失うとは、お恥かしいかぎりでござる」

観阿弥は上体を起こした。激しい頭痛とめまいがした。

「いやいや、この上は観阿弥どのを無事に洛中までお連れ申さねば、今川家には人がおらぬと都人のそしりを受けましょう」

「お気づかいは無用じゃ。この通り体も元にもどりましたゆえ、一日二日養生いたせば、都までの道中など雑作もない。ささ、下がってお休みあれ」

立ち去りかねている四人を追い立て、観阿弥は横になった。

燭台に照らされてぼんやりと見える天井を見つめながら、外の気配に耳を澄ました。

誰も引き返してくる様子はない。それを確かめると、文机《ふづくえ》に座り、燭台を引き寄せた。

服部一族が刺客として送られたからには、生きて都に帰ることは出来まい。その前に、これだけは鬼夜叉に伝えておかねばならぬ。

観阿弥は、何かに急《せ》き立てられるように筆を走らせた。

書き付けることさえ畏《おそ》れ多い秘事である。その重大さにおののくあまり、廻《まわ》り縁に迫った刺客の影に気付かなかった。

燭台の炎がかすかに揺れた。

観阿弥は書き上げた密書を明りにかざして読み直すと、墨が乾くのを待って小さく折りたたみ、小太刀の柄《つか》に忍ばせた。

祖父が後醍醐《ごだいご》天皇から拝領し、三代にわたって伝えた金剛丸である。

（あとは時期を見て鬼夜叉に伝えるだけだ）

そう思うと、急に空腹を感じた。

丸一日何も食べていない。梅干しでも付けて熱い粥《かゆ》がすすりたくなった。

燭台の炎が大きく揺れた。

三方のふすまが音もなく開いて、黒装束に身を包んだ三人が、無言のまま襲いかかった。手には短い忍び刀を持っている。観阿弥は文机に置いた金剛丸を抜くと、一人の足元に倒れ込みざま横に払った。

相手は軽く跳躍してかわしたが、観阿弥はその隙に廻り縁まで転がり、包囲陣の外に出た。

立ち上がって金剛丸をかざした瞬間、背後からの斬撃《ざんげき》がきた。脱出路を読んで廻り縁の下に配されていた伏兵が、すね切りの太刀をふるったのだ。

殺気を感じた観阿弥は、床板を強く踏んで跳躍したが遅かった。

左足に激痛が走り、足首がばっさりと斬り落とされた。

宙に舞った観阿弥は、血の糸を引きながら後方にとんぼをきると、右足一本で伏兵の背後に立ち、脇腹に深々と小太刀を突き立てた。

三方を取り巻いた刺客たちが、忍び刀を腰に引き付けて迫った。

三人同時に体ごとぶつかって相手を刺す。これをかわすには、真上に跳躍するほかはないが、左足を失った観阿弥には、もはやその力は残されていない。

「吉野の帝《みかど》のお申し付けか」

観阿弥は息絶えた刺客を抱きかかえて前方の敵に備えた。

右手の小太刀をもう一方の敵に向けて牽制《けんせい》しながら、心眼で背後の敵を見ている。

「そうではあるまい。吉野の帝が、このわしをお疑いになるはずがない。裏切り者の計略に乗せられて、身内を殺すつもりか」

観阿弥は謡うように語りかけながら、脱出の道をさぐった。

三人は無言のまま間合いを詰める。与えられた命令だけを忠実に果たす、寡黙な猟犬のようだった。

「観阿弥どの、いかがなされた」

異変に気付いた五郎入道が、手燭《てしょく》をかかげて廻り縁を走り寄った。

（まずい）

そう思ったのは観阿弥だった。

騒ぎが大きくなれば、自分の正体がばれる。それはただちに藤若と結崎座の死につながる。観阿弥が救いを呼ばずに気配を殺して戦いつづけたのは、それを恐れてのことだ。

廻り縁の中ほどまで来たとき、五郎入道がつんのめるように前に倒れた。主殿からの加勢にそなえて配された伏兵の、すね切りの太刀の餌食《えじき》になった。

観阿弥とは部屋ふたつへだてた所で寝ていた藤若は、五郎入道の叫び声で目をさました。

ふすまを開けて廻り縁に出ると、五郎入道が膝《ひざ》の下三寸のところから両足を斬り落とされ、後頭部をざっくりと割られて息絶えている。

こぼれた手燭の油に火が付き、床板をなめるように燃え広がる。炎が風に吹かれてふすまに移り、もの凄《すご》い速さで火勢を増していく。

藤若は一間ばかりに広がった炎を軽く飛び越え、観阿弥の部屋に入った。

空である。神ノ池に面した北側の庭から、砂利を踏む足音がした。

黒装束に身を包んだ数人の男が、何かを担いで引き揚げていく。

(父上……)

太刀を抜いて後を追った。

何者かが観阿弥をさらっていくと思ったからだが、庭に飛び下りた瞬間に、誤りだということが分った。

血の匂いがした。水でも撒《ま》いたように砂利が濡《ぬ》れ、裸足《はだし》の足裏にぬるりとした感触があった。

血の海の中に、背中を滅多突きにされた観阿弥がうつぶしている。

「父上」

藤若は観阿弥を抱き起こした。

「お、お、鬼夜叉」

観阿弥は苦しげな声をあげると、何かをさがして首を動かそうとした。

「誰が、このようなことを」

「小太刀は……、どうした」

「誰です。何と申されました」

「小太刀、こ、金剛丸」

そういいながら手を伸ばして宙をつかもうとする。

藤若は一間ほど離れた所に落ちた金剛丸を拾って、血まみれの手に握らせた。

観阿弥は震える手で柄頭の金具をはずし、中から細かく折った文を取り出した。

「これを取れ。そなたが進退きわまったとき、命を救う綱となる」

「これは……」

「当家と吉野の帝しか、し、知らぬ。この国の、存続に関わる秘事じゃ」

苦しい息の下から、気力をふり絞って話をつづけた。

「だが……、心せよ。この秘事は、み、帝の御世が健やかな限り……、公にしてはならぬ。万一、そ、それを破れば」

観阿弥はなおも何かを伝えようとあえいだが、文を差し出したまま大量の血をはいてこと切れた。

藤若、時に二十二歳。

のちに世阿弥《ぜあみ》と名乗るこの青年の運命を、この時受け取った一通の密書が大きく変えていくことになろうとは、当人はまだ知る由《よし》もなかった。

高雄《たかお》山神護寺

谷底から吹き上げてくる早春の風に吹かれながら、北畠宗十郎《きたばたけそうじゅうろう》は目を半眼にして呼吸を整えた。

剣の修行に入る前の一刻《とき》をこうして過ごし、雑念をふり払うのが日課だが、今朝はどうしても丹田に気を集めることが出来なかった。

山を下りて戦場に立つ日が近いという予感がある。その思いに胸がざわめき、心はあらぬ方をさまよっていた。

京都の北西にそびえる高雄山の山頂である。

急斜面から南向きに突き出した岩の上からは、ふもとを流れる清滝川や周山街道を見渡すことが出来る。

川の両岸に植えられた楓《かえで》が芽をふき、黄緑色の鮮やかな流れを作っている。

宗十郎は背後においた太刀を抜くと、岩と岩の間に渡した丸太に足をかけた。直径一尺、長さ十間ほどの樫《かし》の大木の上を、素振りをくり返しながらゆっくりと渡る。

十丈（約三十メートル）は優にある。足を踏みはずせば助かりようのない高さだ。

「足元に気を配るな。剣尖《けんさき》に心を止めよ」

師である北畠道円《どうえん》の教えを念じながら、二尺二寸の太刀を上段から下段へ、さらに上段へと移しながらすり足で進む。

おり重なってつづく山の向こうから朝陽が昇り、白小袖《こそで》に若苗色の袴《はかま》をはいた宗十郎を照らした。

身の丈五尺五寸ばかりの、すらりとしたしなやかな体付きである。切れ長の目はやや吊《つ》り上がり、唇はきりりと引き締っている。

勝ち気そうな、それでいてどことなく愛嬌《あいきょう》のある丸い顔立ちである。

宗十郎の動きは、止まっているかと見まがうほどだ。上段に構えた太刀を、半寸刻みに振り下ろしながら、膝を沈めて中腰になる。

下段まで落としたあと、膝を伸ばしながら上段までもどす。その間にも樫の木の節くれを避けながら足を運んでいる。

高さ十丈もの丸太の上でなければ、雑作もないように見えるかもしれない。だがゆっくりとした動きは、速い動きよりもはるかに体力を必要とする。

しかも体の均衡を崩しやすい。ひとつひとつの動作を完全に支えきれるほど全身の筋肉を鍛え上げていなければ出来ることではなかった。

「眼を前に置き、心を後ろに置け」

さすればおのずと気が剣尖に集まり、自分を中心として描く円が見える。力を加減することも自在なら、相手との間合いを計ることもたやすい。

道円はそう教えたが、宗十郎にはまだその極意を会得することは出来なかった。

視界の隅にきらりと光る物があった。

かすかに首をねじってそちらを見た。岩の根方の松林の陰から、一本の矢が脇腹を狙って真っ直ぐに飛んでくる。

宗十郎は半歩下がり、上体を反り返らせて避《よ》けた。その動きを読んでいたように、腰を狙って二の矢がくる。

これも難なく刀の峰で払い落とした。相手が三の矢をつがえる間に、樫の丸太を蹴《け》って跳躍し、わずか二歩で前方の岩に達した。

相手は獣の速さで松林を横ぎり、岩の上に立ちはだかった。

柿色の僧衣を着て、白覆面で顔をかくしている。手には二間ばかりの長槍《ながやり》を持ち、腰を低く構えている。

男は無言のまま槍をくり出した。柄を斬られることを避けるために、小刻みに突いてくる。

穂先が青っぽくぬれていた。鳥兜《とりかぶと》の毒をぬっている。

宗十郎は右足を半歩踏み出して上段に構え、突いて下さいとばかりに胴を空けた。

目を半眼にして、体の力を抜いている。誘うように無防備な、しかも剣尖からつま先まで調和を保った美しい構えである。

覆面の男は槍を突いてさぐりを入れた。宗十郎はぴくりとも動かない。相手の腰と足の動きから、穂先がどこまで伸びるか見切っている。

男は迷い始めた。

突き出た喉仏《のどぼとけ》がごくりと動いた。

「きぇぇぇ」

鋭い気合いと共に、渾身《こんしん》の力を込めて槍を突く。

宗十郎は体を沈めて穂先を打ち下ろすと、たわめた膝《ひざ》をばねにして高々と飛んだ。

男はあわてて槍を振り上げようとしたが、その前に槍の柄にひらりと乗った。

「参った。参り申した」

一間ばかり飛びすさって平伏した。

「これも道円どののお申し付けか」

宗十郎は槍を拾い上げると、鳥兜をぬった穂先を相手の鼻先に突き付けた。

「ははっ、隙あらば討っても構わぬと」

あわてて覆面を取った。

道円の雑用をしている勘七《かんしち》という寺男である。

「道円どのも酔狂をなされる」

腹立たしげに槍を投げ捨てようとした。

「待て。捨ててはならぬ」

低い声がして、袖なし羽織を着た北畠道円が姿を現わした。

「斬れ。そやつは幕府の密偵じゃ」

道円は懐手をしたまま勘七の背後に立った。

いつものように丸腰のままである。長い髪を総髪にした、五十ばかりのがっしりとした男だった。

「何を申されます。隙あらば討てと命じられたではございませんか」

「確かにわしは宗十郎の腕を試せと言った。だが、鳥兜を使えなどとは一言も申してはおらぬ」

「それは……」

「そちが侍所の命を受けてこの寺に潜入したことは分っておる。それゆえ試してみたのじゃ。策略とも知らず、まんまと馬脚を現わした己れの愚かさを呪うがよい」

勘七は蒼《あお》ざめて立ち上がり、前後に目をやって逃げる道をさぐった。

宗十郎よりは丸腰の道円が与《くみ》しやすい。そう踏んだのか、短い腰刀を抜いて斬りかかった。

道円はほとんど動かない。だが、勘七は道円の体に触れることも出来ず、腕をおさえてうずくまった。

右の手首が斬り落とされ、岩の上に転がっている。

宗十郎はあまりのむごさに顔をそむけた。

勘七はその一瞬を見逃さなかった。脱兎《だっと》の勢いで宗十郎の横をすり抜け、樫の大木を渡って逃げようとしたが、節くれに足を滑らせて均衡を失い、長い叫び声をあげながら落ちていった。

「取り押さえておれば、泥を吐かせることが出来たものを。戦いの間は、一瞬たりとも敵から目を離してはならぬ」

道円は汗ばんだ掌《て》を懐紙で丹念にふいた。

何の武器も手にしていない。気功術の一種らしいが、宗十郎にはどうやって手首を斬ったのか分らなかった。

「勘七の弓の腕がもう少し優れていれば、私があのようになっていた所でした」

「あの男に、お前は倒せぬ」

道円は涼しい顔で懐紙をほうった。

谷から吹き上げてくる風が、空高く運んでいく。

「それより、さきほどの太刀はいつ工夫した。勘七の槍を上段からさばいた技じや」

「特に工夫ということは」

槍の間合いを越えるために、無意識にしたことだ。工夫しようという意識を捨てていたからこそ、剣尖からつま先まで流れるような自然体を取ることが出来たのだが、宗十郎はそのことに気付いていない。

「どうやら勘七をさし向けたのは、無駄ではなかったようだな」

道円は先に立って山を下りた。

神護寺の境内には金堂や五大堂、灌頂堂《かんじょうどう》、講堂、経蔵など百棟を越える堂塔が甍《いらか》をならべ、周囲を楓《かえで》や松の林におおわれていた。

林の中には、僧坊が身をひそめるように建ち並んでいる。

道円の坊は、山頂にもっとも近い所にあった。

板屋根の平屋で、十二畳の板の間がひとつあるだけの質素なつくりである。部屋には二畳ばかりの床の間があり、北畠家の四ツ割菱《びし》の家紋と菊の御紋がならんで掲げてあった。

「いよいよそちにも山を下りてもらう時が来た」

床の間を背にして座った道円は、切れ上がった鋭い目で宗十郎を見すえた。

「将軍家と鎌倉《かまくら》公方《くぼう》家との間が険しくなっておる。おそらく年内には国を二分した戦となろう。急ぎ駿河に下り、狩野貞行《かのうさだゆき》どのをたずねよ」

「どこに行けば、狩野どのと会えるのでございましょうか」

「駿河から安倍《あべ》川を四里ほどさかのぼった所に、湯島城という山城がある。狩野どのはそこを居城としておられた」

だが、三年前に駿河の守護大名である今川範忠《のりただ》の軍勢に攻められ、山中に隠れ住んで再起を図っているという。

「湯島城の背後には、駿河から甲斐《かい》へとつづく山がある。その山のどこかに潜んでおられるはずじゃ。狩野どのと力を合わせ、探してもらいたいものがある」

道円は背後の違い棚から、黒い翁《おきな》の面を取り出した。

『式三番《しきさんばん》』の三番叟《さんばそう》の舞いに使われる黒色尉《こくしきじょう》の面である。

真っ黒な顔をした老人が、目を細め口を開けて笑っている。

「これと同じ物をかつて今川了俊どのが所蔵され、駿河のどこかに隠された。これはわしが打った物だが、了俊どのが持っておられたものは後醍醐帝ご自身の作と伝えられておる。将軍家と鎌倉公方家の戦が始まる前に、それを探し出すのだ」

長年対立をつづけてきた六代将軍足利義教《あしかがよしのり》と、鎌倉公方の足利持氏《もちうじ》は、今や一触即発の状態にある。南朝方は持氏と結ぶことで、倒幕を果そうとしていた。

「このような物を、何ゆえ」

宗十郎は黒色尉の面を手に取った。

「後醍醐帝が打たれた面には、幕府を一挙に崩壊させるほどの秘密が隠されておる。詳しいことは狩野どのにたずねるがよい。面の行方についても、何か手掛りをつかんでおられるはずじゃ」

「承知いたしました。明朝発《た》つことといたします」

「うむ。ところでこれに覚えはないか」

道円が藤色の小さな袋を差し出した。

金糸で四ッ割菱を連《つら》ねた模様をほどこした匂い袋である。

「これは、母上の……」

幼い頃に別れた母がいつも身につけていたものだ。十数年の間、死んだものとあきらめていた母への思いが、涼やかな香りとともによみがえった。

「やはり、そうであったか」

「母上を、母上の居所をご存じなのですか」

「これは洛中《らくちゅう》の古道具屋で見つけたのだ。四ッ割菱の紋に目を引かれてたずねたところ、これを手放したのは四十がらみの旅の女だったという。よもやと思って買い求めてきたが」

「いつです。どこの店かお教え下さい」

「無駄だ。その女が立ち寄ったのは、もう半年も前らしいからな」

宗十郎は肩を落とした。期待にふくれ上がった胸が、急速にしぼんでいった。

「だが、捜し出す手掛りはある。そちが駿河からもどるまでには、居所をつきとめられよう。発つ前に大覚寺《だいかくじ》を訪ねるがよい。小倉宮さまがご用があられるそうじゃ」

翌朝、夜も明け初めぬ頃、宗十郎はいつもと同じように僧坊を出た。

背中に太刀を背負い、懐には銭三貫文にあたる銀の粒と母の匂い袋を忍ばせている。

出発は誰にも知らせていない。行き先も目的も告げないのが道円門下のしきたりだった。

宗十郎は伊勢《いせ》の一志《いちし》郡多気《たけ》で生まれた。

母は伊勢の国司北畠満雅《みつまさ》の妹で、名を輝子《てるこ》といった。父はどこの誰とも知れず、噂話さえはばかられる事情があったようだが、母は少しも己れを恥じることなく、宗十郎も何不自由なく暮らしていた。

だが五歳になった年の夏、母は突然何者かに連れ去られた。

真夜中、ふすま越しに聞こえる物音に目をさますと、覆面姿の男たちが母を担いで逃げ去っていく。とっさに木刀をつかんで後を追ったが、手もなく打ち倒されて気を失った。

ようやく正気付いたのは翌朝のことで、異変に気付いた北畠家の武士たちが八方手を尽くしたが、母の行方は杳《よう》として知れなかった。

不憫《ふびん》に思った満雅は、宗十郎を養子として育てることにした。

北畠家は村上《むらかみ》天皇を祖とする名家で、『神皇正統記《じんのうしょうとうき》』を著した親房《ちかふさ》は満雅の曾祖《そうそ》父《ふ》に当たる。

親房の代に伊勢の国司に任じられて以後、多気を本拠地として代々吉野の帝《みかど》を支えてきた南朝方の重鎮だった。

母を失った三年後に、宗十郎はこの頼り甲斐《がい》のある伯父《おじ》までも失うことになる。幕府と南朝方との戦が起こり、満雅が敗死したのだ。

原因は明徳《めいとく》三年（一三九二）の南北朝合体にあった。

このとき両朝は、合体の後は後醍醐天皇以前の例にしたがって、南朝（大覚寺統）と北朝（持明院《じみょういん》統）から交互に天皇を立てるという条件で和議を結んだが、足《あし》利幕府《かが》はこれを守らなかった。

応永《おうえい》十九年（一四一二）に後小松《ごこまつ》天皇が譲位したときも、正長《しょうちょう》元年（一四二八）に称光《しょうこう》天皇が崩御したときも、南朝から天皇を立てるという誓約を踏みにじり、北朝の天皇を擁立した。

たまりかねた満雅は、正長元年七月に後亀山天皇の皇子良泰親王《よしやす》とその子小倉宮《おぐらのみや》泰仁王《やすひと》を奉じ、かねてから将軍家と対立していた鎌倉公方の足利持氏と結んで倒幕をめざしたが、このことあるを読んで万全の態勢を整えていた幕府軍に敗れ、伊勢で自刃《じじん》した。

このとき残党狩りから北畠一族を守ったのは、満雅の従弟《いとこ》にあたる道円だった。大峰山《おおみねさん》にこもって修験道の修行に打ち込んでいた道円は、一族の者たちを山中深くかくまい、選《え》りすぐった十五人の子供を連れて高雄山神護寺に入った。

「お前たちの命は、今日からこのわしが預かる」

高雄山に着くなり、道円は不安そうに体を寄せ合っている子供たちに言った。

「昨日までの命は、満雅どのとともに捨てたと心得よ。これからは北畠家を再興し、小倉宮さまのお力になるためだけに生きるのだ」

道円は子供たちを鍛え上げ、南朝再興の尖兵《せんぺい》にしようとしていただけに、山中での修行は苛酷《かこく》をきわめた。

五人一組で坊に入れ、夜明け前から日没まで、幕府と戦うための技と知識を叩《たた》き込んだ。

弱音を吐く者には容赦なく制裁を加え、上達の遅い者は厳罰に処した。

あまりの厳しさに二人が修行中に死に、一人は脱走しようとして斬られた。残った十二人は生き延びるために必死で修行に打ち込み、上達の早い者から諸国の戦場へと送られていったのである。

（これが一期の別れかもしれぬ）

ふもとへとつづく急な小径《こみち》を下りながら、宗十郎は新之助《しんのすけ》や左近《さこん》のことを思った。同じ坊で暮らし、ともに苦しい修行に耐えてきた者たちだ。互いに助け合い励まし合った仲間であり、時には手ごわい競争相手だった。

二人は夕方坊に帰った時、自分が去ったことに気付くだろう。

清滝川のほとりまで下りると、半町ばかり上流の岩陰から何かが飛び出し、林の中に入っていくのが見えた。

人か猿か。薄闇にさえぎられて区別もつかない。

川のせせらぎに、あたりの音もかき消されている。

宗十郎は左手で刀をおさえると、足音もたてずに上流へ走った。

大きな岩の陰にまわると、岸がぬれている。

朝露で柔らかくなった地面に、はっきりと足跡が残っていた。

幕府の密偵ならこれほど不用意な歩き方はしない。殺生を禁じられている清滝川に、近くの村人が魚を捕りに来たのだろう。

足跡が林から出て再び川に向かっている所を見ると、どうやら対岸に渡ったようだ。

そう思って引き返しかけた時、妙なことに気付いた。足跡が川に近づくにつれて深くなり、かかとにまで体重が乗っている。

（返り足だ）

自分の足跡を後ろ向きに踏んで引き返し、追ってきた相手をやり過ごして背後から襲いかかる。返り足と呼ばれる忍びの技だ。

そう気付いた瞬間、背後で高らかな笑い声がした。

「鈍いな。これが敵なら、お前は死んでいる」

樹の陰から十文字槍《やり》を手にした左近が現われた。

「抜け、宗十郎。ここを去る前に、どちらの腕が上か思い知らせてやる」

「本気か」

左近はそれには答えず槍を頭上に構え、体を沈めて上目づかいににらんだ。左手を柄に逆手に添え、右手は石突きをつかんでいる。

最初のひと突きで敵の体勢を崩し、大車輪にふり回して相手をなぎ払う。鳥落としと呼ばれる大技の構えだ。

「なぜだ。理由を言え」

「木刀とはいえ、お前には一度負けている。このまま行かれては寝ざめが悪いのでな」

左近は左右に目を走らせて、槍を使える広さを確かめた。

宗十郎は太刀を上段に構え、右足を半歩前に踏み出した。勘七の槍をさばいた構えである。

左近は左足を充分に踏み込み、胸元めがけて槍を突いた。

十文字槍の穂先が剣尖《けんさき》の届く間合いに入った瞬間、宗十郎は穂先をたたき落として高々と跳んだ。

跳びながら刀は上段に構えている。

左近は鳥落としの技を出そうとしたが、槍が半回転もしない間に、宗十郎は相手を両断できる位置に達した。

その時、楓《かえで》の梢《こずえ》がざわめき、枝に吊《つ》り下げられていた麻の網が、頭上から落ちかかってきた。

宙に浮いた宗十郎には、これをかわすことは出来なかった。

「かかったぞ。見事なもんだ」

左近が槍の柄で網にからめられた宗十郎を押さえつけた。

「まんまと罠《わな》にはまりましたね」

弓を手にした小柄な若者が現われた。吊るした網を矢で射落としたらしい。

「新之助、お前まで……」

「さあて、こいつをどうするかな。神護寺の大猿と銘打って、都で見せ物にでもするか」

「その前に芸でも仕込みますか」

二人はさも愉快そうに軽口を叩いた。

「勝手にしろ」

宗十郎は太刀を投げ捨てて仰向《あおむ》けになった。

「冗談ですよ。本気でこんな事をするはずがないじゃありませんか」

新之助があわてて網を引きはがした。

「お前が黙って行こうとするから、ちょいとからかってやったのさ」

「どうして、それを」

「十年も同じ釜《かま》の飯を食ったんだぜ。面《つら》を見ただけで分るさ。そこで何か餞別《せんべつ》をやろうと思ってな。お前が仕込んだという新しい技がどれほどのものか、試してやったんだ。思った通り、たいしたことはなかったがな」

「何を言う。一対一なら、お前は今頃真っ二つだ」

宗十郎の胸は熱くなった。

戦場に出るにあたって、これ以上の餞別があろうか。

「これからはちちろ虫みたいに、やたらに飛び跳ねるんじゃねえぞ。あの見切りと上段の太刀は、ほかに生かす方法があるはずだ」

「私たちもじきに山を下ります。そうしたら一緒に戦いましょう。その時まで、どうか無事でいて下さい」

新之助がくりくりとした目をうるませて懐から弓弦《ゆづる》を取り出した。

「松やにを塗って切れないように工夫したものです。使って下さい」

「女々しいことをしやがって。さあ、俺たちはここで帰るとするか」

左近は十文字槍をかついで立ち去りかけたが、急に引き返して宗十郎の肩を痛いほど握りしめた。

「死んだら、許さん」

怒鳴るように言うと、新之助をうながして楓の林の中に消えていった。

鳴滝まで出ると人通りが多くなった。

道の両側に間口三間ばかりの店が軒を並べている。

朝が早いので戸を閉ざしたままだが、店の前には近くの村から振り売りに来た者たちが、むしろの上に野菜や魚を並べて道行く者たちを呼び止めている。

頭にかごをのせて売り歩く女もいる。

赤や紫の派手な小袖《こそで》を着て、若やいだ売り声をあげながら通り過ぎてゆく。

汗ばんだ体に小袖がまとわりつき、歩くたびに腰から太股《ふともも》への線があらわになる。

宗十郎は一瞬心を奪われ、あわてて目をそらした。

御室川を渡ると、道の左側に目指す丹後屋があった。

店の横には広い空き地があり、薪《まき》や炭俵が積み上げてある。十数人の男たちが手際よく薪を束ね、中央に止めた三台の荷車にほうり込んでいく。

横木につながれた三頭の馬が、のんびりと草を食《は》んでいる。

宗十郎は店先に立って声をかけた。

「塔の森からの使いの者です」

道円から指示された通りの口上をのべると、折烏帽子《おりえぼし》をかぶった五十がらみの男が突き当たりの部屋に案内した。

六畳ばかりの部屋には、先客がいた。人足らしい粗末ななりをした四十ばかりの男である。

男は宗十郎を見ると、急に姿勢を改めた。

「南木《なぎ》正盛《まさもり》でございます」

深々と頭を下げた。

あごの張った四角い顔は、陽《ひ》に焼けて赤銅色である。

「当節は小倉宮さまに対する監視の目が厳しくなり、許可を得た者しか大覚寺に入ることは出来ません。店の者に姿を変え、裏口より入っていただきます」

丹後屋は大覚寺で使う薪と炭を一手に引き受けているので、五日に一度は荷を運び込む。

小倉宮に面会したい者は、店の人足に姿を変えて寺に入るのだという。

「それでは囚人同然ではありませんか」

「満雅さまがお亡くなりになった後、幕府は公然と和議の誓約を反故《ほご》にしております。そればかりか南朝の宮さま方を仏門に入れ、ご子孫を絶とうとしておるのでございます」

大沢池のほとりの大覚寺に着いたときには、陽は頭上にあった。高雄山を出た頃には薄曇りだったが、今は晴れ渡っている。

初夏のように陽射しが強く、馬の腹の下にくっきりと影を作っていた。

「しばらくお待ち下さい」

正盛は門番の僧に歩み寄って薪の注文票を渡した。

あたりに武士の姿はない。守護使不入の特権を認められているので、幕府の手の者が寺内に立ち入ることは出来なかった。

境内を流れる小川に架けられた石の橋をわたり、大沢池にそった小径《こみち》を一町ばかり歩くと、周囲を柴垣《しばがき》で囲んだ僧庵《そうあん》があった。

年若い近習《きんじゅ》に来意を告げると、奥の寝所に案内された。明り障子がひとつあるだけの部屋は、入口のふすまを閉めると薄暗い。

しばらく待つと、白絹の小袖を着た小倉宮が現われた。

肩幅のがっしりとした、六尺を越える偉丈夫である。長い幽閉生活のために運動が不足しているのか、あごが二重になるほどに太っている。

「守護使不入とは申せ、寺の内には幕府に買収されて密偵となった者がおる。このような所でなくては、ゆっくりと話も出来ぬでな」

小倉宮が苦笑しながら茶をすすめた。

瓜実型《うりざね》のふっくらとした面立ちで、眉《まゆ》が濃く唇が引き締っている。三十二、三歳だろう。後亀山天皇の孫に当たるだけに、気品に満ちた整った顔立ちをしている。

「十年前に伊勢を頼ったとき、そちを見たことがある。御簾《みす》をへだててのことゆえ、そちは知るまいが、余ははっきりと覚えておる」

「養父が太刀を献上した折、進上の役をおおせつかりました」

「覚えておったか」

「はい。夏の盛りで、蟬しぐれが耳に痛いほどでございました」

正長元年（一四二八）七月に称光天皇が崩じられると、南朝方は今度こそ小倉宮が皇位につかれるものと確信していた。

ところが幕府は先の誓約などそ知らぬふりで、伏見宮貞成《ふしみのみやさだふさ》親王の子彦仁《ひこひと》王を立てて後花園《ごはなぞの》天皇とした。

たび重なる違約にたまりかねた小倉宮は、父良泰親王とともに伊勢に走り、多気の北畠満雅を頼ったのである。

宗十郎が献上の太刀を持って御前に進んだのは、小倉宮が北畠館《やかた》に着いた日のことだった。

「満雅はあの頃、何歳だったのであろう」

「四十二か三だったと存じます」

「そうか。もっとずっと年上だったような気がしていた。そう思わせる風格をそなえていた」

小倉宮が遠くを見るまなざしをした。

寝屋の薄闇の中でも、その目が潤んでいるのが分った。

「あの時、余のもとに鎌倉公方から密書がとどき、兵を挙げるのなら公方も行動をともにすると申し入れてきた。同じ知らせは満雅からもまいった。関東と伊勢、大和、紀伊《きい》が同時に起《た》てば、幕府を倒すことが出来る。余はそう信じて伊勢に走った。だが鎌倉公方は動かず、満雅一人を死なせてしもうた」

「養父はつねづね、義のために殉ずるは武士の本懐と申しておりました」

満雅は武道全般に通じながら、公家《くげ》らしい風雅の道も心得ていた。

この世を風流の舞台と見て、己れの死さえも淡々と受け止めているような所があった。

「こたびも状況は同じじゃ。大和の越智維通《おちこれみち》が多武峰《とうのみね》にこもって幕府の大軍を引き付けているあいだに、鎌倉公方の軍勢が都に攻め上って来れば、幕府を倒すことができる」

大和の多武峰では、前の高取城主である越智維通が大和、伊勢、紀伊の南朝方を結集し、三年前の永享《えいきょう》七年（一四三五）以来幕府との戦をつづけている。

小倉宮や北畠道円はその間に鎌倉公方足利持氏と結んで幕府を倒そうとしていたが、宗十郎にはそれほど簡単にことが運ぶとは思えなかった。

「そちが危ぶむのも無理はない」

小倉宮は正確に宗十郎の心の動きを読んでいた。

「余にも鎌倉公方がどこまで腹をすえて我らと盟約を結ぼうとしているのか分らぬ。それゆえ大和の者たちが公方に倒幕の令旨を出すように求めても、決しかねておる」

令旨とは親王が発する文書で、天皇の綸旨《りんじ》のつぎに効力がある。

万一令旨を出したあとに鎌倉公方が再び裏切るようなことがあれば、幕府はそれを証拠として小倉宮を処刑するだろう。

そうなれば細々とつづいてきた南朝方の命脈も絶たれるのである。

「だが、関東の力なくして幕府を倒すことがかなわぬのも事実じゃ。このままでは多武峰にこもった者たちを見殺しにすることにもなりかねぬ。それゆえ鎌倉公方を確実に身方に引き入れる方策が必要なのだ」

「それが、後醍醐帝の」

「手ずから打たれたという黒色尉《こくしきじょう》の面を手に入れることじゃ」

「その面には幕府を一挙に崩壊させるほどの秘密が隠されているとうかがいましたが」

「宗十郎」

小倉宮がまともに目を合わせた。

ズン

胸に重い衝撃があって、宗十郎の脳裏に多気の北畠館の光景がひろがった。

「こ、これは……」

「余が念の力で送ったものじゃ。我らはこのような力を宿しておる。とくに後醍醐帝は歴代の帝のなかでも並はずれた力を持っておられた。南朝方を末代まで守るために、そのお力を黒色尉の面に込められたのじゃ。それさえあれば、令旨など出さなくとも鎌倉公方を動かすことができる。東国十万の兵を身方につけられるかどうかは、そちの働きにかかっておるのじゃ」

「それは、どのような類《たぐい》の力なのでございましょうか」

「今はそれを明かすことは出来ぬ」

小倉宮は違い棚の刀掛けから一尺ばかりの小太刀を取った。

「これを取れ。代々南朝に伝えられた白龍丸《はくりゅうまる》じゃ」

小倉宮が鞘《さや》を払った。

刀身の鎬地《しのぎじ》に雲間を駈《か》ける龍が刻まれ、鉄の鍔《つば》には菊の御紋と桐の紋が、透かし彫りにしてある。

「秘密も明かさぬまま駿河へ行ってもらわねばならぬが、決してそちを疑ってのことではない。よいか、宗十郎。来年は後醍醐帝が崩じられてちょうど百年じゃ。泉下の帝のご恩にむくいるためにも、何としてでも南朝を再興せねばならぬのだ」

小倉宮は白龍丸を押し付けた。

南朝重代の小太刀は、宗十郎の手にずしりと重く感じられた。

くじ引き将軍

遠くで笛の音がする。
高く澄んだ音が広々とした野原の向こうから風に乗って流れてくる。
夜だ。空にはぽっかりと丸い月が浮かび、あたりを白く照らしている。
笛の音は高く低く調子を変えながら、揺れ動く葦《あし》の穂の上を渡ってくる。
女の声がする。懐かしい女のあえかな声が、遠くから救いを求めている。
(誰だ。わしを呼ぶのは誰だ)
白光の降る野原を、少女が駆けてくる。
少女の姿は近付くにつれて女へと変る。
女の背後から太刀をふりかざした騎馬武者が、猛烈な速さで迫る。
女は長い髪をふり乱して、救いを求めて泣き叫ぶ。
(呼ぶな。もうわしを呼ぶな)
朝比奈《あさひな》範冬《のりふゆ》はそう叫んで目を覚ました。
裸である。体が汗ばみ、夜具がじとりとぬれている。

窓の下からしじみ売りの女の声がひっきりなしに聞こえてくる。頭は宿酔《ふつかよ》いのためにひどく痛む。

隣には緋色《ひいろ》の小袖《こそで》をまとった小肥《こぶと》りの女が体を丸めて眠っていた。

範冬は体を起こした。

八畳ばかりの部屋には真新しい畳が敷かれ、床の間の青磁の花瓶には桜が一枝。壁には周文《しゅうぶん》の作とおぼしき山水画がかけてある。

墨で淡く描いた山里の風景と、桜の花が見事な対比をなしていた。

(京極屋《きょうごくや》か)

洛中《らくちゅう》でも指折りの遊女屋である。

公家や大名しか上げないこの宿に、範冬は行きずりに拾った夜発《やほち》(夜鷹《よたか》)を連れて泊り込んだ。

酔った挙げ句のことで、なぜそんなことをしたのか覚えてもいなかった。

女が低くうめいて寝返りを打った。

三十を過ぎているだろう。

体は崩れ、肌は色つやを失っている。目尻《めじり》に小じわが寄り、顔立ちも決していいとは言えないが、あごのくびれた丸い顔にはどことなく気品があった。

範冬は枕元に置かれた水差しに手を伸ばし、口を当てて飲んだ。冷たい水が酔いで渇いた喉《のど》に心地好《よ》かった。

「私にもいただけますか」

女が声をかけた。酔いの残る放心したような顔をしている。

範冬は黙って水差しを渡した。

「お早いですね」

「しじみ売りの声で目がさめた」

「本当に連れて来て下さるとは思っていませんでした」

女がひと口飲んで水差しを脇に置いた。

袂《たもと》からのぞく腕が思いがけないほど白い。

「どこで会った」

「は？」

「昨夜はどこで会ったかとたずねておる」

「烏丸小路《からすまこうじ》でございます。お忘れですか」

女が袖に隠した手で口元を押さえ、媚《こ》びを含んだ笑みをもらした。

昨夜は将軍義教の近習《きんじゅ》たちに誘われて、御所の近くに飲みに行ったが、嫌気がさして早々に抜け出し、二条河原のなじみの店に立ち寄った。

その帰りにでも、この女と出会ったのだろう。

「やっぱり覚えてらっしゃらない？」

女がからかうようにすり寄ってきた。安物の白粉《おしろい》と汗の混じった匂いがした。

「ああ」

範冬は不機嫌にうなった。

三十歳を過ぎた頃から、深酒をすると時々記憶が途切れるようになっている。

「喧嘩《けんか》なさったんですよ。私にからんだ青侍たちと」

「ほう」

まるで他人事《ひとごと》である。

「青侍は腕ではかなわないものだから、さんざん雑言を吐き散らしました」

かすかに覚えがあった。五人の青侍のうち二人を叩《たた》き伏せた。

すると三人が遠巻きにして悪口を吐いたのだ。そんな女を庇《かば》うところを見ると、お前もそやつらの同類だと。

そこで範冬は白拍子だろうと夜発だろうと、身をひさぐ女に変わりがあるかと怒鳴り付けた。

ならばその女を連れて昼間歩けるかと言うので、内裏だろうが御所だろうが連れて歩く。何ならこれから京極屋にでも上がり込んでひと騒動やらかそうかと持ちかけたのだ。

「でも、嬉《うれ》しかったのですよ。あんな優しいことを言ってもらったのは初めてですもの」

範冬はすっくと立った。

六尺近い偉丈夫で、肩幅は広く胸も厚い。全身が隆々たる筋肉におおわれ、眉《まゆ》は濃く、目も鼻も口も大きい。まるで動く仁王像のようだ。

「どうなさったんですか」

女が不安そうに見上げた。

「帰る」

「ここのお支払いは」

「お前が気にかけることはない」

おそらく一貫文（千文）は下るまい。夜発が一年かかっても稼げない額だった。

「でも、身ひとつではありませんか」

「将軍にでもつけておく」

「まあ」

女が笑った。意外に若い、華やいだ声だ。

「お春と申したな」

「はい」

「雑作をかけた」

直垂《ひたたれ》を着て袴《はかま》をはき、太刀を腰に差した。

すでに陽は高い。

通りには商人や職人が急ぎ足に行き交い、干し草を満載した荷車や米俵を積んだ馬が、土ぼこりをあげて追い越していく。

一条大路を左に折れると、大小折り重なった室町御所の屋根が見えた。

周囲を築地塀《ついじべい》でかこんだ、南北二町、東西一町の将軍家の邸宅である。

もとは崇光《すこう》上皇の御所だったが、三代将軍義満《よしみつ》がゆずり受けて私邸を兼ねた幕府の政庁とした。

表門が室町小路に面しているので、室町第とか室町殿とよばれている。屋敷の北側に花が多く植えられているので花の御所ともいう。

範冬は烏丸小路に面した東の門から入った。

遠侍（武士の詰所）で太刀をあずけて濃紺の大紋に着替え、長い廊下を渡って将軍の住居である北の館《やかた》へ行った。

「範冬どの。御所さまがお待ちかねじゃ」

義教の近習である赤松貞村《さだむら》が駆け寄った。

面長のふっくらとした顔が蒼《あお》ざめている。

「何事でござる」

「来れば分る。さあ、早う」

広大な庭に面した主殿の縁側に、義教を中心にして十人ばかりの守護大名や近習たちが座っていた。

「来たか」

着到を告げる貞村の声を聞いた義教は、ふり返ってじろりとにらんだ。

骨の細い華奢《きゃしゃ》な体付きで、鼻の下に薄い髭《ひげ》をたくわえている。色白の額やこめかみには、青い筋が浮いていた。

「遅うなりました」

「まあ良い。ここに」

義教が手にした扇で隣を指した。

固い表情をした近習たちが、体をずらして席を空けた。

「これから神仏のお告げがある。心して見るがよい」

中庭には白装束をまとった初老の武士が三人、背筋を真っ直ぐに伸ばして座っていた。

前に置かれた広口の大釜《おおがま》から白い湯気が上がり、五徳で支えられた釜の下で火が赤々と燃え盛っている。

三人の横に僧形の男が床机《しょうぎ》に座っていた。播磨《はりま》、美作《みまさか》、備前《びぜん》を領する赤松満祐《みつすけ》である。三尺入道とあだ名されるほど小柄な、六十がらみの男だった。

「入道、始めい」

義教が甲高い声で命じた。

満祐は懐から立て文を取り出すと、立ち上がって読み始めた。

「ひとつ、我ら三名は赤松惣領家《そうりょうけ》ならびに将軍家に対し、二心なき忠義を尽くしおり候《そうろう》事。ひとつ、大覚寺義昭《だいかくじぎしょう》さまの所在につきては存じ申さぬ事、ひとつ、大和の凶徒らとは一切かかわりなき事」

満祐は声を詰まらせた。

下ぶくれの顔は土気色で、文を持つ手がかすかに震えている。

「右の条々に相違あらば、上は梵天帝釈《ぼんてんたいしゃく》四大天王、ならびに日本国六十余州の大小の神々にいかなる神罰をこうむろうとも、異存あるまじく候。よって神文くだんのごとし」

神に潔白を誓う起請文《きしょうもん》である。

いずれも赤松家の重臣だが、南朝方となって大覚寺を出奔《しゅっぽん》した義教の弟義昭と通じていると疑われて湯起請《ゆぎしょう》（盟神探湯《くかたち》）にかけられているのだ。

小柄な満祐は起請文を読み終えると、放心したように立ち尽くした。

「どうした。何をしておる」

義教が急き立てた。

満祐は起請文を背後にひかえていた小姓《せ》にわたした。

水干を着た小姓は白磁の大杯に乗せると、釜の下から燃えさしを抜き取って火をつけた。

起請文が黒い灰となって燃え尽きると、用意の壺《つぼ》から水を注ぎ、灰が充分に溶けたのを確かめてから白装束の武士にさし出した。

神文を溶いた神水である。これを飲んで誓うことを神水の誓いという。

白装束の三人は右から順に大杯に口をつけた。

「最後に今一度たずねる。大覚寺義昭さまの所在を存ぜぬというはまことだな」

満祐がたずねた。

「いかにも」

三人は口をそろえて答えた。

「では、公方さまの前で身の潔白を証《あか》すがよい」

「されば、御免」

あごひげをたくわえた武士が進み出て一礼し、大釜の前に立った。

釜は煮えたぎり、湯玉が飛び散っている。湯気がもうもうと上がる。

あごひげの武士は両手をぴたりと合わせて祈りを捧《ささ》げると、鋭い気合いとともに右腕を熱湯に入れた。

苦痛に顔が歪《ゆが》み、あごひげがひくひくと震える。

だが正面の義教をにらみすえたまま、五つ数えるほどの間をおいてから底に沈んでいた小石をつかみ出した。

筋張った手はゆで上がった蟹《かに》のようだ。

あごひげの武士が席に戻ると、頬に傷のある武士が進み出て同じことをした。

むろん手は火傷《やけど》で真っ赤である。

三人目の武士は大釜の前でかっと目を見開くと、両腕を肘《ひじ》まで熱湯にひたして不敵な笑みさえ浮かべたが、火傷をまぬがれることは出来なかった。

三人は神々の審判を受けると、何事もなかったように膝《ひざ》を正して瞑目《めいもく》した。あごひげの武士の頬を、悔し涙が静かに流れ落ちる。

三人の背後には青い空を映した池が広がり、ほとりには赤や白の牡丹《ぼたん》が咲き乱れていた。

「神仏の裁きはいかがじゃ。確かめて参れ」

義教が近習《きんじゅ》に命じた。

「三人とも火傷をおっております」

「では、罪があるのだな」

義教は底意地の悪い目を満祐に向けた。

「どうした入道、神仏の裁きはいかがであったかとたずねておる」

「有罪でございます」

「ならば罰を下さねばなるまい。侍所において義昭の所在を聞き出し、しかる後に首をはねよ」

満祐の苦渋の色はますます濃くなった。

「五日だけ待つ。その間に義昭の首を持参すれば、その者たちの罪を許す」

義教は声高に命じると、付いて来いという仕草をして席を立った。

範冬は太刀持ちの後につづいて、主殿の奥の書院に入った。

床の間の横の違い棚には、巻物や綴《つづ》り本がぎっしりと並べてある。明り障子の前に置かれた書見台には、漢詩集が開いたままにしてあった。

「入道め、なかなか音を上げぬわ」

「何か手掛りがございましたか」

「いいや」

「では、何ゆえあの三人を」

「理由などない」

義教は範冬の顔を見据えて素っ気なく言った。

輝きのない、底知れぬ狂気を宿した目だった。

「理由もなく重臣たちを湯起請にかけられては、赤松どのもさぞお困りのことでしょうな」

「困ればよいのじゃ。これ以上どうにもならぬという所まで追い詰めねば、あのえせ入道は正体を見せぬ」

「義昭さまは吉野か十津川《とつかわ》のあたりに潜んでおられるのでございましょう」

「南朝方の凶徒らと結んで挙兵の機会をうかがっておることは知れておる。赤松屋敷に近付こうとした不審の男を捕えたところ、宇野丹波守に当てた義昭の書状を持参しておったのじゃ」

宇野丹波守は真っ先に湯起請にかけられたあごひげの武士だった。

「赤松どのにはその書状を」

「無論見せた。だが何者かが当家を陥れようとして仕組んだ偽書だと申し立てるばかりじゃ。余が弟の字の見分けもつかぬと思うておる」

「近頃の能書家は、人の筆跡などたやすく真似まする。用心が肝要でございます」

「字は真似ても、花押の筆使いを同じにすることは出来ぬ。あれは明らかに義昭のものじゃ」

事の発端は十年前の後継者争いにあった。

正長元年（一四二八）に四代将軍義持《よしもち》が病死したが、彼には後継者がなかった。ただ一人の子であった義量《よしかず》を応永三十年（一四二三）に五代将軍としたが、二年後にわずか十九歳で他界したからだ。

そこで義持の四人の弟の中から将軍を立てることにしたが、幕府を支える有力守護大名の利害がからんで後継者選びは紛糾した。

義量の死後三年間も将軍位が空位となったのもそのためで、義持の死後、やむなく四人によるくじ引きによって将軍を決めることにした。

青蓮院《しょうれんいん》にいた義円《ぎえん》、大覚寺の義昭、相国寺《しょうこくじ》の永隆《えいりゅう》、梶井《かじい》門跡の義承《ぎしょう》が、石清《いわし》水八《みずはち》幡宮《まんぐう》の神前でくじを引いた。

このくじに当たった義円が、還俗《げんぞく》して義教と名乗り、六代将軍となった。還俗将軍とかくじ引き将軍と呼ばれたのはそのためである。

三十六歳で将軍の座についた義教は、父義満にならって幕府権力の強化を目指し、意にそわぬ者を次々と滅ぼしていった。

これに反発した公家《くげ》や大名たちは、数年前から大覚寺義昭を擁立しようと企てたが、事前に事が洩《も》れたために、身の危険を感じた義昭は大覚寺を出奔して行方をくらました。

昨年八月のことだ。

その義昭が大和の多武峰にたてこもっている南朝方と結び、赤松家まで身方に引き入れて挙兵するとなれば、幕府にとっては由々しき大事だった。

「それにしても、解《げ》せませぬな」

範冬は口元を押さえた。

昨夜の寝不足と深酒のために、生あくびが出そうになった。

「何がじゃ」

「義昭さまが大和、紀伊の南朝方を頼られたとしても、なぜ赤松家に接近なされたのでございましょう」

「小倉宮の計略じゃ。南朝の凶徒の中には、赤松家と縁続きの者もおる。その者たちを通じて働きかけたのであろう」

「何とも猛々《たけだけ》しき宮さまでございますな」

「かようなこともあろうかと、義昭には小倉宮の監視を厳重にせよと申し付けておいたのじゃ。それがこともあろうに宮の術中にはまりおって」

義教は苦々しげに吐き捨てた。

義昭は大覚寺で小倉宮と隣りあって暮らすうちに、その人柄に惹《ひ》かれたのか、いつの間にか幕府に弓引く身となったのである。

「こうなる前に二人とも斬るべきだった。少なくとも義昭を生かしておくべきではなかった。あやつだけは草の根分けても捕えねばならぬ」

「今日のお呼びは、そのことで」

「いや、義昭の探索は大和の者に命じてある。そちにはそちの故郷で働いてもらう」

「駿河でございますか」

「そうじゃ。酔いが覚めたか」

義教は都中に密偵を放ち、些細《ささい》なことまで報告させている。

範冬の昨夜の行状も逐一つかんでいた。

「覚めましてございまする」

「今川了俊が駿河のどこかに隠したという黒色尉《こくしきじょう》の面については、そちも聞いたことがあろう」

「いいえ、ございませぬ」

範冬は今川家の生まれだが、幼い頃に他家に養子に出されたために、一族の内情に関わることは何も知らされていなかった。

「その能面は後醍醐帝が手ずから打たれたものじゃ。すでに今川範忠に探索を命じておるが、一向にらちがあかぬ。そちが陣頭に立ってその面を捜してまいれ」

「その面にはよほど重大な秘密が隠されているようでございますな」

「知りたいか」

　義教が薄い口ひげをひねってにやりと笑った。

　範冬は慎重になった。

　義教がこんな顔をする時は、腹に残忍な計略を秘めている。そうでなければ気分が激変する前兆だった。

「どうした。知りたいかとたずねておる」

　声の調子が急に上がった。

「うかがいとう存じます」

「ならば起請文《きしょうもん》を書け。何があろうとも、口外はせぬとの誓約をしてもらわねばならぬ」

　義教がうながすと、小姓が文箱《ふばこ》から牛王宝印《ごおうほういん》の紙と矢立を取って範冬の前に置いた。

　乱舞する数羽の烏を描いたもので、熊野《くまの》大社が発行した起請文のための用紙だった。

「愚筆を、お許し下され」

　範冬は目のさめるほどの達筆で、秘密を洩さぬ旨の誓文を書き上げた。

これで生殺与奪の権を握られたことになる。義教がその気になれば、この文をたてに湯起請《ゆぎしょう》にかけ、手を焼けただれさせた後で切腹を申し付けることが出来るからだ。

「相変わらずいい字を書く」

義教は満足気だった。

近習や守護大名、陪臣や侍女にまで起請文を書かせるのが趣味である。数百枚にも及ぶ内容を正確に記憶し、気に入らぬことがあると湯起請にかける。

「では、お聞かせいただきましょう」

「銀じゃ」

「銭の銀でございますか」

「そうじゃ。後醍醐帝は鎌倉幕府を倒された直後に、唐土にならって紙幣を発行しようとなされたことがある」

平安時代以来、日本では銭の鋳造は行なわれていない。すべて中国からの輸入銭を流通させていた。

後醍醐天皇はこれを改めるべく、建武の親政直後に紙幣の発行を計画したが、足《あし》利尊氏《かがたかうじ》の謀叛《むほん》によって挫折《ざせつ》したのだ。

「紙幣というものは、紙切れに銭何文の値打ちがあると記したものじゃ。それを銭と同様に使うからには、紙切れと銭とを交換する保証をしておかねばならぬ。そのために二千貫にも上る銀を用意された」

一貫は三・七五キログラムだから、二千貫は七・五トン。

銀一文目はおよそ銭五十文だから、二千貫の銀は銭十万貫ということになる。

「もっともそのほとんどは、六波羅探題《ろくはらたんだい》を滅ぼした時に、尊氏公が北条家《ほうじょう》から没収なされたものじゃ。世が南北両朝の争いとなった後に、尊氏公はその銀を取り返そうとなされたが、後醍醐帝はいち早く人里離れた場所に隠された。大和、伊勢、紀伊のいずれかの山中に埋蔵し、南朝再興の切り札として代々吉野の帝《みかど》に伝えられたのじゃ」

「能面に隠されているのは、その……」

「埋蔵銀のありかを示す地図じゃ。後醍醐帝は死の間際に、未来永劫《えいごう》幕府に屈してはならぬという遺言とともに、黒色尉の面を後村上帝にわたされた」

この時の後醍醐帝の遺言は凄《すさ》まじいものだった。

「たとい玉骨は南山の苔《こけ》に埋まるとも、魂魄《こんぱく》は常に北闕《ほっけつ》の天を臨まんと思う」

流麗な美文に直された『太平記』からは読み取りにくいが、「魂魄は北闕の天を臨む」とは怨霊《おんりょう》となっても北朝と幕府を祟《たた》りつづけるということだ。

そのために陵を北向きに建てよと命じたほどで、現に歴代天皇の中で後醍醐帝の墓だけが北を向いたまま今日まで残されているのである。

「以後、南朝に相伝されていたはずの面が、どうしたわけか今川了俊の手に落ちた。了俊はその銀を軍資金として、幕府を倒そうと企てたのじゃ」

応永の乱のことだ。了俊は将軍義満の重臣でありながら、足利満兼《みつかね》や大内義弘《よしひろ》とはかって倒幕を目ざしたのである。

「その面を狙って鎌倉公方と南朝方が動き出しておる。万一二千貫の銀があの者たちの手に渡れば由々しき大事じゃ。明日にでも駿河に発《た》ち、六月末までには面を持ち帰るのだ。さもなくばこの起請文が物を言うことになる」

「六月とはいささか」

「無理は承知じゃ。それから、これだけは忘れるな。黒色尉の面を手に入れたら、正面から見てはならぬ。目の端で盗み見よ。一刻も早く布を巻いて面の目をふさぐのだ」

「何ゆえ、そのようなことを」

「面には後醍醐帝の呪力《じゅりょく》が込められておる。万一目を合わせたなら、どのようなことになるやも分らぬのだ」

義教はその力を眼前に見たようにぶるっとひとつ胴震いした。

「腕利きを二人選んでおいたゆえ、連れて行くがよい。何かと役に立つはずじゃ」

義教が手を打つと障子戸が開き、黒ずくめの忍び装束を着た男が片膝立ちで平伏していた。

「蜥蜴《とかげ》じゃ。この者の吹き矢に狙われて生き延びた者はおらぬ」

義教が手にした扇子を振ると、蜥蜴は背中に回していた手を口元に当ててひと吹きした。

一瞬の早技だが、なげしに止まっていた蝶《ちょう》の頭部を正確に射抜いている。

蝶は二、三度断末魔の羽ばたきをして、白い鱗粉《りんぷん》をまき散らした。

「もう一人は、このわしじゃ」

義教が扇子で胸を叩《たた》いた。

背後のふすまが開く気配にふり返ると、もう一人の義教が立っている。折烏帽子《おりえぼし》に大紋という装束も、顔も背恰好も瓜《うり》二つである。

「影にあざむかれるとは、うかつよのう、範冬」

背後に立った男が言った。

人を小馬鹿にした声の調子まで義教のものだった。

狩野《かのう》右馬助貞行《さだゆき》

丸子《まりこ》の関所を通り抜けて安倍川の河原にかかると、北畠宗十郎は道ばたの阿弥陀《あみだ》堂《どう》に身をひそめた。

誰かに尾《つ》けられている。

そんな気配を感じて格子戸の間からしばらく様子をうかがったが、怪しげな影はない。

赤茶色の野良犬が人待ち顔でたたずんでいるばかりである。

宗十郎は服を脱いで裏返しにした。小袖《こそで》も袴《はかま》も裏地は濃紺である。闇の中で目立たぬように工夫したものだが、昼間でも変装の役に立つ。

袴の裾《すそ》をつぼめてはばきを巻く。

最後に阿弥陀堂の壁にかけてある編笠《あみがさ》をかぶれば、誰も同じ人間とは気付かないはずだ。

髷《まげ》の中には道円から狩野貞行にあてた書状が巻き込まれている。手を当ててそれを確かめると、宗十郎は安倍川ぞいの道を北に向かった。

急ぎ足で四半刻《しはんとき》ほど歩いたとき、突然それがきた。

視界が絞り込まれていくように狭くなり、ぷつんと途切れた。

その一点から再び視界が広がり、額の突き出た小柄な武士が現われる。

それも一瞬のことで、またたきをくり返す間に目の前には元の通りの風景が広がっていた。

宗十郎は物の怪《け》でも見たように立ちすくんだ。

こんなことは初めてである。うなじの毛が殺気を感じた時のように逆立っている。

（あの男は確か）

丸子の関所にいた役人である。どうやら足元には犬がいたようだが……。

冷静になって思いを巡らしてみたが、一度会っただけの男が現われた意味が分るはずもなかった。

目ざす湯島城についた時には、陽は西に傾きかけていた。

安倍川と中河内川が合流して作った青々とした淵《ふち》の東側に、雑木林におおわれた切り立った山がある。

その山頂に築かれた城で、正面は安倍川の急流に守られ、背後は八紘嶺《はっこうれい》から竜爪《りゅうそう》山へとつづく山脈が巨大な防壁をなしていた。

狩野右馬助貞行は三年前までこの城にたてこもり、駿河の南朝勢の旗頭として今川家に対抗していた。

狩野家は代々皇室の荘園《しょうえん》であった服織荘の荘官で、安倍城を居城としていた。貞行の曾祖《そうそ》父《ふ》である狩野介貞長《さだなが》は、後醍醐天皇の倒幕運動にいち早く加わり、建武の親政下でも重く用いられた。

以来狩野家は無二の南朝方として働き、後醍醐天皇の皇子宗良《むねなが》親王を安倍城に迎えて威をふるったが、南朝の衰退とともに次第に勢力も衰え、安倍川の奥地へと後退していった。

湯島城は狩野家と駿河の南朝方が最後の拠点としたところだが、三年前の今川軍の猛攻の前に落城を余儀なくされたのである。

宗十郎は湯島城のふもとの俵沢《たわらざわ》の集落に足を踏み入れた。

安倍峠を越えて駿府《すんぷ》と甲府を往来する旅人のために、旅籠《はたご》や茶屋が並んでいる。わらじや簑笠《みのかさ》を売る店、両替いたしますと大書した店もある。

宗十郎は両替屋で銀の粒を銭に替えてから、わらじを買いに行った。

狩野貞行らは湯島城を脱出した後、背後の山中へと逃れたという。それを追うには、頑丈なわらじと足袋《たび》が必要だった。

軒先に大きなわらじを吊《つ》り下げた店に入ると、五十ばかりの肥《ふと》った男が愛想良く迎えた。

間口が狭いわりには奥行きがある。土間の両側に置いた棚には何十足ものわらじが並べてあり、数人の客が品定めをしていた。

「山ごもりの修行ゆえ、常より丈夫な物を求めたいのだが」

「おみ足の大きさはいかほどで」

「十一文」

「ではこちらなどはいかがでございましょう」

主人が土間に下りて、白と茶色の入り交じったわらじを棚から取り出した。

「麻と棕櫚《しゅろ》の皮を混ぜたものでございます。少々値は張りますが、これなら三月や半年は大丈夫でございます」

宗十郎は手に取ってみた。ぎっしりと目のつんだ編み方をしてあるので底は丈夫だが、緒が細く付け根も弱そうだった。

「そんな物じゃ、お山は歩けませんぜ」

背後で低い声がした。

黒々とした髭《ひげ》に顔の半分をおおわれた男が立っていた。桜の時期だというのに猪の皮の袖《そで》なし羽織を着て、腰には双刃《もろは》の短刀を差している。

「出て行け。お前のような奴が来る所じゃない」

主人が血相を変えて怒鳴り付けたが、男はにやにやしながら突っ立ったままである。小柄だが引き締まった頑丈な体付きをしていた。

「旦那《だんな》、あっしはこのお侍さんに教えてあげているばかりでさあ。お山のことなら旦那よりあっしがくわしいんでね」

「丈夫なわらじを売っている店を知っているのか」

宗十郎がたずねた。

「少しばかり歩きますが、仲間の店がありましてね」

「案内してもらおうか」

「へえ、喜んで」

二人は安倍川ぞいの道を半里ほどさかのぼり、蕨野《わらびの》という小さな集落を抜けた。

「まだ遠いのか」

「もうじきでございます」

男は必要なこと以外は何も話さない。おし黙ったまま、さらに四半里ほど歩くと、幅二間ばかりの谷川ぞいに山奥に分け入っていく。

あざやかな新緑におおわれた山から、うぐいすの声がうるさいばかりに聞こえた。

間道に入ってしばらくすると、谷川のほとりに水車小屋があった。

川から樋《とい》で引き込んだ水で、水車を回している。小屋の壁は丸太を横に組み合わせて作り、屋根は茅《かや》ぶきだった。

「ここでございます」

男がそう言って戸板を叩いた。

「俺だ。尾根の十蔵だ。客を連れてきた」

心張棒をはずす音がして戸が開き、髪をぼさぼさにした上半身裸の大男がぬっと顔を出した。

「わらじを捜してらっしゃる。例の奴を分けてくれ」

大男が入れとあごをしゃくった。酒のせいか髭におおわれた顔が赤い。

小屋には八畳ばかりの土間と、狭い板の間があるばかりである。

土間の壁には、猪や鹿の皮で作ったむかばきや太刀の尻鞘《しりざや》がいくつも吊るしてある。

なめし皮で作った鞍《くら》が無雑作に山積みにされ、土間の片隅では水車の回転を利用した槌《つち》が、規則正しい音をたてて何枚も重ねた皮を叩いている。

板の間には囲炉裏が切られ、天井から吊るした鉤《かぎ》に鍋《なべ》をかけてある。

炭火で煮立った鍋からは、肉を煮込むいい匂いがした。

「旨《うま》そうだな」

宗十郎は鍋の中をのぞき込んだ。

考えてみれば、今朝から何も食べていない。

「猪だが、食うか」

大男がぶっきらぼうに言った。

「ありがたい。急に腹が減っていたことを思い出した」

囲炉裏のそばにあぐらをかくと、栗の枝で作った長い箸《はし》で肉をつまんだ。

大根と一緒に味噌《みそ》で煮込んだ肉は柔らかく、舌の上でとろけるようだ。

「旨いか」

「こんな旨いものは初めてだ」

「そうか。旨いか」

大男は嬉《うれ》しそうに相好《そうごう》を崩した。

「酒もあるが」

「せっかくだが、酒は飲めぬ」

「嫌なら、いいんだ」

大男は徳利《とっくり》を引き寄せて、木の椀《わん》になみなみとにごり酒をついだ。

食べ終えてから、わらじを見せてもらった。なめし皮を細かく切り、棕櫚の皮と混ぜて編んだもので、丈夫な上に柔らかく履きやすい。

値段は六十五文だったが、宗十郎は百文差しの銭をそのまま渡した。

「すまねえな」

大男は無雑作に棚の上にほうり投げた。

「実はここまで来ていただいたのは、もうひとつ訳がありましてね」

土間に腰を下ろしていた十蔵が、両手で袖なし羽織の襟を合わせながら立ち上がった。

「旦那は、人をお探しではございませんか」

「半年ほど山にこもって、修行に打ち込みたいだけだ」

「高雄山から来られたことは分ってるんだ。狩野さまにご用がおありなんでしょう」

「誰だ。お前は」

「恐い目をなすっちゃいけねえ。あっしは右馬助さまにお仕えしている者でしてね。都から使者がまいられたというので、俵沢で網を張って待っていやした。実は右馬助さまもさっきからここにおられるんでさあ」

十蔵が言うと裏の戸が開いて、背の高い四十がらみの男が入ってきた。

「宗十郎どの、それがしが狩野右馬助でござる。近頃は都からの使いと名乗って、今川方の間者がまぎれ込むことが多うござる。それゆえしばらく物陰に隠れて、人相風体を確かめさせていただいたのじゃ」

「何ゆえ私が使者であることを？」

「高雄山の道円どのから知らせがまいった。それゆえ今日明日にも俵沢に現われようと、十蔵に見張りを命じておいたのじゃ」

背の高い男が、土間に回って上がり框《かまち》に腰を下ろした。

「道円どのも小倉宮さまも息災でござろうな」

「はい。大事の時節ゆえ、狩野どのもご用心なされるようにとのことでございました」

「お心づかい痛み入る。それでは書状を拝見いたそうか」

宗十郎はちらりと目を向けた。

大事の時節とは符牒《ふちよう》である。相手が本物なら、「大事とは申せ、何ほどのこともござらぬ」と受けるはずである。

(罠《わな》だ)

何者かが右馬助になりすまして、道円の文を奪おうとしている。

そう気付いたが、表情ひとつ変えなかった。

「いかがなされた。書状を託すとの知らせでござったが」

右馬助になりすました男が十蔵をちらりと見た。

外に伏兵がいるかどうかは、小川の流れと水車の音に気配が消されて分らなかった。

「確かに持参いたしました。今取り出しますゆえ、厠《かわや》を拝借いたしたい」

「どうなされる」

「万一に備えて下帯に縫い込んできました。厠で取り出してまいります」

にせの右馬助と十蔵は迷った顔を見合わせたが、引き止めようとはしなかった。

ひげの大男は仏頂面で酒を飲んでいる。

宗十郎は土間に下りて買ったばかりのわらじをはいた。

「気の毒だが、そうはいきませぬぞ」

裏口の戸を開けようとした時、外から額の突き出た小柄な武士がぬっと顔を突き出した。

宗十郎は驚きのあまり二、三歩後ずさり、上がり框にすとんと腰を落とした。

さっき白日夢のように現われた男が、目の前に立っている。

「岡部《おかべ》さま、どうしてここに」

「その方らの手に負える相手ではないと見えたのでな。遠乗りをかねて来てみたのだ」

「無用のことでござる。いま少しで密書を奪い取れましたものを」

「馬鹿め。お前らの正体などとうに知れておるわ。のう北畠宗十郎どの」

男は岡部六左衛門《ろくざえもん》と名乗った。殺気などかけらもない。古い友人と世間話でもするような気楽な調子だった。

「貴殿は都を発《た》たれる前に大覚寺に立ち寄られた。それ以後この駿河に入られるまで、幕府の密偵によって監視されておりました。お気付きになりませんでしたかな」

宗十郎に思い当たることはなかった。

尾行には万全の注意を払っている。都から駿河までつけてくるなど絶対に不可能だった。

「今朝、丸子の関所を通られた時には、すでに正体が知れておったのですよ」

「どうして、私のことを」

「その種明かしと引き換えに、右馬助どのに宛てた文をお渡しいただけませぬか」

「断わると言ったら」

「外には二十人の配下が小屋を取り巻いております。あなたを討ち取って、その髷《まげ》をさぐらせてもらうばかりです」

六左衛門の合図で裏口にいた三人が駆け込み、宗十郎の胸元に槍《やり》を突きつけた。

「待たねえか」

黙々と酒を飲んでいた大男が、囲炉裏の縁にことりと椀を置いた。

「俺はこいつに小屋を貸したが、人を殺していいとは言ってねえぜ」

「黙れ、小六《ころく》」

十蔵が頭ごなしに怒鳴った。

「ここは俺の仕事場だ。人の血で汚されるのを黙って見過ごすことは出来ねえ」

「黙らねえか。銭なら後でたんまり払ってやる」

「十蔵よ。俺は手前《てめえ》のように今川の犬になったわけじゃねえ。どうあっても出ていかねえと言うのなら、この俺が相手になってやる」

小六が背後の棚から鉞《まさかり》を取ってのっそりと立った。

見上げるほどの大男で、頭が天井につきそうだ。研ぎ上げられた鋭い刃が、小屋の隙間から射し込む陽に照らされてぎらりと光った。

「小六とやら。ここで血を流すようなことはいたさぬゆえ座っておれ」

六左衛門は相変わらず落ち着き払っている。

「それなら、さっさと出て行ってくれ」

「宗十郎どの、話は外でいたそうか」

外には、槍を構えた者たちが半円形に取り巻いていた。

陽は西に傾きはじめていたが、日差しは相変わらず強い。薄暗い小屋にいた目には、痛いほどまぶしく感じられる。

宗十郎は目を細め、槍の穂先に悠然と身をさらしながら進んだ。

正面の武士が同じ間合いをとりながら後ずさる。

半円の陣形が宗十郎を取り巻く円形へと変わった。

「わしとて殺生は好まぬ。密書さえ渡して下さるなら、おとなしく引き上げよう」

六左衛門が槍ぶすまの外から語りかけた。

「その前に、なぜ私の正体が分ったのか教えていただこう」

「これでござるよ」

懐から四つ折りの手ぬぐいを取り出した。

宗十郎が高雄山で使っていたものだ。六左衛門は手ぬぐいの匂いを犬にかがせ、関所で待ち構えていたのだろう。

これでは少々の変装でごまかせるはずがなかった。

「では、そちらも約束を守っていただきましょうか」

宗十郎は小太刀の袋を解いて白龍丸《はくりゅうまる》を抜くと、固く縛った元結を切った。その間にも敵の隙をさぐっている。

「これが密書じゃ。改められるがよい」

筒にした文を、高々とほうり投げた。

武士たちが気を取られた瞬間、宗十郎は右に飛んで槍の柄の下に転げこんで白龍丸をふるった。

伊賀の服部衆から学んだすね切りの太刀である。

二人が膝頭《ひざがしら》の下をえぐられてもんどり打つ間に、包囲陣の外に出て小川ぞいの道を下流に向かった。

突然、前方の岩陰から半弓を構えた三人が現われた。

左は切り立った山、右は川である。後方からは、六左衛門の配下が迫っている。

宗十郎は立ち止まった。

白龍丸を持ちかえ、下段に落として矢を払う構えをとった。

三人が同時に矢を射た。

宗十郎は地に伏せた。矢は背後から迫っていた三人の武士の胸に突き立った。

「そのまま、伏せていなされ」

一人がそう叫んで、二の矢を射た。

身方なのだ。

ふり返ると道の上にせり出した木の上からも数人が矢を浴びせている。

二十人ほどいた武士たちは、たちまち半数ほどに討ち取られた。

「引け。小屋の陰だ」

六左衛門が叫んだ。

武士たちは倒れた身方を盾にして小六の小屋の陰に回り込み、退却していった。

前方の三人は宗十郎の二、三間先まで出たが、それ以上深追いしない。木の上にひそんだ者たちも、身動きもせず気配を殺している。

宗十郎は夢でも見ているようだった。

三人とも筒袖《つつそで》に裁《た》っ着《つ》け袴《ばかま》という忍び装束だが、その顔に見覚えはなかった。

「馬鹿者、わしじゃ」

頭上で北畠道円の怒鳴り声がした。

「敵の罠《わな》にも気付かぬとは、未熟よのう、宗十郎。十年の間高雄山で何を学んでおった」

折り重なった枝にさえぎられて人の姿は見えない。だが、喉《のど》につかえたしわがれ声は、間違いなく道円のものだ。

地上の三人はにやにやしながらなりゆきを見ている。

風が吹き、梢《こずえ》が鳴った。中に一本、揺れ方がちがう枝がある。

「そこだ」

宗十郎はつぶてを投げた。

「わっはっはっ。甘い甘い」

そんな声がして、別の枝から深緑色の忍び装束の男が飛び降りた。

頭を短く刈り込み、四角い顔をした小柄な男である。

「お前は、孫八《まごはち》ではないか」

道円の配下で服部孫八という。伊賀服部衆の組頭であり、高雄山にこもった宗十郎らに忍びの技を教え込んだ男だ。声色の名手でもあった。

「大和に行ったとばかり思っておった。まさかここで会えるとは」

「ご迷惑でしたかな」

孫八が浅黒い顔に得意気な笑みを浮かべた。

「ここにはいつ？」

「二年前でござる。狩野さまのお力になれと命じられました」

「狩野どのの在所を知っているのか？」

「この近くの俵峰という所で、数日前にお会いしたばかりでございます」

孫八が合図をすると、頭上の茂みから半弓を手にした二人が飛び降りてきた。

「参りましょう。ぐずぐずしていると新手が来るかもしれません」

「ちょっと待ってくれ」

宗十郎は水車小屋の戸口に立ってこちらを見ている小六に歩み寄った。

「さきほどはありがとう。お陰で助かった」

「俺は知らなかった。あんたには何の恨みもねえ」

「分ってる。これは迷惑料だ」

懐から百文差しの銭を取り出した。

「とんでもねえ。あんたからはもらえねえ」

「いいから」

「あんたは俺の仕留めた猪を喰《く》ってくれた。あんたは仲間だ。もらえねえ」

山の民には同火同食の掟《おきて》がある。仲間以外とは同じ火を使わず食事も共にしない。だが、いったん仲間となったからには、どこまでも信義を貫くのだ。

「この小屋か山にいる。俺の助けが必要になったらいつでも来てくれ」

そう言うなり鉞をふるった。

柱ほどの大きさの松の幹が斜めにすぱりと両断され、地面に落ちてゆっくりと倒れた。

孫八と五人の服部衆とともに、宗十郎は谷川ぞいの道を奥へと進み、やがて右に折れた。

つま先上がりの険しい道を、平地を走るようにやすやすと駆け登っていく。

「また一緒に山を跳べるとは、夢のようでござる」

孫八の声がはずんでいる。

高雄山にいた頃は、よくこうして山駆けの修行に打ち込んだものだ。

一日に四十里は軽い。まさに山を跳ぶ速さである。

半里ほどをひと息に駆け登ると、篠竹《しのだけ》の生い茂る尾根に出た。竹やぶの切れ目から、眼下の高台に三十戸ばかりのかや葺《ぶ》きの家が建ち並んでいるのが見える。

三方を山に囲まれ、南側だけが険しい谷になっている。

「俵峰と申す所でございます。正面の谷を下ると、湯島城のある俵沢に出ます」

「見事な地形だ。狩野どのはここを根城としておられるのだな」

「いいえ。たまに立ち寄られるばかりでございます」

「砦《とりで》を築いてはおられぬのか」

「この峰には、もともと安倍《あべ》七騎と称された杉山一族が砦を築いておりました。今は望月遠江守光政《もちづきとおとうみのかみみつまさ》どのが当主をなされております」

「では、狩野どのはどこに砦を築いておられるのじゃ」

「気の向くままに方々の身方を訪ね歩いておられます」

篠竹の茂みを抜けて、俵峰の集落に入った。

屋根を高く結った大きな家ばかりである。軒先には広々とした坪があり、家のまわりには畑がある。

家と家の間を充分にとってあるのは、火事のときに延焼を防ぐためだ。

家はすべて南側の谷を向いて建てられ、坪先は高い石垣になっている。

家のひとつひとつが山城の曲輪《くるわ》の働きをするように配置され、俵沢から谷をさかのぼって攻めて来る今川方に備えている。

孫八が案内したのは、本丸の位置にあたる高台に建つ大きな屋敷だった。周囲を白壁の築地塀《ついじべい》で囲み、巽《たつみ》（東南）の一画には高さ三間ばかりの物見櫓《やぐら》が建ててある。

白木の冠木門《かぶきもん》を入ると、折烏帽子《おりえぼし》をかぶった小柄な老人が庭先の花に水をくれていた。

「遠江守どの、こちらが先日申し上げた北畠宗十郎どのでござる」

孫八が声をかけると、庭にいた下男や下女がいっせいにふり返った。

「お待ち申しておりました。さあ、奥へ」

望月遠江守光政が先に立って母屋に案内した。

「光政どのは宗良親王の後胤《こういん》に当たられるお方でございます」

孫八が宗十郎に体を寄せてささやいた。

遠き故郷

宇津《うつ》ノ谷《や》峠を登り詰めると、目の前に富士山が忽然《こつぜん》と現われた。純白の雪におおわれた頂きが、青空にくっきりとそびえている。流れるような稜線《りょうせん》が左右に広がり、傾斜をゆるめながら広大な裾野《すその》へとつづく。

五年ぶりの帰郷である。駿河に帰りたいと思ったことなど一度もなかったが、やはりこの山だけは懐かしい。

朝比奈範冬は峠の茶屋のよしずの陰に座を占めて深編笠《ふかあみがさ》をぬいだ。十四、五歳の娘が茶を運んできた。

「あれを頼む」

湯気をあげている釜《かま》を指した。

名物の十団子《とおだんご》である。娘が声をかけると、茶屋の主人がざるに入れた団子を手早くゆでて皿に移した。親指の先ほどの大きさの団子が十個、きれいに並んでいる。

十団子には伝説がある。

昔この峠に鬼が現われて旅人を襲った。これを聞いた地蔵は旅人に姿を変え、鬼退治に出かけた。

峠にさしかかると大鬼が現われ、地蔵を取って食おうとした。

地蔵は鬼に腕くらべをいどみ、お前が変幻自在なら、小さくなってわしのてのひらに乗れるかと問う。鬼がお易いご用だとばかりに玉に変身したところを、十粒に打ち砕いて呑《の》み込んだ。

それが十団子の起こりだという。

範冬もこの話は子供の頃に聞かされたが、はなから信用してはいなかった。

おそらく東海道を急ぐ旅人のために、茶屋の主人が団子を小さくして早くゆで上がるように工夫したのだろうと、妙に大人びたことを考えていた。

団子をほおばっていると、若侍と下人の二人連れが店に入って来た。

下人は吹き矢の蜥蜴である。若侍は空蟬《うつせみ》という変装の名人で、童から老婆までどんな者にも姿を変えることが出来る。

義教に姿を変えた空蟬が背後から現われた時には、一瞬どちらが本物か迷ったほどだ。

「わしは駿府の朝比奈館《やかた》へ行く。何か手がかりを得たら、知らせよ」

「そちらからの連絡は」

「駿府の沓谷《くつのや》に伊勢屋という旅籠《はたご》がある。その軒先にこの編笠を下げておく」

沓谷の館に着いたのは夕暮れ時だった。

朝比奈家は今川家の重臣で、掛川《かけがわ》の本家は代々掛川城主に任じられているほどの名家である。

二層造りの棟門の前には、槍《やり》を手にした門番がいかめしい顔で立っている。

「わしじゃ。通るぞ」

範冬は深編笠を軽く持ち上げた。

門番の顔にさっと緊張が走り、棒をのんだように直立の姿勢をとった。

表門から玄関へとつづく石畳を歩いていると、三人の武士が血相を変えて走り出て来た。

鼻の曲がるような悪臭が近づいてくる。見れば袴《はかま》の裾《すそ》がぬれていた。

狭い石畳ですれちがう時、一人が範冬の肩に当たってよろめいた。

「その方、かぶり物も取らずに無礼であろう」

金切り声で怒鳴ると、先の二人を追って駆け出した。

玄関先では見送りに出たらしい四、五人の家臣が立ち尽くしている。

「何だあれは」

範冬は深編笠を取ると、顔見知りの老臣に声をかけた。

「これは若さま、ようお戻りになられました」

「父上が、どうかなされたのか」

「いえ、それが……。裏庭におられますので、そちらにお回り下さい」

範冬は館を素通りして裏に回った。

庭というより畑である。範冬の義父泰親《やすちか》は、食い扶持《ぶち》は我手でまかなうという信条の持ち主で、拝領した屋敷の大半を畑にしていた。

一町四方ほどの畑には、かぶらやなすびがいく列も植えられている。油菜の黄色い花の向こうで、泰親が上半身裸になって鍬《くわ》をふるっていた。

還暦を過ぎても少しも衰えぬ頑丈な体付きである。肉の盛り上がった肩口や背中には、おびただしい傷跡があった。

「ただ今戻りました」

声をかけても、知らん顔で鍬を動かしている。

こやしの効いた柔らかい黒土をすくい、器用にうねを切っていく。そばには堆肥《たいひ》を入れた桶《おけ》があった。

「しばらく会わないうちに、耳が遠くなられたようだ」

憎まれ口をたたいた瞬間、泰親は堆肥のひしゃくをつかんで糞尿《ふんにょう》をかけた。

範冬は軽々と飛んでそれをかわした。

「あの芋侍どもよりは、少しはましなようだな」

泰親はにこりともしない。四角い無愛想な顔に、あごひげをたくわえている。五年の間にそのひげが白くなっていた。

「もうすぐ終わる。風呂《ふろ》にでも入って旅の垢《あか》を落としておけ」

風呂から上がり、火のしの効いた木綿の小袖《こそで》に着替えて居間にもどると、朱塗りの隅切り膳《ぜん》が二つ用意してあった。

一つには鰹《かつお》の刺身や里芋と山鳥の煮物などが乗せてある。もう一つは、煮干しと大根の漬物だけだった。

「そちらにお座り下さい」

なで肩で腰の細い三十ばかりの侍女が、盛りの多い方を指した。

兵糧攻めにあったときの用心にと、泰親はどんな席でも美食には手をつけない。

「お館《やかた》さまは湯をお使いになっておられます。急なことで満足な仕度も調いませぬが、お先にどうぞ」

「いや、待とう」

「でもお申し付けですから」

「折り入って話もある。それより」

義母上《ははうえ》の姿が見えぬがお出かけか。そうたずねようとしてふとためらった。

「何か？」

「いや、父上はいつも客をあのように追い返されるのかと思うてな」

「近頃は気短かになられて、気に入らぬことがあると子供のようなことをなされます」

侍女が袖で口元を隠して笑った。

武家の育ちらしい。か弱げな姿にもかかわらず、なかなか芯《しん》の強そうな女である。

侍女と入れ違いに泰親が入ってきた。汗を流して、さっぱりとした様子だった。

「どうした。なぜ飲まぬ」

「お待ち申しておりました」

「都の風に当たって、少しは行儀が良くなったらしいな」

泰親はどかりとあぐらをかくと、奥に向かって手を打った。

さっきの侍女が急ぎ足でもどってきた。

「初音《はつね》じゃ。身のまわりの世話をさせておる」

「義母上は？」

「死んだ。一年前じゃ」

「どうして、知らせを」

「忙しいお前を煩わせることもあるまい。野辺送りも内々で済ませた」

範冬は口元まで運んだ盃《さかずき》を、折敷《おしき》にもどした。

「位牌《いはい》は仏間にある。後で線香の一本もあげてやってくれ」

「ご病気ですか」

「食あたりじゃ。人の命というものは儚《はかな》いものでな」

「何に当たられたのです」

「知らん。急を聞いて駆け付けた時には、すでにこと切れておった」

泰親は肘《ひじ》を張って不機嫌そうに盃を干した。

「毒を盛られたのではありませんか」

この家の食事はすべて義母が作っていた。几帳面《きちょうめん》で清潔好きだった彼女が、食あたりするような物を食べるはずがなかった。

「あやつはこの家を守る外に何の取り柄もない女子じゃ。誰が毒など盛るものか」

「薬師には」

「死んだ者を診てもらったところで仕方があるまい」

「食あたりかそうでないかくらいは分ります」

「駿府には何の用じゃ」

泰親がとがった目付きをして話題を変えた。

「久々に暇をいただきました」

泰親は疑わしそうだったが、それ以上詮索《せんさく》しようとはしなかった。

酌をしていた初音が、気づかわしげに二人を見やった。

「それがしのせいですか」

「何がじゃ」

「義母上が命を落とされたわけです」

「帰った早々、馬鹿なことを言うな。せっかくの酒がまずくなる」

「あの三人は何の用でたずねて来たのです」

「忘れた。どうせたわいもないことだ」

「たわいもない相手を、糞尿を浴びせて追い返すはずはありますまい」

「範冬」

怒りを押し殺した声で言うと、範冬に盃を渡した。

「わしはこの年まで槍一筋で今川家に仕えてきた。その働きゆえに先代さまに重く用いられ、お前を養子にいただく栄誉にもあずかった。それ故これ以後も、戦場働き以外のことには一切口を出さぬ。範忠公の命じられるまま、戦うべき相手と戦うまでじゃ。分るか」

「無論」

三つの時からこの義父に武道を叩《たた》き込まれたのだ。どんな気性かは知り抜いていた。

「ならば、これ以上つまらぬ詮索はするな。将軍の近習《きんじゅ》たるお前が、この時期に何の目的もなく駿河に来るはずがあるまい。何を探ろうとお前の勝手だ。だが、この館の内でその話をするな。人を入れてもならぬ。登勢《とせ》を不憫《ふびん》と思うなら、墓にもうでて花の一本もたむけてやれ」

泰親は煮干しを素手でつかむと、丈夫な歯で頭からかみ砕いた。

その夜、初音が真新しい夜具を用意してくれたが、範冬はなかなか寝付けなかった。

（義母上は、わしのために殺されたのだ）

眠れないまま、そのことばかりを考えていた。

範冬は今川家の第四代当主である範政《のりまさ》の子で、範忠の双子の弟だが、生まれるとすぐに今川館を出され、朝比奈泰親の養子となった。

双子は不吉と信じられていたこともあるが、将来の家督相続争いを防ぐためというのが真の理由である。

今川家は足利一門の名家で、俗謡にも「御所が絶えなば吉良《きら》が継ぎ、吉良が絶えなば今川が」とうたわれたほどである。

初代範国が駿河、遠江の守護職に任じられて以来、東海の雄として幕府を支えてきたが、両国を完全に掌握していたわけではなかった。

国人や地侍とよばれる土着の小領主の知行権を保障することによって、彼らと主従関係を結んでいるに過ぎなかったのである。

そのために主君の代替わりごとに、家督相続争いが起こった。国人たちが兄弟の中で自分に近い者を領主にして、勢力の拡大を計ろうとしたからだ。

その最大の事件が、五年前に起こった家督相続争いである。

範政には範忠の他に弥五郎《やごろう》、千代秋丸《ちよあきまる》という後継候補者がいて、いずれも母がちがっていた。

範政は正室の子である八歳の千代秋丸を跡継ぎにしようとしたが、将軍義教は長男の範忠を推した。

千代秋丸の母は関東管領《かんれい》家の一門である上杉氏定《うじさだ》の娘なので、今川家が氏定を通じて鎌倉公方に接近することを怖《おそ》れたのだ。

この争いに国人たちが加わり、将軍と鎌倉公方の代理戦争の様相をていし、国を二分する内乱となった。

今川家の侍大将である泰親は、終始中立の立場を取った。

掛川の本家は入国した範忠に従ったが、泰親は千代秋丸を推していた主君範政に義を尽くしたのである。

世間はこれを範冬を擁立するための策略と見た。

特に形勢不利となった千代秋丸派は、範忠派を切り崩すために範冬を身方に引き入れようと、千代秋丸が成人するまでは範冬を当主にするとさえ申し入れてきた。

これ以上誤解を深めることを恐れた泰親は、朝比奈本家を通じて範忠を動かし、範冬を将軍の近習として京都に送った。

範冬が二十六歳の秋のことだ。

(あの時と同じ争いが起こったのだ)

鎌倉公方と将軍家との決戦が迫るにつれて、家督相続争いに破れた千代秋丸派がふたたび動き出したのだ。

だとすれば、泰親は再び難しい立場に立たされることになる。義母が毒殺されたのも、そのことと無縁ではないはずだった。

翌日、縁側に鏡台を出すと、剃刀《かみそり》でひげを整えた。

都を出てから伸ばし始めた口ひげが、ようやく形をなし始めている。せめてあと十日あれば立派に生えそろったと思うのだが、剃《そ》り落としはしなかった。

「お召し替えをお持ちいたしました」

初音があざやかな紺色の直垂《ひたたれ》をささげて入ってきた。

「そこに置いてくれ」

「お手伝いいたしましょうか」

「自分でやる」

範冬は手早く直垂を着け、侍烏帽子《えぼし》をかぶった。

六尺ちかい堂々たる体に、武家装束がひときわ映える。背筋の伸びた立ち姿も見事なものだ。

「馬子にも衣裳《いしょう》とは、このことだな」

泰親が満足気に見やった。やはり直垂姿である。

「父上もまいられるのですか」

「行かぬつもりであったが、範忠公の御前で無礼があってはならぬのでな」

「ご懸念は無用でございます」

「駿府と都では作法がちがう。それに少々確かめておきたいこともある」

「何です」

「お前には関わりのないことだ」

二人は遠侍に回した馬に乗り、十数人の供を連れて今川館へ向かった。

範冬を義教の近習に推挙したのは範忠である。そのお礼と、将軍からの口上を伝えるための訪問だった。

駿河、遠江の守護大名である今川範忠の館は、現在の駿府公園とほぼ同じ位置にあった。

この当時の安倍川は、賤機《しずはた》山の西のふもとを南下し、駿府公園の南側で東に折れ、八幡山の東を通って駿河湾に注いでいた。

今川館は蛇行する安倍川を西と南の堀に当て、賤機山を北の防塁としていた。二町四方ばかりの館の周囲に高々と土塁を築き、その外側に堀をめぐらしている。東海道に面して大手門を開け、堀には石の橋をかけていた。

範冬と泰親は大手門の外の馬場に馬をつなぎ、供の者を残して石橋を渡った。すでに訪問の先ぶれは出してある。

待ちうけていた数人の武士が、緊張した面《おも》もちで二人を主殿へ案内した。

主殿の客間で待っていると、小姓を従えた範忠が入ってきた。

今川家の第五代当主であり、範冬の双子の兄に当たる。範冬より少し小柄だが、顔も体付きもよく似ていた。

「範冬、久しいの」

「昨年の秋に、御所でお目にかかって以来でございます」

守護大名は都に住むことを義務づけられている。範忠もいつもは都にいたが、鎌倉公方との戦にそなえて国元を固めるために、三月前から駿府にもどっていた。

「元気そうで何よりじゃ。今日は余人を混じえずゆるりと話がしたい。楽にいたすがよい」

「有難きお言葉、痛み入りまする」

「都の様子はどうじゃ。公方さまはご壮健にあらせられるか」

「東西手切れの噂で、何やら騒然としてまいりました。公方さまは西国の大名家の結束を強めるために、日々忙しく過ごしておられます」

「そのあたりの事情については、後ほど聞こう。ところで三河守《みかわのかみ》」

「ははっ」

　泰親がかしこまって応じた。

「久しく顔を見せなんだが、病みついておったのではあるまいの」

「亡き妻の喪に服しておりました」

「そちの妻は、確か」

「昨年の六月に他界いたしました。その節は丁重なる供養の品をいただき、かたじけのうございました」

　泰親が範忠をひたと見すえた。

　覚悟を定めて何かを切り出そうとしていることは明らかだった。

「それがしは先代さまご他界の後、隠居同然に日々を過ごしておりまする。それゆえこの館《やかた》に参上することも控えておりました。ところが本日はせがれが帰参の挨拶にうかがうと申しますので、同行した次第にございまする」

「余も父上同様そちを頼りに思うておる。遠慮などせず、我家と思うて気楽にまいるが良い」

「ならば、お言葉に甘えてひとつだけお訊《たず》ねしたき儀がございます」

泰親がこめかみをぴくりと震わせ、息を呑《の》んで口を開いた。

「三河守」

範忠が静かな声で制した。

「他家に出たとはいえ、範冬は血を分けた弟じゃ。その父であるそちは、余にとっても父親同然と思うておる。亡くなられた奥方も同様じゃ」

「お館さま……」

「それでも、まだ何か訊ねたいことがあるか」

「ご無礼の段、ご容赦下され」

泰親は感極まった顔で範忠を見つめ、深々と一礼して敷居まで後ずさった。

「別室に酒の用意がしてある。ゆっくりしていけば良かろう」

「ただ今のお言葉を、愚妻の墓前に伝えてやりとうござります。年寄りの身勝手と、お許しいただきたい」

泰親は笑おうとしたが、声が泣いている。それを隠そうとして足早に立ち去った。

やはり泰親は義母の死因について確かめようとしていたのだ。

範忠はそれを察し、先に答えを与えたのである。

「三河守は当家の宝じゃ。このような時期に死なせるわけにはいかぬ」

主君を疑うような言葉を口にすれば、返答がどうあれ泰親は生きてはいない。その気性を見抜いての配慮だった。

「ご厚情、かたじけのうございます」

範冬は心の中で兜《かぶと》をぬいだ。

双子の兄弟とはいえ、今川家の当主となるべく鍛練に励んできた範忠と、勝手気ままに生きてきた自分とでは、器においてかなり開きがあった。

「将軍の近習《きんじゅ》はどうじゃ。いろいろと苦労もあろう」

範忠がたずねた。言外に義教の行状を批判するような響きがある。

「あのようなご気性ゆえ、いろいろと難しきこともございまする」

「赤松どのの重臣三人を湯起請《ゆぎしょう》にかけ、切腹を申し付けられたと聞いたが」

「はい」

「理由は何じゃ」

「大覚寺義昭さまを擁して、南朝に加担する企てがあったとのことでございます」

「まことか」

「密書を押さえたと申されておりますが、真偽のほどは定かではありませぬ」

「赤松貞村《あかまつさだむら》どのに播磨の守護職を与えたいご意向とも聞いたが」

義教は近習の貞村と男色の関係にあり、貞村を引き立てるために満祐を迫害するのだという噂がもっぱらだった。

「根も葉もなき流言にござります。将軍の本意は播磨を幕府のご料所とし、千草鉄を手中にすることでございます」

「だからと言うて、この時期に赤松どのを追い詰めるのは得策ではあるまい。幕府の力を強めようとなされるのは結構なことだが、あのご気性が今日の災いを招いておる。理を尽くして説かれれば、鎌倉公方どのとてあのように頑《かたく》なになられることもなかったのじゃ。今からでも、遅くはない。和解の道をさぐられるおつもりはないのか」

「もはや無理でございましょう」

「同じ足利一門でありながら、かような仕儀になるとはもっての外じゃ。国を二つに割って戦をするくらいなら、持氏どのが将軍になられた方が良かったかもしれぬ」

義教と持氏がこれほど憎みあうようになったのは、六代将軍職をめぐる争いが尾を引いていたからだ。

五代将軍の義量が十九歳で他界すると、隠居していた前将軍義持は、鎌倉公方の持氏に将軍職をゆずると約束した。

これには将軍の側近も守護大名も強硬に反対し、義持が死ぬとくじ引きという方法で義教を将軍とした。

激怒した持氏は、義教を将軍とは認めないと公言し、ことあるごとに義教の失脚をはかってきた。

万一将軍家と鎌倉公方家が正面から激突することになれば、今川家はどちらに身方しても真っ先に標的にされる。

それだけに範忠の心労は並たいていのものではなかった。

「将軍はいつ頃兵を動かされるおつもりじゃ」

「おそらく、この秋には」

すでに義教は、諸大名に出陣の仕度にかかるように内々に下知していた。

「駿府に来たのは、東国の動向をさぐるためか」

「お知らせした通りの目的以外、他意はございませぬ」

「この大事な時期に、あのような面を捜すためにのう」

範忠は今ひとつ腑《ふ》におちないらしい。

「探索に当たるように、下知があったと伺いましたが」

「昨年の八月じゃ。義昭どのが大覚寺を出奔なされた直後のことであったが、何しろ、駿河、遠江は広いのでな」

「何か手掛りは得られましたか」

「ないこともないが……、黒色尉《こくしきじょう》の面について、公方さまは何か申されたか」

「伺いました」

範冬はそうとしか答えなかった。

「面には後醍醐帝の呪力《じゅりょく》がかけられているそうじゃ。目を合わせれば、その虜《とりこ》になり、幕府に弓引かずにはおられなくなるという。今川了俊どのが大内義弘《よしひろ》どのや足利満兼《みつかね》どのと応永の乱を起こされたのも、そのためだそうな」

応永の乱とは、周防《すおう》、長門《ながと》など六ヵ国の守護として強勢を誇っていた大内義弘が、鎌倉公方の足利満兼とはかって応永六年（一三九九）に起こした反乱である。

このとき二人の間を仲介し、東西から京都を挟撃する策を立てたのは今川了俊だった。

「御所さまが、そう申されたのですか」

「了俊どのに古くから仕えていた者に聞いたことじゃ。面の呪力の虜となるや、了俊どのは悪鬼のごとき形相に変られ、幕府に対する呪いの言葉を吐き散らされたそうじゃ。了俊どのが面を隠されたのも、その呪力を封じ込めるために相違あるまい。

ならばこのままそっとしておいた方が、幕府の安泰につながるのではあるまいか」

「ですが、南朝方の密偵がその面を求めて動き出していると申します。すでに駿河に侵入しておるやも知れませぬ」

「そのことは聞いてはおるが……。これ」

別室に向かって声をかけた。

額の突き出た小柄な武士が現われて、回り縁に平伏した。

「岡部六左衛門じゃ。面の探索はすべてこの者に任せてある。こまごまとしたことは、後ほどたずねるがよい」

今川了俊の謀叛《むほん》に関することだけに、範忠はあまりこの話に触れたくないようだった。

表向きの話が終わると、別室での酒宴となった。

余人を混じえずと範忠が言ったとおり、兄弟二人だけの心のこもったもてなしだったが、範冬は何となく居心地の悪さを感じはじめていた。

打ちとけるには、二人が背負った過去はあまりに重かったのである。

無理にえさをつめ込まれた犬のような気分で主殿を出ると、遠侍へつづく廊下に岡部六左衛門が待っていた。

「お館《やかた》さまは明日にでもと申されましたが、事は急を要すると存じましたので」

「聞きとうない」

「ご無礼とは存じまするが、何とぞ」

「明朝、屋敷にまいるがよい」

「それでは手遅れになるやもしれません。そうでなければ、酒宴の間このような所で待ち受けたりはいたしませぬ」

「さようか」

範冬はあっさり折れた。拒絶したのは、この男の熱意を試すためだった。

六左衛門が遠侍の一室に案内した。

宇津ノ谷峠で別れた蜥蜴と空蟬がいた。

「どうしてお前たちが」

「探索を進めていくうちに、岡部さまに行き当たりましたので」

若侍姿の空蟬が答えた。

岡部のほうでも二人の動きに目をつけていたという。

「なるほど。さすがは範忠公に見込まれただけのことはある」

「おそれ入りまする」

「それで、探索はどこまで進んでおるのだ」

「黒色尉の面の手掛りを持つ者がいることは、前々から分っておりました」

「背振衆と呼ばれる山の民でございます。今川了俊どのが九州探題として腕をふるっておられた頃、隠密《おんみつ》として使われていた者たちでございます。筑前と肥前《ひぜん》の境にある背振山中に住んでいたゆえ、この名がついたと申します」

「九州まで行かねばならぬのか」

「いえ、了俊どのが遠江にもどられた折、ひそかに同行され、山深き所に隠れ里を構えて住むように命じられたのでございます」

「なぜそのようなことを」

「了俊どのは九州探題の職を解かれたことに激しい憤りを感じ、再任を求めてさまざまの方面に働きかけておられたと申します。その手先とするために背振衆を同行なされたのでございましょう」


冷泉《れいぜい》派の歌人として有名な今川了俊は、優れた武人でもあった。

応安《おうあん》四年（一三七一）に九州探題として九州におもむいた了俊は、わずか数ヵ月で南朝方の中心地であった大宰府《だざいふ》を陥落させ、以後二十年にわたって南朝勢の台頭を許さなかった。


ところが応永二年（一三九五）にいきなり都に呼びもどされ、九州探題職を解かれたのである。

「誰だ」

これに対して了俊は激しい不満を持った。

〈大敵の難儀は了俊骨を折り、静謐《せいひつ》の時になりて、功無き縁者に申与《もうしあたう》など利口有と云々《うんぬん》〉

自分にはさんざん苦労させておいて、おいしい所だけ能力もない縁者に与えるとはいい気なものだ。そんな不平を『難太平記』に書き付けている。

了俊が背振衆を遠江に同行したのは、この頃から義満打倒の決意を固めていたかもしれなかった。

「それで、背振衆の隠れ里をつきとめたのか」

「彼らは尾根から尾根に居を移し、決して一族以外の者とは交わりませぬゆえ、居所をつかむことは出来ませぬ」

「では、急を要することとは何事じゃ」

「背振衆の隠れ里を知っておられる方をつきとめたのでございます」

「この国の者か」

「花倉《はなくら》どののご息女でございます」

「清姫《きよひめ》か」

範冬は思わず声を荒げた。

花倉どのとは範政の弟範次のことで、範冬にとっては叔父《おじ》に当たる。

遠江の花倉城を居城にしていたのでそう呼ばれていたが、五年前の家督相続争いに千代秋丸派に加担したために、今は駿府に幽閉されていた。

清姫は範次の末娘で、範冬とはかつて婚礼の約束をしていた仲だった。

「危惧《きぐ》すべきは、すでに南朝方の手の者が背振衆の手掛りを得て動き出していることでございます」

「しかし、何ゆえそのような……、姫はいまどこで何をしておられるのじゃ」

「時宗《じしゅう》の徒に混じって、貧しい者や病みついた者たちの救済に当たっておられます。時おり、八幡山下の河原で説教と施粥《せがゆ》をなされ、生き観音とあがめられておられます」

「あの姫が、そのようなことを」

清姫は範冬の汗の匂いさえ嫌がるような、潔癖で誇り高い女である。

それが時宗の者たちに混じって病人や貧民のために尽くしているとは、信じ難いことだった。

宇嶺《うとうげ》の滝

東には竜爪《りゅうそう》山から八紘嶺《はっこうれい》までつづく尾根がそびえ、目の下には切り立った山にはさまれた谷川が流れている。

谷から吹き上げてくる風に身をさらしていると、高雄山の頂にいるようだ。

北畠宗十郎は望月遠江守の屋敷の坪先に腰を下ろして、ぼんやりとあたりをながめた。

のどかな山の景色は、どことなく故郷の多気に似ているような気がする。

宗十郎は懐から匂い袋を取り出した。

顔を寄せると懐かしい母の匂いがする。

顔も姿も今では思い出すことさえ出来ないが、着物に焚《た》きしめたこの涼やかな匂いだけは鮮やかに脳裏に刻み込まれていた。

四つか五つの頃、麻疹《はしか》にかかった宗十郎を母が膝《ひざ》に抱いたまま一晩中看病してくれたことがある。

全身に赤い斑点《はんてん》が浮き出し、高熱のために頭は割れるように痛かったが、山里のこととて頼るべき薬師もいない。乾ききった喉《のど》から木枯しのような音をたてて息をしながら、ひたすら病魔が通り過ぎるのを待つほかなかった。

母は冷やした布を額に当てながら、つぶやくように子守歌を唄《うた》った。痛む喉に時おり甘葛《あまづら》をといた水をたらしてくれた。

宗十郎は苦しみに朦朧《もうろう》となりながらも、全身で母を感じていたものだ。ようやく頭痛がおさまり、眠りについたのはいつのことだったろう。ふと目をさますと、母はうたた寝をしていた。それでも宗十郎をしっかりと抱いている。障子がほんのりと白く朝の光に照らされている。

宗十郎はやすらかな幸福に指の先までも満たされて、母の胸にそっと頰をすり寄せた。

その時、この香りがしたのだ。

匂い袋は、その夜のことを鮮やかに思い出させてくれる。母の胸のあたたかさや膝のやわらかさ、甘葛の味、かすかに哀調をおびた子守歌のあの旋律……。

(母上が、生きておられる)

その知らせは、宗十郎の胸に大きな灯《ひ》をともしていた。

近くの森でしきりにうぐいすが鳴いている。宇津ノ谷峠を越えた頃には舌足らずの感じがしたが、つやのある息の長い鳴き方に変っていた。

吹き上げてくる風に山の梢《こずえ》が揺れ、谷川のせせらぎがかすかに聞こえる。

山はあざやかな緑に包まれ、山の斜面に映った雲の影が、少しずつこちらに向かって流れてくる。

と、突然それがきた。

視界が一瞬にして絞り込まれ、巨大な滝が現われた。ほとばしる水が、白い一本の筋となって流れ落ち、岩に砕けしぶきとなってあたりに散っている。

宗十郎の背筋に寒気が走った。

得体の知れぬ恐怖に、思わず匂い袋を握りしめている。

それが去ると、体の芯棒《しんぼう》が抜けたような虚脱感におそわれた。

(またた)

湯島城に向かっている時に見た幻影と同じものである。それが何を意味しているのか、宗十郎には分らなかった。

「まあ、このような所に」

鮮やかな若草色の小袖《こそで》を着た娘が歩み寄った。

光政の姪《めい》で、しずという。小柄だが健康そうなむっちりとした体付きをして、小さな包みを胸に抱くようにして持っていた。

「お召し替えをお持ちいたしました」

「まだ、このままで結構です」

「そうですか。昨日もお召し替えをなさらなかったものですから」

しずは急にしゅんとなった。

家は一里も離れているらしいが、五日前に宗十郎がここに来てからは足しげく通ってきて、何くれとなく身の回りの世話をしている。

「ならば、せっかくですので」

宗十郎はしずの好意を無にするのが気の毒で、差し出された包みを受け取った。

「お脱ぎになった物は、部屋の前に出しておいて下さい。後で洗っておきますから」

「ありがとう」

「ありがとうだなどと、そのような」

しずは、丸い顔をぽっと赤らめると、逃げるように走り去った。

「ご迷惑ではありませんか」

遠江守光政が背後から声をかけた。

「これまでは使いをやっても来なかったのが、急にあれですからな。娘心というものは現金なものです」

「この近くに滝はありませんか」

宗十郎はさっきの幻影のことが気になっていた。

「高さ三十丈ばかりの大きなものです」

「それなら、安倍《あべ》峠の近くにあります。ここから川ぞいに八里ほどさかのぼった所ですが」

いつかそこに行くことになるのだろうか。宗十郎はぼんやりとそう思った。

「さきほど狩野どのがまいられました。書院の方にお回り下さい」

狩野右馬助貞行は中庭に面した書院の縁側に腰を下ろしていた。手拭《てぬぐ》いで首筋や脇の下の汗をふいている。

小袖が汗で体に張り付き、筋肉におおわれた体が透けて見える。足元には頭から尻尾《しっぽ》まで泥だらけの熊がうずくまっていた。

「やあ、あなたが宗十郎どのでござるか」

右馬助が白い歯を見せて笑った。

宗十郎より一寸ばかり背が高い。茶せん髷《まげ》を結い、髪は乱れるにまかせている。

「孫八からいつも話は聞いております。こいつは五右衛門《ごえもん》と申しましてね」

熊の頭をぽんぽんと叩《たた》いた。

「よくなついていますね」

「図体《ずうたい》は一人前だが、まだ二つにもならないのでござるよ。生まれたての頃、こいつの親とばったり出くわしましてな。いきなり襲ってきたものだから、やむなく斬り捨てたのです。それ以来、こいつの親代わりを務めておりまする」

「孫八とは会われましたか」

「青ノ木という所で会いました。ようやく背振衆の里を知っている男を捕えたので、孫八たちが口を割らせているところでござる」

孫八は宗十郎を俵峰に案内すると、右馬助に連路をつけるためにすぐに出発していた。

「一刻も早く宗十郎どのにお目にかかりたくて、竜爪山から尾根伝いに飛んできたのじゃが」

右馬助はさもおかしげに五右衛門を見やった。

五右衛門は頭を地面にぺたりとつけたまま、無念そうにそっぽを向いている。

「こいつときたら、曲がり角でむきになって追い越そうとするものだから、足を踏みはずして尾根から転げ落ちたのでござるよ。這《は》い上がるのがまたひと苦労でな。育ての親としては責任を感じているところなのじゃ」

「熊でも、そんなことがあるんですか」

宗十郎はつい話に誘い込まれた。

そんな風に人を惹《ひ》きつけるおおらかさが右馬助にはある。

「甘やかして育てたのが失敗でござった。この年にもなってこんな有様では、将来一本立ちできるかどうか」

「孫八たちは、どこにいるのでしょう」

「そうそう。そのことじゃが」

右馬助は帯の間から小さく折った紙を取り出した。

畳半分ほどの広さの絵図で、駿河、遠江を描いたものだ。

「これが安倍川で、俵峰はこのあたり。こいつが高草山で、大井川がこれ。青ノ木は藁科《わらしな》川の上流のこのあたりでござる」

右馬助は太い指で絵図を指しながら説明した。

「捕えたのは与平《よへい》という杣人《そまびと》でござってな。高根山で鹿を追っているうちに道に迷ったらしい。何日か山をさまよい歩いているうちに、背振衆と行き合ったそうじゃ」

彼らは水と食物を与えたが、一族の姿を見た以上は里に帰すことは出来ぬ。我らと共に山中で生きるか、ここで死ぬかどちらかを選べと迫ったらしい。

与平は彼らと生きることを誓い、二月ほど行動を共にしたが、女房や子供のことを思うと矢もたてもたまらず、隙を見て逃げ出してきたという。

「ところが背振衆の仕掛けた落とし穴で竹槍《たけやり》を踏み抜き、動けなくなったところを孫八の配下に救われたのでござる。待て、どこへ行く」

くぐり戸を出ていこうとした五右衛門を、右馬助が呼び止めた。

五右衛門はものうげな顔でふり返ると、重い足取りで外に出た。尾根から転がり落ちる失態を演じたことが、よほどこたえているらしい。

「用を足しに出たようです。そういうしつけだけはうまくいったのじゃが」

右馬助は出来の悪い息子の行く末を案じる父親の顔をしている。

「これから、どうしますか」

「夜になったら青ノ木まで行って、与平から詳しい話を聞いてみるつもりでござる。それまでひと寝入りさせていただくとしよう」

「私もまいります」

「無論そのつもりで戻りました。昼間だと動きやすいが、五右衛門を連れては行けませぬ。不自由をかけますが許して下され」

右馬助は書院に上がりこんで横になると、あっという間に寝息をたて始めた。

夕方、山が薄水色の闇に包まれた頃、宗十郎と右馬助は望月遠江守にいとま乞《ご》いをして俵峰を離れた。

五右衛門も嬉々《きき》としてついて来る。

篠竹《しのだけ》の生い茂る尾根を抜け、小六の小屋がある谷川づたいに安倍川まで出た。

大きく蛇行して流れる川の淵《ふち》に、丸太を藤蔓《ふじづる》で結んで作った筏《いかだ》がつないである。上流から伐《き》り出した杉やひのきを、筏に組んで駿府まで運ぶためのものだ。

「では参りましょうか」

宗十郎と五右衛門が乗り込むのを待って、右馬助は長い竹竿《たけざお》で岸を突いた。

筏が川の流れに乗ってゆっくりと動き始めた。

川の両側は屏風《びょうぶ》を立てたように険しい山が迫っている。川幅は五町ばかりもあるが、水はあまり流れてはいない。

むき出しになった川底には、洪水で上流から押し流された小石がうずたかく積もり、雲間から現われた月に照らされて白っぽく輝いている。

宗十郎は空を見上げて北極星をさがした。

次に絵図と見比べて現在の位置を確認する。

観星術という。高雄山で道円に学んだ技だった。

五里ばかりを人の歩くほどの速さで下り、夜半には手越河原に着いた。

右馬助は器用に竿をあやつって筏を岸に着けると、藤蔓で作った紐《ひも》を岸の杭《くい》に引っかけて流されないようにした。

こうしておけば明日の朝仲間が来て、筏をばらして材木商人に売りさばくのだという。

「ここから青ノ木までは三里ばかりでござる」

二人と一匹は藁科川の河原の道を上流に向かった。

あたりは静まりかえり、頭上にかかった上弦の月だけが冴《さ》え冴《ざ》えとした光を放っている。

河原に住む者の小屋が、所々にひと固まりになって建っている。そこに飼われている犬が、熊の匂いを嗅ぎつけて、時おり狂おしいばかりの遠吠《とおぼ》えをあげる。

五右衛門はそのたびにびくりと体を震わせ、足を速めて右馬助にすり寄った。

青ノ木に着くと、右馬助は川ぞいに建つ板ぶきの小屋に向かった。

そばに小舟がつないである。半町ばかりまで近づいた時、小屋の戸が開き、孫八と三人の配下が飛び出してきた。

「どうした」

右馬助が声をかけた。

「気を許した隙に与平の奴が逃げ申した。いましがたのことゆえ、まだ遠くには行っておらぬはず」

孫八がめずらしく取り乱している。

「足は治ったのか」

「治りませぬ。あの足ではどこへも行くまいと、油断をしたのがうかつでござった」

「与平の持ち物が残っていたら、持ってきてくれ」

孫八は小屋に取って返し、与平のわらじを持ってきた。

痛めた足に布を巻いているので、片方だけ残していったのだ。

「これでいい。五右衛門、この匂いが分るか」

右馬助が鼻先にわらじをぶら下げた。

五右衛門は考え深げな様子で匂いを嗅《か》いでいたが、ひと声低くうなると、河原にそってつづく松林に駆け込んだ。

暗がりから悲鳴が上がり、片足を引きずった男が転がるように飛び出してきた。

与平はわし鼻で目の吊《つ》り上がった小柄な男だった。孫八の配下に取り押さえられて小屋に連れもどされると、ふてくされたように黙り込んだ。

「なぜ逃げた」

板の間の縁に腰を下ろして、右馬助がたずねた。

足元に五右衛門が得意気に座っている。

「逃げたんじゃねえ。ちょっと用を足しに出たばかりでさあ」

「その足であんなに遠くまで用を足しに行く奴があるか」

「嘘じゃねえ。嘘は言わねえ」

「五右衛門、傷が痛むようだ。少しなめてやれ」

右馬助が頭をなでた。

五右衛門が荒い息をしながらゆっくりと近づく。

「分った。分ったから、そいつをあっちにやってくれ」

与平は尻《しり》もちをついたまま壁ぎわまで後ずさった。

「どうやら話す気になったようだな」

右馬助がろうそくの下に絵図を広げた。

「たぶんこのあたりだと思うが、はっきりしたことは分らねえ」

与平が笹間《ささま》峠から清笹《きよざさ》峠をへて高根山へとつづく尾根を指した。

「なるほど、ここなら大井川にも藁科川にも出られる。今川了俊どのが晩年を過ごされた掛川に出るにも、一日とはかかるまい」

山中を自在に移動するには、川伝いに行くか山の尾根を行くしかない。与平の指した場所は、四本の川と三つの尾根が集まった恰好《かっこう》の土地だった。

「しかし背振衆は尾根から尾根へ住まいを移しながら暮らしていると申します。今から行っても、そこにいるとは限りますまい」

孫八が言った。

「たとえいなくとも、この男ならどこへ行ったか見当がつこう」

「それだけは、かんべんしてくれ」

与平が顔を引き吊らせて叫んだ。

「背振衆の里に案内したのが知れたら、奴らはかならず殺しに来る。わしばかりじゃねえ。女房やせがれまで皆殺しにされる」

「安心しろ。隠れ里さえ見つかれば、お前は家に帰してやる」

「奴らは山の中ならどこにでも目が届く。あんたたちと一緒に山に入っただけで、わしだということが知れる」

山の尾根には、四方に見晴しのきく場所がある。背振衆はそこを押さえ、不審な者が山に入らないかどうかを見張っているという。

「孫八たちが助けなければお前は殺されていた。そのことをよく考えろ」

「わしは知っていることは何でも話した。それでかんべんしてくれ」

与平は体を震わせて手を合わせた。

よほど恐ろしいらしく、凍えたように歯の根が合っていない。

「右馬助どの、この怪我では足手まといになるばかりです。家に帰したらどうでしょう」

宗十郎が見かねて口をはさんだ。

「では背振衆の里から持ち出した物はないか。それを渡せば帰してやる」

「とんでもねえ。命からがら逃げ出してきたのに、荷物なんか持ち出せるものか」

与平は土間に落とした袋にちらりと目をやった。

五右衛門がその視線を素早くとらえ、前足で袋を引っ掻《か》き回した。

ぼろに包まれた緑色の翡翠《ひすい》の首飾りがこぼれ落ちた。

翌朝、夜も明け初めないころ、三人ずつ二手に分かれて舟小屋を出た。

宗十郎と孫八たちは藁科川の支流の黒俣《くろまた》川をさかのぼって清笹峠を、右馬助たちは黒俣川から峰山に迂回《うかい》して笹間峠を目指した。

どちらか一方が背振衆を見つけても、合流するまでは決して手出しをしない。固くそう申し合わせている。

宗十郎と孫八、それに佐吉《さきち》という孫八の配下の三人は、藁科川をさかのぼり、支流の黒俣川に入った。

山間をぬって流れる細い谷川を、源流に向かってひたすらさかのぼると、次第に山が深くなり、川は狭く流れは急になる。

川ぞいに茂る木が頭上をおおい、昼なお暗い。足元を流れる水はひんやりと冷たく、立ち止まると肌寒いほどだ。

そんな道を歩きながらも、宗十郎は時おり立ち止まっては空を見上げ、朝ぼらけの空に光を放ちつづけている北極星の位置を確かめた。

やがて川が二本に分かれていた。

右も左もほぼ同じ大きさである。どちらを進めば清笹峠に出るのか、右馬助が渡した絵図にはそこまでは記されていない。

「ちょうどいい。ひと休みして、腹ごしらえをいたしましょう」

孫八が腰の帯を解いた。

黒大豆と麻の実を粉にしてむし団子にした忍び用の携帯食が入れてある。

「山では先を急がぬことです。急ぐとかならず無理がくる。無理をすればいざというときに動けませぬ」

孫八が高雄山で山歩きを教えていた頃の口調のままで教えを垂れた。

「ひとつたずねても良いか」

「何でござろう」

「後醍醐帝が残された能面のことだ。それに秘められた力とは、どのようなものか知っているか」

「道円どのからお聞きになりませんでしたか」

孫八が意外そうに問い返した。

「たずねてみたが、右馬助どのにたずねよと申された」

「手前も右馬助さまから伺いました」

「教えてくれ。その力とはいったい何なのだ」

「それがしの口から申し上げることは出来ませぬ。右馬助さまからお聞き下され」

孫八はそう言うなり黙り込んだ。

休息を終えて右の川をさかのぼると、谷はいっそう険しくなった。

見上げるほどの岩場がつづき、水は小さな滝となって落ちている。岩場を抜けて流れる川は、やがて地の中に消え、雑木林となった。

木の幹につかまりながら坂を登っていると、狸や兎と出くわしたりする。人がつま先立って歩いたような熊の足跡もあった。

「どうやら、今夜あたりひと雨きそうじゃ」

孫八が空を見上げてつぶやいた。

清笹峠に着いても、雑木林にさえぎられてあたりを見渡すことは出来なかった。熊笹が生い茂った藪《やぶ》には、人が踏み固めたらしい道がある。

道は尾根伝いに高根山に向かって伸びていた。

「どうする、孫八」

「敵がつけた誘い道かもしれませぬ」

「しかし、未申《ひつじさる》（南西）に向いている。まちがいなく高根山の方じゃ」

「行ってみましょう。罠《わな》があるとすれば、それだけ敵に近づいた証拠でござる」

熊笹は膝《ひざ》のあたりまで伸びている。藪の中の細い道を、すり足で用心深く歩く。

宗十郎は孫八の後ろで頭上に気を配り、最後尾の佐吉は後ろ足で歩きながら背後からの攻撃に目を光らせる。

曲がりくねった道を半里ばかり歩くと藪はいっそう深くなり、道が忽然《こつぜん》と消えた。あたりには雑木が生い茂り、勢いよく伸びた枝が天をおおっている。

「やはり誘い道だったようじゃ。引き返しましょう」

「隠し道があるのかもしれぬ」

宗十郎はこだわった。この方向に進めば高根山に出るはずなのだ。

「確かめてみろ」

孫八が命じると、佐吉が樫《かし》の木にするすると登った。

木の枝から枝へと伝って足跡を消したり、行き止まりになるかなり手前で目立たぬように別の道にそれる方法は、追跡者をふり切るためによく使われる。

高い木に登るのは、それを見破るためだが、近くにそんな形跡はなかった。

「しかし、高根山に行くには、この尾根を行くのが一番近い」

「背振衆がこちらに誘ったということは、隠れ里はこの近くにはないということでござろう」

孫八は空を見上げた。

いつの間にかどんよりとした雲におおわれ、大粒の雨がまばらに落ちてきた。

「やはり降り出しおった」

「どうして雨になると分った」

「狸や兎でござる。奴らは普通夜しか出歩きませぬ。昼間動くのは雨にそなえて巣を変えているからです」

話している間にも雨は激しさを増し、桶《おけ》でもぶちまけたようなどしゃ降りとなった。木の根方で雨をよけていても、枝の茂みを突き抜けて雨が落ちてくる。

「どうやら今夜はここに泊まることになりそうじゃ」

孫八は腰刀を抜いて樫の枝を落とすと、二本の幹に渡した枝を支えにして仮小屋を作った。

枝を組み合わせて作った屋根に、熊笹を乗せて雨をよける。

「このあたりは海が近いせいか、雨の後にはかならず霧が出るのでござる。足元も見えないほどじゃ」

孫八の言葉通り、雨が小降りになると濃い霧がたちこめた。

山のふもとに煙のようにたちのぼった霧が、乳白色の色合いを深めながら山を包み込んで尾根に向かってくる。山の緑が白一色にぬりつぶされ、にわか作りの小屋をすっぽりとつつんだ。

翌朝も霧は晴れなかった。半町ほど先までは見えるが、遠くの山は影も形もない。白濁の海が一面に広がっている。

「どうします。雨が上がるのを待ちますか」

孫八があたりを見回しながらたずねた。

「清笹峠まで引き返そう。右馬助どのが何か手がかりをつかまれたかもしれぬ」

三人は来た時と同じ道をたどって峠へ向かったが、しばらく歩くと熊笹を踏み分けてつづいていた道が跡形もなく消えていた。

「これは、どうしたことだ」

宗十郎は茫然《ぼうぜん》と立ち尽くした。

「踏み倒された笹が、この雨で勢いを取りもどして立ち上がったのでござろう。奴らはそこまで考えて誘い道をつけたようじゃ」

「尾根伝いに引き返せば峠に着く。道が消えていても迷うことはあるまい」

宗十郎は先に立って熊笹の藪に踏み入った。

峠までは半里ばかりのはずなのに、四半刻《しはんとき》ほど歩いても見覚えのある場所には出なかった。

道はなだらかな下り坂になっている。

あたりの景色を確かめようとしても、霧にさえぎられて視界がきかない。

見慣れたはずの森が、魔物でもひそむ暗がりのように見える。

宗十郎は我知らず取り乱していた。

「待って下され。どうやら尾根をはずれて、黒俣川に下りているようじゃ」

孫八が肩に手をかけて引き止めた。

「ここはひとまず腰をすえて、霧が晴れるのを待ちましょう。道を失ったまま沢に下りるのは危険でござる」

「黒俣川に下りたのなら、どこかに見覚えのある場所があるはずじゃ。そこから峠への道をたどればよい」

「しかし、この道は昨日登った道ともちがうようでござる」

「昨日は二股《ふたまた》に分かれた川を右に進んだ。この道はおそらく左の川につづいているのであろう」

宗十郎は引かなかった。雨にぬれて滑りやすくなった斜面を、木につかまって体を支えながら後も見ずに下りていく。

やがて沢に出た。谷の底を流れる川は、雨を集めて水量を増していた。

頭上を木におおわれた様子は、昨日登った黒俣川と同じである。

「宗十郎どの、待たれよ」

「この川には見覚えがある。昨日山女《やまめ》を食べた所までもどれば、昨日と同じ道をたどることが出来るはずだ」

「沢を下りるときには思わぬ難所があるものでござる。手前が先をまいりましょう」

「組頭、あっしが」

佐吉がするすると前に出た。

雨にぬれた岩を用心深く伝いながら下っていく。孫八がその後につづき、宗十郎が最後尾になった。

沢は下るにつれて急になり、岩場も多くなった。

見上げるほどの巨大な岩の間を、増水した川がしぶきを上げながら流れていく。

三人は腰までずぶぬれになりながら川を下った。

どこからか地鳴りの音が聞こえてくる。

「用心しろ。急ぐでない」

孫八が声をかけた。

五間ばかり先を行く佐吉はふり返ってうなずいたが、二、三歩進んだ途端に小さな叫び声をあげて姿を消した。

「おい、佐吉」

駆け寄った孫八は、川に伸びた枝をつかんで立ち尽くした。

川が消え、急に視界が開けた。

高さ三十丈（約九十メートル）はあろうかという滝が目の下にある。垂直に落ちた水が地響きをあげ、白い飛沫《ひまつ》となって飛び散っている。

この世のものとも思えない凄《すさ》まじい光景だった。

「黒俣川ではござらぬ。とんでもないところに迷い込んだようじゃ」

宗十郎は身を乗り出し、水しぶきを上げる滝壺《たきつぼ》を声もなく見つめた。

数日前に幻影に現われたのは、この滝だったのだ。佐吉が代わってくれなければ、自分がここから落ちたかもしれなかった。

宗十郎は滝の片側に生い茂った木をつかむと、岩場に足をかけて下り始めた。

「宗十郎どの、待たれよ」

孫八の声は滝の音にかき消されそうだ。

「生きているかもしれぬ。下りて確かめねばならぬ」

「無駄でござる。この高さから落ちて助かるはずがござるまい。足でも滑らせれば、佐吉の二の舞いになりまするぞ」

そう叫んでいる間にも、宗十郎はするすると下りていく。孫八は舌打ちをすると、腰に巻いた忍び縄を木の枝にかけて後を追った。

切り立った崖《がけ》を下りたが、滝の水しぶきであたりが見えなかった。しぶきをよけて滝壺をのぞき込むが、人の姿はない。

宗十郎は佐吉を捜し求めて谷川を下った。

「佐吉、佐吉はおらぬか」

大声で呼んでみたが、霧の中から返ってくるのは木霊《こだま》ばかりである。

「お止めくだされ。死んだ者にかかずらって、われらが手負うようなことになってはなりません」

孫八が宗十郎を引き止めた。

「放せ。捜さねばならぬ」

孫八を突き飛ばして滝にとって返した。

滝壺は横二間、縦三間ばかりの広さである。

岩の上に立つと、小袖《こそで》の紐《ひも》を解き始めた。滝壺に呑《の》まれたのなら、せめて遺体だけでも引き上げてやりたい。

「馬鹿なことは、お止めなされ」

「私のせいで死なせたのだ。私が捜す」

孫八が怒鳴った。

「宗十郎どのまで呑まれたらどうしますか。それにこの寒さだ」

「黙って見ておれ」

小袖を脱ぎ、袴《はかま》の紐に手をかけた。

孫八はその手を押さえると、満身の力を込めて横面を殴りつけた。

「あなたはこれから北畠家を背負い、南朝を支えていかねばならぬお方だ。これくらいのことで取り乱してどうなされる」

宗十郎は尻《しり》もちをついたまま孫八を見上げた。

「こんなことをして佐吉が喜ぶとでも思いますか。戦に勝つためなら、千や二千の配下を犠牲にしても、平然としているのが将たるものの器でござる」

「私には出来ない。孫八、私にはとてもそんな真似は出来ない」

宗十郎は岩に突っ伏し、こぶしで岩を叩《たた》きながらうめいた。涙がとめどなく流れ落ちた。

雨が上がり霧が晴れたのは、その日の夜である。

南からの強い風が吹き、空にはこぼれんばかりの星がまたたいている。光の帯となった天の川もくっきりと見えた。

宗十郎は頭上を見上げて、北の空に輝くひときわ光の強い星を探した。

昨日見た時とは、かすかに位置がちがう。その差と絵図を見合わせることによって、どちらの方向に道をはずしたのか確かめた。

「清笹峠の真南のようだ。誘い道は高根山ではなく、こちらの山に向けてつけられていたらしい」

宗十郎は星明りに照らされた絵図を指した。

南西に向かうつもりが、いつの間にか南東に進んでいたのだ。

「ここはどのあたりでござろう」

「高根山の東の、このあたりの沢だろう」

宗十郎が推測した位置は、ほぼ正しかった。

高根山の東に瀬戸《せと》川が流れている。佐吉が落ちた巨大な滝は、その上流にある宇嶺の滝だった。

「夜のうちにこの尾根に出てみよう。何か手がかりが得られるかもしれぬ」

二人は星明りを頼りに、東にそびえる尾根を登った。

雨にぬれた地面は滑りやすかったが、右へ左へと斜めに道を取り、四半刻《しはんとき》もしない間に尾根にたどりついた。

「宗十郎どの」

孫八が大声をあげた。

ふり返ると、北西の方向にいくつかの灯火が見える。

黒い影となってそびえる尾根からわずかに下がった所に、狐火のようにゆらめいていた。

新たな指令

戸が音もなく開いて、深編笠《ふかあみがさ》をかぶった男が入ってきた。

夜目が利くのか、深夜だというのに提燈《ちょうちん》も持っていない。

「道円どの、南木正盛でござる」

道円は横になっていたが、戸が開く前から目をさましている。男が正盛であることも気配で察していた。

「さきほど大和から使いがまいりました。大覚寺義昭さまが天川《てんかわ》の御所に入られたそうでございます」

「うむ、備えは」

「わが楠《くすのき》一族二百人が天川の要所をかため、不審の者の侵入にそなえております」

「多武峰の戦はどうじゃ」

「幕府軍二万が山の周囲を取り囲んでおりますが、越智どのの守りが固く攻めあぐんでおります。兵糧も潤沢で、あと四、五カ月の籠城《ろうじょう》には充分に耐えられるものと思われます」

「鎌倉公方が兵を挙げると同時に、義昭どのには多武峰に入っていただく。それまで天川の御所で固くお守りするのだ」

「念のために、配下の方を護衛につけていただければと存じます」

「明日にでも発《た》たせよう。そのほうらの手配はどうじゃ」

「横大路、木津の馬借三千は、いつでも動くことが出来ますする。大津と坂本の衆とも、やがて話がつきましょう」

「都にひそむ一族は？」

「千五百でございます」

「比叡山《ひえいざん》の中にも、我らに同心する者が多い。東国での戦が始まると同時に、宮さまを比叡山にお移し申し上げねばならぬ」

「宮さまもそのお覚悟でございます」

「あと半年とはかかるまい。その日までくれぐれもご自重なされるようにお伝え申し上げよ」

正盛は音もなく闇の中に消えていった。

その気配におびえたのか、けたたましい猿の叫び声が聞こえた。

翌朝、道円は左近と新之助を坊に呼んだ。

「大和へ行け」

短く命じた。

「天河弁財天社《てんかわべんざいてんしゃ》のそばに南朝の御所がある。そこに大覚寺義昭どのがおられる。二人してお守りせよ」

左近と新之助は顔を見合わせ、小さくうなずき合った。

「幕府は、腕利きの忍びを刺客として送ってくる。厠《かわや》であれ風呂場《ふろば》であれ、かならずおそばに従うのだ。食べ物、飲み水、すべて毒味をしてからでなければお渡ししてはならぬ。左近」

「はっ」

「そちが年上じゃ。指揮はすべてそちがせよ。新之助が従わぬ時は、斬り捨てても構わぬ」

左近は一瞬不快そうな顔をしたが、無言のままだった。

「十文字槍《やり》はどうした」

「坊に置いてまいりました」

「魔除《まよ》けの気を込めてやろう。持参いたすがよい」

左近が立ち去ったのを確かめると、道円は新之助を間近に呼んだ。

「さて、そちの弓にも魔除けをほどこさねばならぬな」

「お願いいたします」

「その前に申し付けることがある」

道円は薄い肌色をした翁《おきな》の面を差し出した。

やせた顔に泣き笑いの表情を浮かべている。

「父尉《ちちのじょう》の面じゃ。これと同じ物を義昭どのが持っておられる。万一身方が多武峰の戦に破れるようなことがあれば」

道円は体を寄せて耳打ちした。

新之助の丸い顔からすっと血の気が引いていく。

「このことは他言無用じゃ。左近といえども話してはならぬ」

道円は新之助を見据えると、大きな手で肩をつかんだ。

てのひらから痺《しび》れるような衝撃が伝わってくる。

新之助の小柄な体がびくりと震え、目付きが急に鋭くなった。

参道の短い石段を登って拝殿の前まで行くと、背中を丸めた老婆が手を合わせていた。

朝比奈範冬はその隣に立って祈りの姿勢をとった。

「今日の申《さる》の刻（午後四時）から、八幡山下の河原で時宗の輩《やから》が施粥《せがゆ》を行います。清姫さまもお出ましになられるとか」

老婆に姿を変えているのは空蟬である。泰親が屋敷に人を入れることを禁じているので、近くの神社で連絡を取ったのだった。

「申の刻、八幡山下だな」

「どうなされますか」

「とにかく様子を見る。決めるのはそれからだ」

「時宗の輩や群衆が取り巻き、そばに寄ることは出来ませぬ」

「清姫は法衣か？」

「他の衆徒と同じく、柿色の衣を召されておられます」

「必要になるかもしれぬ。一着用意しておけ」
範冬は柏手を二つ打つと、深々と頭を下げて神社を後にした。
清姫に引き合わされたのは、もう十七年も前のことだ。
実の父である今川範政《のりまさ》を烏帽子《えぼし》親として元服した日に、許婚者《いいなずけ》の約束があること
を知らされたのである。
範冬は十四歳、清姫は六歳になったばかりだったが、弟の範次と今川家屈指の武
将である朝比奈泰親との絆《きずな》を強めたいという範政の考えにそって決められた縁談だ
った。
それ以後、二人は互いの館《やかた》を行き来し、幼いながらも許婚者同士らしい付き合い
をつづけてきた。
祝言は清姫が十六歳になってからという約束だったが、範忠と千代秋丸との間に
家督相続争いが起こるとその話もうやむやになり、五年前の内乱で花倉家が千代秋
丸派に加担して没落すると、二人の関係は完全に断ち切られたのだった。
八幡山下の河原には、籠城《ろうじよう》戦での炊き出しに使うような大鍋《おおなべ》が三ヵ所に据えられ、
盛んに火が焚《た》かれていた。
鍋からは湯気が立ち上り、甘い粥の匂いがただよっている。
まわりにはすでに五百人ちかくの群衆が集まり、思い思いの器を持って施粥が始

まるのを待っていた。

薄汚れた小袖《こそで》を着た老婆、裸の乳呑み児《ちのご》を抱いた女、戦で両足を失った武士、業病《ごうびょう》をわずらい白覆面で顔を隠した者、十人ばかりで連れ立った浮浪児たち……。

柿色の衣を着た時宗の僧たちが群衆の間をまわり、一人一人に南無阿弥陀仏《なむあみだぶつ》と書いた札を配っている。

賦算《ふさん》と呼ばれるものだ。

時宗の開祖一遍上人《いっぺんしょうにん》は、生涯にただ一度でも念仏を唱えれば、信不信、浄不浄を問わず往生できると説き、一人でも多くの者を救うために諸国を遊行《ゆぎょう》して札を手渡した。

その教えが引き継がれているのである。

範冬は群衆の中ほどに座って様子をうかがった。

時宗の僧たちは五十人ばかりで、尼僧も十人ほどいるが、清姫の姿は見えない。

三つの大鍋の近くには、数人ずつ屈強の男たちがいる。

一見他の衆徒と変らないが、武道の鍛練をつんだ者であることは太い二の腕や固そうなこぶしを見れば分る。

(花倉城の残党か)

五年前の内乱の時、清姫の父範次《のりつぐ》は花倉城にこもって戦ったが、範忠方の軍勢に攻め落とされ、捕えられて幽閉の身となった。

生き残った旧臣たちが、時宗の僧に姿を変えて清姫を守っているのだろう。

陽はすでに高草山のかなたに落ちて、あたりはひんやりとした空気に包まれていた。

暮れかかった空に浮かぶ富士の頂が、夕陽にそまって赤い。鉄が溶ける寸前に発するような輝くばかりの赤である。

「皆の衆、花倉の姫さまのお出ましじゃ」

一人の僧が叫ぶと、あたりが水を打ったように静まった。

柿色の法衣をまとい首に数珠《じゅず》をかけた清姫が、大鍋の陰からゆっくりと進み出た。腰まで伸ばした髪を、白い元結で結んでいる。あごのとがったほっそりとした顔で、黒目がちの大きな目をしている。

鼻筋が細くとおり、唇は小さく引き締まっている。なで肩で腰が細く、肌が透き通るように白い。

範冬は息を呑んでその姿を見つめていた。

五年前とは人が変ったようだ。美しさは相変らずだが、気位の高さと気性の激しさが影をひそめている。

「姫さま、お救い下され」

赤ん坊を抱いた母親が、群衆のなかから飛び出してきた。

何人かの屈強の僧が素早く動いて行く手をふさぐ。

「この児が死にまする。お救い下され」

草色の小袖を着た若い母親は、両肩を押さえられながら身もだえした。

「お放しなさい」

清姫が命じた。

僧が手を放すと、母親は姫の足元に走り寄って訴えた。

「三日前から流行病《はやりやまい》にかかり、熱が下がりませぬ。どうか」

清姫は膝《ひざ》を折って赤ん坊を抱き取った。

顔中に赤黒い湿疹《しっしん》が吹き出し、口を半開きにして荒い息をしている。高熱のために耳まで赤く、目からは膿《うみ》のような目やにがこぼれている。

「水を」

竹筒に入った水を受け取って口に含み、赤ん坊の首を左手で支えて口移しに飲ませようとしたが、鼻が詰まっているのでむせかえるばかりである。

清姫は赤ん坊の鼻汁を口で吸い出し、もう一度口移しに水を飲ませた。

赤ん坊の息が急におだやかになった。顔の赤みも薄くなり、苦痛の色も失《う》せていく。

「三郎、三郎」

若い母親がのぞき込んで呼びかけた。

赤ん坊は目を開いてじっと母親を見つめていたが、ふっと笑みを浮かべると眠るように息を引き取った。

「ありがとうございます。お陰さまでこの子も成仏できました」

母親は手を合わせて泣き伏した。

「お泣きなさい。大きな声で泣いて、浄土へ旅立ったこの子に、この世でどれほど愛されていたかを教えてさし上げなさい」

群衆の間からもらい泣きの声が上がった。目をうるませ、唇を固く引き結んでいる者もいる。

清姫は骸《むくろ》となった赤ん坊を抱いたまま、群衆の前に立った。

「今この児は、皆さまの前で御仏《みほとけ》のもとに召されました」

清姫は静かに語りはじめた。

澄んだ声はよく通り、遠くの者にもはっきりと聞き取れた。

「こうして動かぬ骸となりましたが、この児の魂が滅びたのではございません。魂はこの世にありし日のさまざまの思い出とともに、苦しみも哀しみもない浄土へと旅立っていきました。蟬が脱《ぬ》け殻を残してはばたくように、この児の魂も骸を残してこの世から飛び立ったのです」

群衆はじっと聞き入っている。

もっとよく聞こえるように前へ前へと押し詰め、清姫を中心にして半円を作った。

清姫はひざまずいて赤ん坊を母親に渡すと、笛を手にしてふたたび群衆の前に立った。

「この児の御霊《みたま》が、迷いなく浄土にまいりますように」

笛を横に構えて吹き始めた。

高く澄みきった音があたりに響き渡った。瀕死《ひんし》の鳥が最後の一声を鳴くような、切ないながらも気迫のこもった音色である。

群衆は出だしの一拍から笛の音に魅了され、全身を耳にして聞き入った。

笛はやがてはかなげな調子に変った。

だが芯《しん》の強さを失ってはいない。地にぬかずき一心に祈る声のようだ。

祈りに込められた思いの数々が、少しかすれた音によって鮮やかに現わされている。

範冬は総毛立つほど心を動かされていた。

感動というより驚愕《きょうがく》に近い。この音は夢の中で何度も聞いたものだ。

幸せな夢もあり、悪夢もあった。だが常にこの笛が流れ、救いを求める女の声が聞こえたのである。

と、笛の調子が急に上がった。

甲高い旋律が谷川の奔流を思わせる激しさでかなでられていく。この激しさには怒りがある。叫びがある。無限の前で腕を振るようなやる瀬なさがあった。

(呼ぶな。もうわしを呼ぶな)

範冬が悪夢の中でと同じように声にならない叫びを上げたとき、笛の音がぴたりと止んだ。

清姫が即興でかなでた野辺送りの曲が終わった。

誰一人声を上げる者はいない。涙で頰をぬらしている者も多い。両手を合わせて地にうずくまる者、天をあおいで切なげな溜息《ためいき》をもらす者、一人一人が人の運命のはかなさに思いを馳《は》せ、しばし時を忘れている。

三つの大鍋《おおなべ》では、粥《かゆ》が煮え立っていた。

湯気と共に、炊き上がったばかりの米の匂いがたち込めていた。

範冬は群衆の中に空蟬の姿をさがした。

神社で会った老婆の姿のままで、数人をへだてた所に座っていた。

驚いたことに、その頰がぬれている。

(施粥の時に姫をさらう。支度をしろ)

範冬は右手を上げて合図を送った。

「それでは皆の衆、これから施粥じゃ。粥は充分にあるゆえ先を争わず、御仏の慈悲を思いながら召し上がられよ」

一人の僧が進み出て声高に叫んだ。

清姫の説教の間に五百人ちかくに膨れ上がった群衆は、椀《わん》を持って大鍋の前に列を作った。

高草山の尾根を浮き上がらせていた残照も消え、あたりは薄闇に包まれている。

大鍋のそばには二十人ばかりの時宗の僧が立ち、長ひしゃくで手際よく粥をつぐ。

粥をもらった者たちは、三々五々と連れ立ち、思い思いの場所に座り込む。

群衆の半分ほどに粥が行き渡ったころ、急にざわめきが起こった。

施粥を待って列を作っていた者たちが、おびえた顔を見合わせて口々にわめいている。

見ると一町ばかり下流の河原で火の手が上がり、群衆に向かって突き進んでくる。

「鬼火じゃ」

「とり殺されるぞ」

「逃げろ」

火は見る間に勢いを増し、尾を引きながら地を滑る。

蜥蜴が干し草を積んだ荷車を牛に引かせて火をつけたのだ。牛は驚いて暴走を始めたのだが、薄闇の中では遠くの黒牛は見えない。

恐怖にかられた群衆は、我先にと逃げ惑い、河原は大混乱におちいった。

時宗の僧たちの対応は早かった。

「鬼火ではない。火をつけた荷車を黒牛に引かせておるばかりじゃ。惑わされてはならぬぞ」

十人ばかりの僧たちが口々に叫びながら群衆の間を回った。

他の者たちは暴走する牛に突きかかられて怪我人が出ないように、人々を押し退《の》けて道を開けている。

群衆と大鍋を守ることに手一杯で、清姫に注意を向ける者はない。

その隙をついて、範冬は清姫の背後に回り込んだ。

「清姫、わしじゃ」

姫がふり向いた瞬間、みぞおちに当て身を入れた。

気を失って地に崩れる清姫の肩を抱き、庇《かば》うように見せかけて軽々と引きずっていく。

大鍋のそばには、柿色の法衣を着て清姫になりすました空蟬が火に照らされて立っている。混乱が静まるまでは、それが偽物だと気付く者はいないはずだ。

範冬は草むらに隠していた馬に飛び乗って上流へ向かった。半里ばかり走って追手がないことを確かめると、馬を安倍川に乗り入れ、悠然と泳がせて渡った。

清姫を肩にかついだままである。

なつかしい髪の匂いが鼻をくすぐり、やわらかい乳房の感触が背中をなでる。

範冬は姫の太股《ふともも》を押さえた指に力を入れ、我知らず生唾《なまつば》を呑《の》んだ。

対岸に上がると、人通りの少ない道を選んで沓谷《くつのや》の伊勢屋《いせや》に行った。

東海道ぞいの旅籠《はたご》で、昔から懇意にしている店である。裏口から馬を入れ、清姫を離れの部屋に運び込んだ。

横抱きにして回り縁から上がり、壊れ物でも扱うように畳の上に横たえた。

「お床をお取りいたしましょうか」

初老の下女がたずねた。

「そうしてくれ」

女が隣の部屋に夜具を敷いている間に、範冬ははばきを解き、ぬれた袴《はかま》を脱いだ。

「お床の用意が出来ました」

「うむ」

清姫は気を失ったままである。

範冬は軽々と抱き上げると真っ白な夜具の上に横たえた。

下ろす時に法衣の裾《すそ》が乱れ、太股があらわになった。思いがけないほど豊かな肉付きである。

範冬はその奥まで押し開きたい誘惑を押さえ、無骨な手で裾を直した。

燭台《しょくだい》の薄明りに照らされた清姫の顔はおだやかで、軽い寝息をたてていた。

まつげが長く、唇がみずみずしく赤い。その唇がわずかに割れて、白い歯がのぞいている。呼吸をするたびに胸が上下に動く。

範冬は枕元にあぐらをかいてじっと見下ろしていた。

五年の間片時も忘れたことのない女である。

愛憎半ばする夢にうなされ、何度目をさましたことか。ふり払おうとしても影のように付きまとう別れの日の思い出に、どれほどほぞを噛《か》んだことか。

その女が今、こうして手の内に入ったのだ。

「お召し替えをお持ちいたしました」

下女が外から声をかけた。

中で行われていることを察したように、ふすまを開けようとはしない。

範冬は濡《ぬ》れた小袖《こそで》を脱ぎ、着替えに袖を通した。

涼やかな香りの香がたきしめてある。

その香りにそそられたのか、体の奥深くから激しい情欲が突き上げてくる。

範冬は小袖の前をはだけて立ち尽くしたまま、牛のような目で清姫を見下ろした。

その気配におびえたのか、清姫は苦しげに寝返りを打って目をさました。

黒目がちの大きな目を見開くと、夢からさめきれない顔で範冬を見つめた。

驚きも、怖れもしない。枕に片頬を押し当てたまま、めずらしい物でも見るようにじっと目を注いでいる。

範冬は水を浴びたように冷静になり、小袖の前を引き合わせた。

「やはり、あなたさまでしたか」

清姫はゆっくりと上体を起こすと、あたりを見回した。

この部屋には以前二人で来たことがある。そのことを思い出したようだ。

「伊勢屋の離れでございますね」

「そうだ」

「当て身を入れられたとき、あなたさまだと分りました。ところが目を覚ましてみると、いつもの夢だったような気がいたしまして」

清姫は額にかかった髪をかき上げ、しきりに襟元に手をやった。

「聞きたいことがある」

「駿府にはいつお戻りになられましたか」

清姫は範冬の言葉を無視してたずねた。

昔からそうだ。範冬はその我ままにいつもねじ伏せられていた。

「半月前だ」

「将軍家のご用ですか」

「いいや」

「五年前よりお肥《ふと》りになられましたね。月代《さかやき》を剃《そ》ると、そう見えるのでしょうかしら」

「お前こそ、どうしてあのような者たちの中に混じっておるのだ」

「わたくしは弥陀《みだ》の手におすがりすることによって救われました。このような道があることを、数多くの苦しんでいる方々にお伝えしたいのです」

「ただ一度念仏を唱えるだけで救われるか」

「はい」

「ずいぶんとお手軽なことだ」

「自ら救われようとしている間は、迷いを深めるばかりでございます」

「似合わぬことをするな。お前の心の底に何が宿っているか、このわしが一番よく知っている」

「花倉の城も焼きつくされ、父上は囚《とら》われの身でございます。昔の誇りなど、形もなく消え失せるのは詮方《せんかた》なきことでございましょう」

夜はすでに更け、ふすまはぴたりと閉ざされている。部屋の片隅にある燭台が、ジジッという音をたてて燃えつづけた。

「黒色尉《こくしきじょう》の面のことを知っておろう。今川了俊どのが残された後醍醐帝の能面じゃ」

清姫はちらりと険しい目をしただけで、何も答えなかった。

「幕府をくつがえすほどの秘密が記された面が、駿河のどこかに隠されておる。将軍がわしを遣わされたのは、そのありかを突き止めるためじゃ。なぜお前をさらったか、これで分ったであろう」

清姫はなおも黙ったままである。

「そちは花倉の家を再興するために、黒色尉の面を手に入れようとした。そのために時宗の者たちに近付き、遊行寺《ゆぎょうじ》に入って了俊どのの残された手がかりを探ったのだ」

了俊と時宗教団の親密さはよく知られている。

応永の乱に連座して将軍義満の追討を受ける身となったとき、了俊は時宗の総本山である藤沢の遊行寺に匿《かくま》われたほどだ。

「そこでおそらく黒色尉の面が背振衆に渡ったことと、駿河の山中深く隠れ住む彼らの居所を知ったのだ。遊行と称して駿河に来たのも、その者たちと連絡をつけるためであろう」

「わたくしには何のことやら」

「彦兵衛《ひこべえ》という。そちが書状を出した背振衆の首領の名じゃ」

「………」

「一月前、そちは藤沢から彦兵衛にあてて使いの者を送った。だが、その者は今川家の探索方の網にかかって包囲され、密書を血に染めて自害した」

密書の文字を消し去るためだが、岡部六左衛門らの処置が早かったために、文末の宛名と差出人の署名がかろうじて読めた。

清姫と背振衆の関係が明らかになったのはそのためである。

「時宗の僧の中に屈強の武士がいるのも、警固をつけねばならぬような事をしておるからであろう。黒色尉の面を手に入れてどうする。鎌倉公方にでも引き渡すつもりか」

「そうだと申し上げたなら、どうなされます。わたくしを責め抜いて口を割らせますか」

「考えてもみるがよい。背振衆は了俊どのの遺命を奉じて二十数年も山中に潜みつづけてきたのじゃ。たとえそちが里をたずねたところで、やすやすと面を引き渡すはずがあるまい。それよりこのわしと取り引きをせぬか」

清姫は目を伏せて再び黙り込んだ。

「背振衆の隠れ里を明かしてくれたなら、範次どのの幽閉をとくよう範忠公に進言しよう。花倉の城も所領も、旧に復してもらう。それでどうだ」

清姫は眉《まゆ》ひとつ動かさなかったが、心中の動揺を隠し通すことはできなかった。

五年前に千代秋丸と範忠の家督相続争いが起こった時、清姫の父範次は千代秋丸派にくみした。

ところが将軍義教の後押しをえた範忠派が優勢となり、千代秋丸派は窮地に立たされた。

このとき、彼らが起死回生の策として取ったのが、範冬を身方に引き入れ、範忠派を切り崩すことだ。

その使者としておもむいたのが、当時十八歳の清姫だった。

清姫は烏帽子直垂《えぼしひたたれ》という男の装束を身につけて朝比奈屋敷に乗り込み、範次からの誘いの書状を手渡して返答を迫った。

だが、この時すでに範冬は将軍の近習《きんじゅ》として都に上ることを決めていた。

断わりの返答を聞くと、清姫は残酷なばかりに冷やかな目で範冬を見つめた。

花倉の家のために婚礼の約束をしたと言わんばかりの態度にかっとなった範冬は、狡猾《こうかつ》な手を使った。

「今夜伊勢屋の離れに忍んで来い。そうすれば考え直さぬでもない」

二人きりになった時にそうささやいたのだ。

一人で伊勢屋を訪ねることが何を意味するか、清姫にも分っていたはずだ。

それでも約束通り清姫はやって来た。我身を犠牲にしてでも花倉の家を救う覚悟で範冬の前に立った。

範冬は清姫を意のままにした後で駿府を去ろうと思っていたが、これほど健気《けなげ》な姿を見せられてはあざむくことが出来ない。

将軍の近習となったことを話し、共に都へ行こうと誘ったが、清姫はついに応じなかったのである。

「わしは将軍の命によって動いておる。その頼みとあらば、範忠公も嫌とは申されぬはずじゃ。花倉の城と所領で不足なら、将軍に進言して遠江半国の守護に任じてもよい」

範冬は確かな手応《てごた》えを感じながら誘いの糸をたぐった。

「さきほども申し上げました如く、わたくしは何も存じませぬ。今は御仏にお仕えする身ゆえ、そのようなことに関わりとうもございませぬ」

「では勝手にするがいい。だがな、すでに南朝方の者たちが、背振衆の隠れ里の手がかりをつかんで動き出しておる。伊賀の服部一族だ。お前たちの手に負える相手ではないぞ」

範冬は太刀をつかんで席をたった。

「お待ちなされませ。また逃げ出されるおつもりですか」

清姫が上目づかいに見上げた。

「逃げるだと」

「あなたはあの時も尻尾《しっぽ》を巻いて駿府を逃げ出されたではありませんか。この部屋に呼び付けておきながら、わたくしに指一本触れることが出来なかった」

「そちはわしの誘いを断わり、花倉の家に残る道を選んだ。だから手を触れるわけにはいかなかったのだ」

「あの夜あなたが抱き止めて下されば、家を捨てる覚悟でここに参りました。それなのにあなたにはその勇気もございませんでした。危険に踏み込むことを恐れて、自分だけ安全な所へ逃げておしまいになったのです。あなたは卑劣な臆病者《おくびょうもの》です」

清姫は唇を噛《か》みしめて範冬をにらみ付けた。

その顔はぞくりとするほど美しい。

「臆病者……。このわしが卑劣な臆病者だと」

範冬は怒りに駆られてこぶしを握りしめた。

「ならば、望み通りに」

太刀を投げ捨てて清姫を襲った。

夜具の上に押し倒し、法衣の胸紐《むなひも》を引きちぎって前をはだけた。

範冬は息を呑んだ。左の肩から背中にかけて無残なやけどの跡があった。

「わたくしは花倉の城とともに死んだ女でございます。御仏《みほとけ》にでもおすがりしなければ生きてゆけませぬ」

清姫が両手で顔をおおい、堰《せき》を切ったように泣き出した。

急に、冷たい地殻を破って溶岩が噴き出すように、範冬の胸に限りない愛《いと》しさがこみ上げてきた。

「そちは何も変わらぬ。昔のままじゃ」

両手をおしのけて唇をあわせた。

豊かな乳房をてのひらに包み込み、やけどの跡をなでさすった。

清姫の泣き声が喜びのあえぎに変わった。

「申し出を受けまする。ですから、約束を……、約束をお守り下さいませ」

清姫は範冬にしがみつき、肩口を咬《か》んで喜びの声を押し殺しながら、切れ切れに訴えた。

背振衆の里

背振衆の隠れ里に近付くにつれて森は深くなった。

清笹峠から高根山へとつづく道が、何本もの倒木でふさがれている。

倒木に気を取られていると思わぬ所に落とし穴があり、そこにはびっしりと竹槍《たけやり》が植えてある。

「宗十郎どの」

狩野右馬助が前方の藪《やぶ》を指した。

両側から木の枝が迫り、腰をかがめてしか通れない所である。

一見何の細工もなさそうだが、腐りかけた倒木を投げると、たわめた木が弾《はじ》けて倒木は頭上高々と吊《つ》り上げられた。

「五右衛門、これでは命がいくつあっても足らんなあ」

右馬助がふり返って声をかけた。

五右衛門は毛を逆立て、おぞましげな目でひとつひとつ破られていく罠《わな》を見つめている。

やがて前方の森から黄色い煙が上がった。

「どうやら気付かれたようじゃ」

「やはり里の男たちは出払っているのでしょう」

夜中に背振衆のものとおぼしき明りを見つけてから、宗十郎は遠目のきく孫八に三日の間隠れ里の様子をさぐらせた。

やみくもに踏込んで千載一遇の機会を逃がすことを怖れたからである。

孫八は少しずつ里の方に近付きながら偵察をつづけ、この数日背振衆の主力が狩りに出ていることを突きとめたのだ。

「急ごう。今なら戦いをさけられるかもしれぬ」

右馬助が先に立って走り出した。

宗十郎が後につづく。孫八と二人の配下も、遅れじと足を速めた。

背振衆の隠れ里は、尾根から少し下がった林の中にあった。二十戸ばかりの天幕張りの小屋が、木の陰に隠れるようにして並んでいる。

木と木の間に渡した横木を棟がわりにして、天幕を草色に染めているので、遠くからでは森と見分けがつかない。

小屋の回りでは数十人の老人や女たちが、半弓や槍を持ってあわただしく走り回っている。

里まで半町ばかりの所まで駆け下りると、右馬助は大木の陰に身をひそめた。

宗十郎も孫八もその後につづいた。

五右衛門もあわてて追ったが、勢いあまって五、六間下まで転げ落ちた。

五右衛門はあわを喰《く》って駆け登ってくる。

その気配に気付いたのか、丸太の陰から十人ばかりが矢を射かけてきた。

「まったく、お前という奴は」

右馬助は五右衛門の頭をぽかりと叩《たた》いた。

五右衛門は荒い息をしながら、面目なげに身をすくめて上目づかいに許しを乞《こ》う。

「仕方がない。こちらの用向きを伝えてみよう」

右馬助は大木の陰から身を乗り出すと、鎌倉公方の使者だが頭領に会いたいと申し入れた。

相手は矢の一斉射撃でそれに応《こた》えた。

横に積み上げた丸太の後ろで、引っ詰め髪にして真紅の鉢巻きをした十六、七の娘が指揮をとっている。

「宗十郎どの、何かいい知恵はござらぬか」

攻め込むのは簡単だが、それでは後の交渉が面倒になる。ぐずぐずしていて敵の主力がもどったら余計に厄介だ。

「孫八、これを頼む」

太刀を渡すと、丸腰のまま進み出た。

「この通り、害意を抱く者ではございませぬ。今川了俊どのの残された黒色尉《こくしきじょう》の面についておたずねしたく、都からまいった北畠宗十郎という者でござる」

弓の射撃がぱたりとやみ、丸太の陰にひそんでいた者たちが物めずらしげに宗十郎をながめまわしている。

「都からとは、どこの手の者じゃ」

真紅の鉢巻きをした娘がたずねた。

「大覚寺におわします小倉宮さまの使いでござる」

「さっきは鎌倉公方の使者と申したぞ。我らをあざむこうとしてもそうはいかぬ」

「さきほどのお方は、湯島城主の狩野貞行どののじゃ。このたびの天下大乱に際し、小倉宮さまと鎌倉公方どのは、一致して足利将軍家と戦うご所存でござる。黒色尉の面を求めておるのはそのためじゃ」

「利口を用いてもあざむかれぬ。命が惜しくば早々に立ち去れ」

娘は弓を手にすると、丸太の上から身を乗り出してねらいをつけた。

女としては大柄で、切れ長の気丈そうな目をしている。

「待たれよ。頭領に取り次いで下されば、我らの真意をお分りいただけるはずじや」

「問答無用」

そう叫んで弓を射た。

胸の真ん中を目掛けて飛んできた矢を、宗十郎は素手でつかみ取った。

「おのれ」

娘が目を吊《つ》り上げて二の矢をつがえた。

「よさぬか。お前の矢など、百本射てもこの方には当たらぬ」

大柄の老人が娘の腕をおさえて弓を下ろさせた。

真っ白になった髪を総髪にして、首のうしろで束ねている。顔の半分が白い髭《ひげ》でおおわれていた。

「北畠宗十郎どのと申されましたな。わしはこの里の大長《おおおさ》で彦兵衛という者じゃ。お連れの方共々、こちらにまいられるがよい」

宗十郎は丸腰のまま老人の天幕小屋に入った。

右馬助と孫八も後につづく。五右衛門は右馬助のそばにぴたりと寄り添っている。

「真矢、お前も来い」

彦兵衛と名乗った老人が、真紅の鉢巻きをした娘を呼び寄せた。

「孫娘でしてな。鼻っ柱ばかり強くて困っております」

「俺はこいつらの話など信用しねえぞ」

裾《すそ》の締まった袴《はかま》をはいた真矢が、彦兵衛の隣であぐらをかいた。

五右衛門は鼻を突き出してしきりに匂いを嗅《か》いでいたが、立ち上がって二、三歩娘の方に歩き出した。

「なんだ、こいつは」

真矢は片膝《かたひざ》立ちになると、腰に差した双刃《もろは》の短剣を抜いて身構えた。

五右衛門が右馬助の懐に鼻面を当てる。

「そうか。これはお前のものか」

翡翠《ひすい》の首飾りを取り出した。

真矢は身を乗り出して引ったくると、てのひらに包み込んで傷がないかどうかを確かめた。

「これをどこで？」

彦兵衛がたずねた。

「数日前に捕えた杣人《そまびと》が、この里から盗み出したと申すゆえ持参したのでござる」

「さきほど大覚寺の宮さまの使いと申されたが、それを証《あか》す品をお持ちかな」

「書き付けはありませんが」

宗十郎が白龍丸《はくりゅうまる》を差し出した。

彦兵衛は鍔《つば》の透し彫りと、刀身に描かれた龍に見入った。

「かたじけない。久々に目の保養をさせていただいた」

得心のいった顔で白龍丸を押し返した時、外で大きな声がして数人が駆け寄ってくる足音がした。

鹿皮の袖《そで》なし羽織を着た六人の若者が戸口に現われた。

「大長、これはどうしたことだ」

背の高い男が突っ立ったまま、宗十郎らを敵意のこもった目でにらんだ。

「座らぬか。都の宮さまからの使いの方々じゃ」

「都だろうが、宮さまだろうが、なぜ他所者《よそもの》を里に入れたかとたずねておる」

「礼を尽くした申し入れをなされたからじゃ。年寄りや女だけで防ぎきれる相手でもない」

「のろしを見て駆け戻ってみればこのざまだ。だから与平を殺しておけと言ったのだ」

「座らぬか。この方々はあの男から真矢の首飾りを取り戻して下されたのだぞ」

「本当か、真矢」

真矢がてのひらに乗せた首飾りを大事そうにつまみ上げた。

「こやつらもぐるかもしれぬ。第一他所者は里に入れぬのが掟《おきて》だ。それを一存で破ったとあっては、大長といえども申し開きはできぬぞ」

「座らぬか。それが出来ぬならさっさと出て行け」

彦兵衛が怒鳴りつけた。

「真矢、来い」

そう叫ぶなり男は踵《きびす》を返して出て行った。

真矢は他所者と同席したことを恥じるように急ぎ足で後を追った。

「若頭の太一《たいち》と申しましてな。腕はたつが融通が利かぬ。ご無礼をお許し下され」

「構いませぬ。それよりおたずねしたいことがあります」

「何でござろう」

「黒色尉の面のことです。貴公らは今川了俊どのから黒色尉の面を守るように命じられ、山中深く隠れ住むようになったとうかがいましたが」

彦兵衛は一瞬探るような目をしたが、すぐに元の穏やかな表情にもどった。

「我々は小倉宮さまの命によって、その面を捜し求めています。黒色尉の面のありかをご存じなら、明かしていただきたい」

「わしの一存では、何とも答えられませぬ」

「秘密を明かしていただけるなら、どのような恩賞も惜しまぬと宮さまはおおせでございます」

「大事のことは、一族の主立った者の話し合いで決めるのが掟なのじゃ。のう宗十郎どの、三日だけ待っていただけぬか。そうすれば狩りに出た男衆も戻ってくるでな」

彦兵衛は真矢を呼び付けると、五人のために天幕小屋を作るように命じた。

真矢は三人の女の手を借り、四方に柱を立てて手際良く小屋を作った。

「寒かったら、石を焼いて地面に埋めろ」

そうすれば石の余熱で一晩中暖かい。風呂《ふろ》をわかすときも、たまり水の中に焼いた石を投げ込んでお湯にするという。

隠れ里に住んでいるのは二十一世帯で、男が七十数人、女が三十数人だった。家事は女と子供の仕事で、男は狩りと戦に出る以外には何もしないという。

最初、里の者たちは宗十郎らを警戒して近づこうとはしなかった。

一族以外の者が入ってくるのは初めてのことで、声をかけると臆病《おくびょう》な鳥のように逃げ去っていく。

宗十郎も孫八もどうしていいか分らずに、まわりを刺激しないことだけに気を配っていたが、右馬助はちがった。里についた翌日には、子供たちを呼び集めて五右衛門の芸を披露し始めたのだ。

「さてさて、取り出したるこの玉をひょいと投げれば、この五右衛門めがはっしと受けて投げ返す。見事に出来ましたなら拍手ご喝采《かっさい》」

傀儡師《くぐつし》のような口上をすらすらと述べて、布を巻いて作った大きな玉を投げた。

五右衛門は耳を伏せて寝そべったまま、頭上を飛びすぎる玉をつまらなさそうに見つめる。

十人ばかりの子供たちが、どっと笑った。

「これ五右衛門、そのようにつれなくては、この右馬助の立つ瀬がない。どうかやる気を起こしておくれ」

右馬助は五右衛門の前に平伏して頼み込んだ。

「なになに、かように見物の衆が少のうてはやる気も起きぬ。せめてあと二、三十人は呼んで来いとな」

鼻先に耳を当ててそんなことを言う。

聞くやいなや、子供たちが四方に散って女や年寄りを集めてきた。

「どうだ五右衛門、これで嫌とは言わせぬぞ」

右馬助は三間ばかり離れた所から玉を投げた。

五右衛門は玉をぱくりとくわえると、竿立《さおだ》ちになって前足で投げ返した。

「おい、せっかくこれだけ集まったんだ。もっと面白いものを見せてやらねえか」

離れて見物していた太一が、にやにやしながら宗十郎に歩み寄った。

孫八と五右衛門の芸に見入っていた宗十郎は、一瞬何を言われたのか分らなかった。

「真矢の射た矢を素手でつかみ取ったそうじゃねえか。腕に自信があるんだろう」

太一は角張った顔を突きつけるようにする。宗十郎より二寸ほど背が高く、肩幅も広かった。

「熊っころの芸などつまらねえ。集まった奴らに男の勝負というものを見せてやろうじゃねえか」

「私の剣は見せ物ではない」

「それなら真剣でもいいぜ。見せ物になるのが嫌だというのならな」

太一が前に回ってしつこくからんだ。

「どいてくれ。お前と戦う理由はない」

「客の腕を試すのはこの里の流儀だ。男なら受けて立て」

「その腕では私には勝てない。やるだけ無駄《むだ》だ」

「ふざけたことを言うな」

太一が怒鳴り声を上げた。

あたりがしんと静まり、人々の目がいっせいに集まった。

「でけえ口を叩《たた》いたからには、勝負をしねえとは言わせねえ。さあ来い。望み通り真剣でやってやる」

太一がうめがいと呼ばれる双刃《もろは》の短剣を抜いて身構えた。

「これで充分だ」

宗十郎は足元の小枝を拾って進み出た。

まわりの者たちもようやく何事が起こったのか分ったらしく、一様に緊張した顔をしている。

真矢は燃えるような目で二人を交互に見つめ、彦兵衛は腕組みをしたまま唇を真一文字に引き結んでいた。

太一は短剣を突き出し、腰を引いて前かがみになっている。

宗十郎は自然体で立ち、一尺ほどの小枝を右手で正眼に構えた。

太一は宗十郎の胸と腰を狙ってすさまじい速さで突きをくり出した。

だが宗十郎は流れるような足の運びでかわし続ける。

「こしゃくな」

太一は高々と宙に飛び、頭上から斬り付けた。

宗十郎はその寸前に相手よりさらに高く跳躍しながら、手首をぴしりと打った。

太一は短剣を取り落とし、手首をかかえてうずくまった。

「今度は俺が相手だ」

長槍《ながやり》を手にした真矢が飛び出してきた。

宗十郎ははっとした。

こちらを見据える真矢の姿に、懐かしい母の面影を見たのだ。

「矢のようにはいかぬぞ。太刀を取れ」

「よせ、女子の相手はせぬ」

「甘くみるな」

真矢がいきなり胸を突いてきた。

宗十郎は軽くよけようとしたが、槍の出は思った以上に鋭い。気持が飛んでいただけ動きが遅れ、穂先が左の二の腕をかすめた。

血が腕を伝って流れ、手首からしたたり落ちた。

「どうだ。太刀を取る気になったか」

宗十郎は右手にした小枝を、すっと上段に構えた。能役者が扇でもかざしたような、流れるように美しい構えである。

真矢はその美しさに魅入られて二、三歩踏み出した。

「その勝負、わしが代わる」

右馬助が太刀を下げて二人の間に入った。

「どけ、お前の相手などせぬ」

真矢が犬でも追うように穂先を動かした。

「これはご挨拶《あいさつ》だな。だが同じ役者ばかりでは見物客も退屈というものだ」

「戯《ざ》れ口を叩くな」

そう叫んで突きかかった。

右馬助は右にかわりざま、太刀を抜き放って槍の柄を斬り落とした。

真矢は悔しげに舌打ちすると、柄だけになった槍を叩きつけて走り去った。

「申しわけござらぬ。今すぐ怪我の手当てをいたさせましょう」

彦兵衛が歩み寄った。

「あの二人は言い交わした仲でしてな。太一が打ち負かされたのを見て、黙っていられなかったのでしょう。大目に見てやって下され」

「油断したのは私の手落ちです。気にしないで下さい」

宗十郎は傷の手当てをするために、天幕小屋へもどった。

入口に垂らした布に手をかけて入ろうとしたとき、中から何者かが凄《すさ》まじい勢いで突きかかってきた。

太一だった。

長さ五尺ばかりの手槍を、下から突き上げてくる。

宗十郎は真後ろに倒れてこれをかわした。倒れながらつま先で槍の柄を蹴《け》り上げる。

目標を見失った太一は、勢い余って前につんのめった。

宗十郎は腰の白龍丸を袋ごと抜いて太一の脛《すね》をしたたかに打った。

倒れ伏した太一の腕を、孫八が後ろにねじり上げて取り押さえた。

「殺せ、殺しやがれ」

太一が首をふり動かしてもがいた。

「どうします。腕の一本もへし折りましょうか」

孫八は本気である。

「放してやれ」

「しかし、こんな奴を」

「我々は客人だ。これ以上里の暮らしを乱しては、彦兵衛どのに迷惑がかかる」

「そのようなお心づかいは無用じゃ」

背後で彦兵衛の声がした。二人の手下を引き連れている。

「勝負に負けた腹いせにだまし討ちするとは、我が一族の風上にもおけぬ者でござる。腕を折るなり、命を取るなり、存分になされるがよい」

「だまし討ちではない。これもわしらの戦い方じゃ」

「この期に及んで見苦しいぞ。さあ、宗十郎どの、存分に」

「私にはできない。罰が必要とあらば、里の掟《おきて》に従って裁いて下さい」

「では十日の間、尾根の木に縛りつけておくことといたしましょう」

「なぜだ。こうなったのも、大長《おおおさ》が掟を破って他所者《よそもの》を里に入れたからだぞ。罰を受けるなら、大長、お前が先だろうが」

太一がつばを飛ばしながらわめいた。

その顔は恐怖に引きつり、こめかみには太い筋が浮かんでいる。

「連れていけ。手加減してはならん」

彦兵衛が命じると、二人の手下が太一の両腕を抱えて引ったてていった。

「真矢といいあの男といい、気の荒い者ばかりじゃ。困ったものでござる」

右馬助が五右衛門をつれてもどってきた。

「傷の具合はいかがかな」

「この通り、たいしたことはありません」

宗十郎は左の腕を回してみせた。

「それより教えていただきたいことがあります」

「何でござろう」

「黒色尉《こくしきじょう》の面には、どのような秘密が隠されているのでしょうか」

「三種の神器と聞いておる」

右馬助はあっさりと言って地べたに座り込んだ。

「神器とは……、どういうことです」

「後醍醐帝は崩御なされる寸前に、三種の神器を吉野の奥山の岩戸に隠され、黒色尉の面にそのありかを記されたそうじゃ」

「元中の和睦《わぼく》のおりに、三種の神器は北朝に返されたのではないのですか」

南北両朝が和解した明徳三年（一三九二）は、南朝の年号では元中九年に当たる。

宗十郎が元中の和睦と言ったのはそのためだった。

「あの時に渡されたのは、偽物だったのでござる。後醍醐帝はご自身が亡くなられた後に、南朝が衰えていくことを予見しておられた。それゆえ南朝が幕府に屈した時のことを考えて神器をすり替えられたのじゃ」

「そうか。それゆえ……」

道円は面の秘密が公にされれば、幕府はいっきょに崩壊すると言ったのだ。

もし北朝に渡された神器が偽物なら、後小松天皇以下三代の帝《みかど》は真の帝ではないということになる。

だとすれば帝から将軍に任じられた足利家も、正当性を失うことになるのだった。

左腕の傷は夕方になると熱をもち、うずき出した。

宗十郎は軽くもんだよもぎの葉を当て、谷川から汲《く》んだ冷たい水で冷やしつづけた。

「まったく、とんでもねえ女《あま》がいたものだ」

　孫八が替えの手拭《てぬぐ》いをしぼりながらしきりに愚痴った。

「女子ながら、たいした腕だ。油断した私が悪い」

「誰だって、いきなり命を取りにくるとは思いますまい。戦でも果たし合いでもないのだから」

　噂に呼び寄せられたように、小屋の入口に真矢が立っていた。横になった宗十郎を、動かない目でじっと見つめている。

「こいつ、何の用だ」

　孫八が怒鳴った。

「痛むか？」

「当たり前だ。こんな傷をおわせやがって」

「お前には聞いてねえ。引っ込んでろ」

「何だと」

「孫八、そうむきになるな」

　宗十郎は苦笑しながら上体を起こした。

「痛みはするが、たいしたことはない。何か用か」

「この通りだ」

真矢はいきなり土下座した。小袖《こそで》の合わせの間から豊かな胸の谷間がのぞく。

宗十郎の胸に再び懐かしい母の面影が浮かんだ。

「太一が何をしたのか知らねえ。だが、根は悪い奴じゃねえ。許してやってくれ」

「そのことなら、彦兵衛どのに任せてある」

「十日のしおきにかければ、太一は死ぬ。お前が許すと言えば助かるんだ。頼む、許すと言ってくれ」

必死の形相で額を地面にすりつけた。

「勝手なことを言うな。宗十郎どのはあやうく殺されるところだったのだぞ」

「だから、こうして頼んでいるじゃないか」

真矢は顔を上げて孫八をねめつけた。

「私は太一を恨んではいない。だが、いったん彦兵衛どのに任すと言ったことに口を出すことは出来ん」

「そうか。それなら頼まねえ」

真矢は土間の土をつかんで孫八に投げつけると、長い髪をゆらしながら走り去った。

宗十郎は横になって匂い袋を取り出した。

涼やかな甘い香りをかぐと、母が膝《ひざ》に抱いて一晩中看病してくれた日の思い出が胸を満たした。

夢はいつもそこへ帰ってゆく。やわらかい膝、あたたかい胸、そして時おり口ずさむどこか物哀しい子守歌……。

宗十郎は腕の傷をそっと押さえた。母との再会を果たすためにも、こんな所で死ぬわけにはいかない。

陽が落ちてあたりが薄闇に包まれた頃、野歩きに出ていた右馬助がもどった。蜘蛛《くも》の巣と汗まみれである。五右衛門の体も汗にぬれてつややかに光っている。

「傷の具合はいかがかな」

「この通り、たいしたことはありません」

宗十郎は傷に当てた布を巻き替えていた。

出血も止まり、痛みも収まりかけている。

「牝猫《めすねこ》に引っかかれたというところじゃな。ところで彦兵衛どのの小屋の回りに大勢集まっておったが、何かあったのでござるか」

「あの太一とかいう若頭のことではないでしょうか」

孫八が言った。

「どうもそればかりではないようじゃ。何か不慮の事態が起こったのかもしれぬ」

小屋の前には女や老人たちが集まり、暗い顔を寄せ合って何事かをささやき合っている。宗十郎たちの姿を見ると、そそくさと道を開けた。

彦兵衛の小屋には十五人ばかりの男たちが、窮屈そうに肩をならべて座っていた。太一の配下の若衆組と、狩りから戻った者たちである。

宗十郎が入ろうとすると、一人が双刃《もろは》の短剣を抜いて立ちはだかった。

「構わぬ。通っていただくのじゃ」

彦兵衛が言うと、男たちは体をずらして席を空けた。

宗十郎と右馬助は、腰をかがめて前に進んだ。

「困ったことになりました」

彦兵衛が険しい表情で一通の文を渡した。

〈太一と真矢を預かっている。返してほしければ、明朝の日の出までに黒色尉の面を持って清笹峠まで来い〉

そんな意味のことが、目のさめるような達筆で書かれていた。

「どうしてこんなことに？」

「真矢が太一のいましめを解き、二人で里を抜けようとしたのじゃ。途中で何者かに捕えられたのであろう。しかも若衆組の者たちは、二人が逃げたことを知りながら口をつぐんでおった」

「元はと言えば、大長が他所者を里に入れたために起こったことじゃ。太一ばかりを仕置きにかけるのは片手落ちというものじゃ」

若衆組らしい男が、肩を怒らせてはき棄てた。

その思いは、里の者すべてにあるようだった。

異形の帝《みかど》

清笹峠から笹間峠に向かって五町ばかり行った所に、尾根がひときわ高くなった所があった。お椀《わん》を伏せた形に盛り上がった山の頂に、まわりが七尺ほどもあるけやきの大木が立っている。

朝比奈範冬はその根方に腰を下ろしていた。

目の前には後ろ手に縛られて気を失った真矢と太一が転がっている。

真矢の乱れた小袖から豊かな胸元がのぞいていた。姫装束でも着せたらさぞ似合いそうな整った顔立ちと色白の肌である。

太一の方は無残だった。

顔は殴られて赤黒く腫《は》れ上がっている。岡部六左衛門が二人の身元と背振衆の里の様子を聞き出すために拷問にかけたのだ。

探索にかけては家中随一の切れ者だけあって、責め方も手慣れている。

死んでも話さぬとわめいていた太一も、右手の小指から順に中指までへし折られると、何もかも白状したのである。

二人と出会ったのはまったくの偶然だった。

清姫から背振衆の里を聞き出した範冬は、六左衛門ら十人をつれて清笹峠に向かっていた。すると尾根からの道を駆け下ってくる二人と出くわしたのだ。

毛皮の袖なし羽織や腰に下げた双刃のうめがいから、山の民であることはすぐに分った。

二人は飛びすさって木の陰に身をかくし、獣のような早さで引き返そうとしたが、六左衛門の手から逃れることは出来なかった。

この冷徹な男は、一言の警告もせずに太一の太股《ふともも》を弓で射抜いたのだ。

「朝比奈さま、兵の配置を終わりました」

六左衛門が声をかけた。

「後は二人をこの木に吊《つ》り下げるだけでございます」

「男は重傷じゃ。女だけでよい」

けやきのまわりは周囲が岩場になっているために、丸く刈り込んだように雑木林が途切れている。

ここを黒色尉《こくしきじょう》の面の引き渡し場所に選んだのは、林の陰からふい討ちされることを避けるためだ。

範冬は夕暮れの薄闇の中に立って、伏兵の位置が相手に気取られないかどうかを確かめた。

けやきの枝の上には蜥蜴がいる。

まわりの岩陰に二人、木の上に二人、半弓を手にして伏せ、相手に不審な動きがあればいつでも射殺す構えを取っている。

しかも人質を吊り下げた麻縄をけやきの根元に結び付け、範冬はそのそばで相手を待つ。

これで相手は六人を同時に倒さなければ、真矢を無事に取りもどすことは出来ないことになる。

けやきに吊るされた娘を見ただけで、黒色尉の面を引き渡す以外にないことを悟るはずだった。

範冬がこれほど慎重になっているのは、背振衆の里に五人の他所者《よそもの》が入り込んでいると聞いたからだ。

二人は武士で三人は忍びだという。それが面を求めて都から来た北畠宗十郎らであることは容易に想像がつく。

彼らが背振衆と組んで人質を取り返しに来ることも充分に考えられた。

「敵は清笹峠の方からやってまいりましょう。それがしはあのあたりに伏せておりまする」

六左衛門が南側の岩場を指した。

相手が力攻めにして来た場合に備えて、残り五人の兵もすべてそこに置くという。

「そちは五年前から、面の探索を命じられておると申したな」

「左様でございます」

「では面に不思議の力が込められておるということも存じておろう」

面を手にする機会が間近に迫るにつれて、範冬はそのことが気になり始めていた。

「後醍醐帝の呪力《じゆりよく》が込められていると聞きました。面と目を合わせた者はその力の虜《とりこ》になり、幕府に弓引かずにはおれなくなると申します」

「いかに帝《みかど》とは申せ、そのような力をそなえておられるものであろうか」

「普通のお方には、とてもそのようなことは出来ますまい。ところが後醍醐帝は歴代の帝の中でも異形の方でございました」

「異形とは……、どういうことだ」

「かの帝は幼少のみぎり、内裏から捨てられているのでございます」

「まさか、そのようなことが」

「捨てられたと申せば語弊があるやも知れませぬが、四、五歳の頃に内裏を出され、奈良の般若寺《はんにやじ》に預けられておるのでございます」

その理由は定かではない。

後醍醐帝の天性の才能を怖れた鎌倉幕府が、朝廷に迫って皇位継承者の資格を奪おうとしたとも、父君である後宇多《ごうだ》帝が、我子の異能を怖れて遠ざけたともいう。

だが天は後醍醐帝を見捨てなかった。

「般若寺で真言密教の僧である文観《もんかん》と出会われたのでございます。文観は一目で帝の天才を見抜き、立川流密教と修験道の呪法を伝授したと申します。その力がなければ、おそらく内裏を出された方が帝の位につかれることは出来なかったでしょう」

「どういうことだ」

「後醍醐帝の母君は五辻《いつつじ》家という家格の低い家の出でした。それゆえたとえ内裏にそのままおられたとしても、帝位につける見込みはほとんどございませぬ。ところが祖父である亀山《かめやま》帝が母君を寵愛《ちょうあい》され、父君から奪って側室となされました。この亀山帝が般若寺に預けられていた帝を、皇位継承者として内裏に呼びもどされたのでございます」

「それが帝の呪法のせいだと申すのか」

範冬は背筋に寒気を覚えた。

それは夜になって増してきた山の冷気のせいばかりではなかった。

「そればかりではございませぬ。帝は鎌倉幕府を倒される時にも、幕府調伏の呪法をなされております。面に呪力を込めることなど、帝にとってはたやすいことだったのではありますまいか」

「空蟬はどうした」

「南の岩場に伏せておられます」

「呼んでまいれ。念には念を入れておかねばなるまい」

面の異様さを知ったせいか、範冬の胸に急に重苦しい不安が広がってきた。

清笹峠の決闘

月が西に大きく傾き、東に連なる山の稜線《りょうせん》がほんのりと明るくなった。

夜明けである。

同時に山のふもとから綿のような霧がたち上がり、海からの風に吹かれて山頂へ押し上げられてくる。

巨大な入道雲かと見まがうばかりの濃密な霧が、清笹峠から笹間峠へとつづく尾根をすっぽりと包み込んだ。

「餅《もち》は餅屋ということだな」

深々と寝入っていた狩野右馬助が、太刀をつかんでむっくりと体を起こした。

明日の明け方には濃い霧が出る。彦兵衛は五人を清笹峠に送り出す時にそう言った。

山の中で生涯を過ごしてきた者のみが持つ確かな予測だった。

「急ぎましょう。四半刻《しはんとき》のうちにはけりをつけなければなりません」

宗十郎は一睡もしていなかった。

「では貴殿は二人を連れて尾根の東側を回って下され。わしと孫八は西側をやる」

「落ち合うのは、さっきの熊笹の所ですね」

「そうじゃ。伏兵は両側とも二人ずつ。四半刻《しはんとき》もあれば充分に始末できる」

右馬助はそう言うと、五右衛門と孫八を連れて霧の中に消えていった。

「この霧で半弓が使えるか？」

「影さえ見えれば、何とか」

孫八の配下が答えた。

宗十郎は軽くうなずくと、夜の間につけた目印に従って尾根の南側に向かって進んだ。

昨日、真矢と太一を人質に取ったという脅迫状を受け取った彦兵衛は、二人の救出を宗十郎たちに頼んだ。

背振衆の主力が出払っているからだ。

無事に二人を助け出してくれたなら、黒色尉《こくしきじょう》の面を渡すという。

宗十郎たちは昨夜のうちに清笹峠に着き、二人がけやきの大木に吊るされていることと、周囲に伏兵があることを知った。

けやきのまわりは丸く刈り込んだように雑木林が途切れているために、木の陰に隠れて人質に接近することは出来ない。

たとえ近付いたとしても、伏兵をのぞかないかぎり無事に救い出すことは不可能である。

地形の選び方といい人質の扱いといい、付け入る隙がないほどの周到さだが、ひとつだけ欠点があった。

雑木林の途切れた高台にいるために、周囲から丸見えになることだ。

夜には上から下を見るより、その逆の方がはるかに見やすい。下からだと月や星の明りが背景となって人の姿が浮き上がるが、上からだと森のすべてが漆黒の闇としか見えない。

その強みを宗十郎と右馬助は最大限に生かした。

夜の間に雑木林に身を隠し、敵の南側から北側に半円を描いて移動しながら、伏兵の位置をさぐり当てたのである。

今度は霧にまぎれてその道を逆にたどり、敵に気付かれないように伏兵を始末しなければならない。

しかも霧がかかっているのは、陽の出までの四半刻の間だけだという。

「ここだ。ここから二十間ばかり登った木の上にひそんでいる」

宗十郎は木の根方にかがみ込み、夜の間につけた刀傷を確かめた。

「お任せあれ」

孫八の配下が四つんばいになって斜面を登る。

やがてめざす木の下まで来た。

相手が足場を確保するために太い木に登っているので、見つけるのは容易だが、霧に閉ざされて人の姿は見えなかった。

宗十郎は昨夜伏兵がいたあたりを指さした。

孫八の配下が半弓に矢をつがえ、もう一本をてのひらに包んで下向きに持った。

狙いはぴたりと宗十郎がさした所につけている。

しばらく待つと、風に吹き散らされてまばらになった霧が流れてきた。

白い幕に裂け目が出来たように薄くなった所がある。その裂け目から伏兵の影が浮き上がった瞬間、音もなく矢を放った。

息つく間もなく二の矢も射込む。

木の上の男は小さなうめき声をあげると、宗十郎の横に音をたてて落ちた。

伏兵の屍《しかばね》を下草の茂みに隠して先へ進んだ。

四町ばかり行くと、木の根方に同じような刀傷が付けてある。もう一人の伏兵が、半町ばかり登った岩影にひそんでいる。

「今度は私がやる」

宗十郎は太刀をあずけて下草の生えた斜面を登りはじめた。

つんと耳の奥が引きつるような感じがして、地鳴りのような音がする。

それが実際に起こっている山鳴りなのか、緊張からくる耳鳴りなのか分からなかった。

伏兵のひそんでいる岩場は、人質の吊るされたけやきの木から二十間ほどしか離れていない。

宗十郎は身を低くして巨大な岩の下まで進むと、息を殺して気配をうかがった。ひそむ位置を変えているかもしれないと思ったからだが、あたりには物音ひとつしない。

意を決して岩の南側にまわった。

身につけているのは白龍丸《はくりゅうまる》だけである。袋を解きいつでも抜ける状態にして、足場をさぐりながら岩の上まで登った。

あたりを深々とおおっていた霧が、少しずつ薄くなっていく。それにつれて木々の影が黒っぽく浮き上がっていく。

相手はやはり岩の北側のくぼみにひそんでいた。谷型にさけた岩の底に、弓を抱えて座っている。

宗十郎が背後に迫っても、ぴくりとも動かない。

座ったまま居眠りをしているのだ。駿府から清笹峠までの道を走破してきた後だけに、疲れ果てているらしい。

宗十郎はためらった。あまりにも無防備な姿に、敵意が萎《な》えた。

(やるしかない)

敵の背後の岩のくぼみに音もなく下り立つと、左腕を伸ばして後ろから口を押さえた。

右手で相手の腰の小太刀を抜き、腹の真ん中に突き立てた。

腕の中の体がぴくりと震え、逃れようともがく。叫び声をあげようとする。

口を固く押さえて、二の太刀を胸に突き立てた。

相手は異常なばかりの力でそり返ろうとしたが、その動きも封じられると、断末魔の痙攣《けいれん》に全身をふるわせた。

宗十郎はふるえが次第に小さくなり、物言わぬ骸《むくろ》と化すまで、必死で抱き止めていた。

伏兵の物言わぬ叫びを、朝比奈範冬は気配で感じ取っていた。

たとえ相手がどんな方法で攻めて来ようとも、この包囲陣を破って人質を助け出すことは絶対に出来ない。それだけの自信を持って待ち受けていたが、明け方になって思ってもいなかった不都合が起こった。

霧である。

背振衆や北畠宗十郎らが何かを仕掛けてくるなら、この霧は恰好の隠れみのになる。
そう思って警戒心を研ぎすましていただけに、伏兵の異変を察することが出来た
のである。

範冬は太刀の鯉口を切ると、体を低くして東の岩場に向かった。
右手には鋼で作った四寸ばかりの笄《こうがい》を持っている。頭をかくときに使うものだが、
手裏剣の用も充分に果す。
人の近づく気配に、宗十郎はようやく我に帰った。素早く裂け目から這《は》い上がる
と、岩の上に身を伏せた。
腰には白龍丸しかない。小太刀では敵を一刀のもとに斬り捨てることは出来ない。
(飛びかかって倒すしかない)
しかも一太刀で確実に急所を突かなければならない。
宗十郎は白龍丸の柄《つか》に手をかけて、片膝《かたひざ》立ちの姿勢になった。
その殺気を、範冬は鋭く感じ取っていた。
闇の中に危険がひそんでいることを人が時折予知出来るように、霧の底から自分
に向けられた殺気を全身で感じていた。
だが奇妙である。この殺気には欲がない。保身をはかろうという逃げがない。た

だ一途《いちず》に自分を殺したがっている。いっそ清々《すがすが》しいばかりの殺気である。

（獣か）

一瞬そう思った。

人の殺気は必ず濁っている。これほど純粋な殺気を放つのは、獣以外にはあるまい。

範冬は鋼の笄を鞘《さや》にもどすと、太刀を抜き放った。相手が獣なら、笄など何の役にも立たないことを熟知していた。

相手が刀を抜いたことを、宗十郎はかすかな鞘鳴《さやな》りによって知った。

その音から三尺ちかい長刀だということまで読み取っている。それほどの刀をあやつれるということは、余程の偉丈夫だということだ。

相手の刀が長ければ長いほど、小太刀で懐を狙う危険は増大する。剣尖《けんさき》の届く間合いに入った瞬間、両断されるおそれがある。突いてきたなら、さらに危ない。

だが、宗十郎はもう何も考えてはいなかった。

静かに白龍丸を抜き放ち、柄を持った右手を岩の上においた。

相手は足音もたてずに近づいてくる。

しかも直進していない。左右に動いて自分の位置をつかませないようにしている。

これではどこから現われるか見当をつけることはむずかしい。

宗十郎の脇に冷たい汗が流れた。

五間、四間、三間……。

相手は慎重な足取りで間合いを詰めてくる。男の姿が霧の中にうっすらと見える。

すでに跳躍の間合いに入っている。

宗十郎の爪先《つまさき》が跳躍にそなえて岩をかんだ。

その時、岩の南側で物音がして、目の前を黒い影がよぎった。

五右衛門である。

宗十郎と範冬の間を横切った五右衛門は、足を止めて範冬に一瞥《いちべつ》をくれると、北側の尾根に向かって走り去った。

霧の中から突然現われた熊を見ても、範冬は驚かなかった。

(やはり獣か)

三尺の太刀にひと振りくれると、ぱちりと鞘におさめてけやきの根方に引き返した。

宗十郎は身を伏せたまま安堵《あんど》の息をついた。

凍りついていた体に、急に血が通い始めた。

同時に全身から冷たい汗が噴き出した。

援護のために後方に伏していた仲間の所までもどると、右馬助がいた。西側の伏兵の始末を終えて、様子を見に来たらしい。

「五右衛門も、なかなかでござろうが」

いたずらっぽい笑みを浮かべた。

五右衛門を使って窮地を救ってくれたのだ。

そんな当たり前のことにさえ、気づく余裕を失っていた。

やがて風が強くなった。尾根を包んだ霧が吹き散らされてまばらになっていく。

けやきの枝から吊《つ》り下げられた真矢と太一の姿が、霧の切れ間から時折のぞく。

地上三間ばかりの所に、猿ぐつわをされたまま後ろ手に縛られ、ぐったりと首をうなだれている。

根方に座り込んだ大柄の武士の姿がぼんやりと見える。

「あの男は」

右馬助が熊笹の藪《やぶ》をかき分けて身を乗り出し、半信半疑の体でつぶやいた。

「今川範忠じゃ」

「まさか……、今川家の当主がこんな所に」

「命を狙って何度か待ち伏せたことがござる。見誤るはずはないが……、そうか、あるいは、あれが」

そうつぶやきながら、しきりに考えを巡らしている。

「範忠には双子の弟がいると聞いたことがござる。今は都に出て将軍の近習《きんじゅ》を務めているそうだが、なかなかの切れ者という噂じゃ」

尾根の北側からうぐいすの声が二度聞こえた。最初は短く、二度目は長く尾を引く鳴き方である。手はず通りの仕事を終えたという孫八の合図だった。

突然山の後方から朝陽が昇った。

薄くなった霧をつらぬいて光の矢が幾千本となく走る。

宙に踊る霧の粒があざやかに浮き上がる。

彦兵衛の言葉通り、その数瞬のちには、霧は跡形もなく消え失せた。

宗十郎は道円が打った偽の黒色尉《こくしきじょう》の面を持ち、けやきの大木に向かってなだらかな坂を登った。

腰には太刀をたばさんでいる。

猪の皮で作った袖《そで》なし羽織が、谷からの風に吹かれてはためいた。

腕組みをしてけやきの根方に背をもたせかけていた範冬は、宗十郎の様子をうかがいながらゆっくりと立ち上がった。

剣の修行を積んだ者であることは、一目見ただけで分る。しかも相当の使い手だ。

だが、二十歳にもならないこの若者に、自分と太刀打ち出来る腕があるとは思ってもいない。

「黒色尉の面を持ってきた。二人を放してもらおう」

宗十郎はけやきの十間ほど手前で立ち止まった。

「本物かどうかを確かめるのが先だ」

「その前に二人の無事を確かめたい」

「良かろう」

範冬は足元の小石を拾って、枝から吊り下げられた二人に投げつけた。

意識を取りもどした真矢が何かを叫ぼうと身をよじるが、猿ぐつわがしっかりと口に食い込んでいる。

太一は気が萎《な》えたのか、かすかに頭を動かしたばかりだ。

「これで得心がいっただろう。面を見せてもらおうか」

「むろん約束は守る」

宗十郎は無雑作に面を差し出した。

相手が受け取ろうと手を伸ばせば、抜き打ちに斬るつもりである。

むろん範冬もそんなことは読んでいる。

だが面の呪力《じゅりょく》から逃れるために、反射的に顔をそむけて目の端で見ようとした。

その瞬間、宗十郎は低く飛びながら抜き胴を放った。二間の距離を軽々と飛び、逆袈裟《ぎゃくげさ》に斬り上げた。

刀を抜く余裕のない範冬は、真後ろに飛んでこの一撃をかわすほかはない。そう読んでのふい撃ちである。

だが、範冬は下がらなかった。太刀を半ばまで抜き、鍔元《つばもと》で受けた。

ガッ

刃がかみ合う鈍い音がした。

範冬は右腕一本で宗十郎の太刀を上から押さえ、左手で鞘を握って腰から抜こうとする。

宗十郎は遮二無二相手の太刀を押し上げると、胸元をねらって頭から当たった。えび反りになって下がる範冬の足元を狙って、すね切りの太刀をふるう。

範冬は飛びすさってよける。

その間にけやきの根方に縛りつけた麻縄の前に立った。これで縄を切られるおそれはなくなったのである。

「出かした。上首尾でござる」

右馬助が太刀を抜いて駆け付けた。

五右衛門もぴたりとその後ろに寄り添っている。

「熊も身方だったとはな」

範冬は真顔になった。

さっきこの熊と出会った場所に宗十郎がひそんでいたとすれば、伏兵は倒されていると見なければならない。

「ご用心なされ。こやつが北畠宗十郎でござる」

南側の岩場に伏せていた六左衛門と五人の兵が駆け付けてきた。六左衛門は手槍《てやり》を、兵たちは太刀を手にしている。

範冬は右八双に体を開き、左足を半歩前に出して宗十郎と対峙《たいじ》した。

「修行はつんだようだが、真剣で立合ったことはないな」

構えが基本に忠実すぎる。一度でも白刃の下をくぐった者なら、もう少し悪どい剣を使う。

「その構えでは、わしには勝てぬ」

峠を渡る風が、けやきの梢《こずえ》をゆらした。

高さ十数間はあろうかという巨木が、葉のすれ合う音をたてながら揺れる。

真矢と太一が吊るされた枝の上にひそんでいた蜥蜴は、その瞬間を逃さなかった。音と揺れに気配を消して身を乗り出すと、吹き矢の筒先を宗十郎に向けた。矢の先にはたっぷりと毒を塗り込んである。

真矢はそれに気付いていた。叫び声をあげて危険を知らせようとするが、猿ぐつわががっちりと口に喰《く》い込んでいる。

体勢を調えた蜥蜴は、風が収まるのを待った。

風が強くては吹き矢が流れて狙いをはずすおそれがある。大きく息を吸い込んでいつでも吹き出せる構えをとったまま、風の途切れる時を待った。

蜥蜴が位置を変えたことを、半町ほど離れた北側の木の上で様子をうかがっていた孫八は鋭く察していた。

けやきの枝の一本が他とはちがう揺れ方をしたのだ。人質が吊るされた枝のすぐ上である。

孫八は足場を確かめると、半弓を構えた。

伏兵の姿は見えなかったが、だいたいの位置は察している。その一点を狙って続けざまに矢を射込む以外に手はなかった。

風がやんだ。

蜥蜴は胸がふくらむほどに吸い込んだ息で、一気に矢を吹き出そうとした。

その直前に宗十郎が右に動いた。

範冬の右八双の構えに対処するために、太刀を右下段に沈めて右に回り込んだ。

そのために吊り下げられた二人の陰に入った。

蜥蜴は腹の中で舌打ちをすると、いったん息を吐き出し、人質をかわすためにわずかに位置を変えた。

その動きを孫八は見逃さなかった。

見当をつけた一点に向けて、つづけざまに矢を射込んだ。

二本の矢がけやきの葉を突き抜ける音を耳にした瞬間、蜥蜴は真後ろに体を倒した。両膝《ひざ》の裏側を枝にかけて逆さまにぶら下がりながら、宗十郎の首筋をねらって吹き矢を吹いた。

長さ二寸ほどの矢が、肩先をかすめて地面に突き立った。

蜥蜴は筒先から二の矢を詰めようとしたが、それより早く孫八が三の矢を射た。

蜥蜴は足を伸ばして枝を離れ、地上すれすれで反転して着地した。

落ちながら二の矢の備えを終えている。

「もう良い。下がっておれ」

片膝立ちになって宗十郎に狙いをつけた蜥蜴を、範冬が苦々しげに制した。

「勝つためには手段を選ばぬのが、今川家の兵法らしいな」

宗十郎は右下段の太刀をゆっくりと上げ、双手《もろて》上段に構えた。剣尖《けんさき》はやや右に倒して八双からの打ち込みにそなえている。

「戦とはそういうものだ」

範冬は同じ構えのまま半歩間合いを詰めた。

宗十郎が二間の距離など一足で跳ぶことは、ふい打ちを受けた時に見切っている。

太刀の長さ二尺三寸に、腕の長さが加わるので、三間弱が一足一刀の間境という
ことになる。
範冬はあえてその境を越えて相手の出方をさぐろうとした。
だが宗十郎は動かない。
けやきの上にひそんでいた伏兵を除いた時点で、人質の命を奪われるおそれは消
えた。後はゆっくりと戦いを進めて、背振衆の来援を待てば良かった。
右馬助も同じ考えらしい。太刀を下段に落として受けの構えをとったまま動こう
としない。
五右衛門も牙《きば》をむいてうなり声を上げるが、どこか及び腰である。
にらみ合いが続いている隙に、孫八の配下二人がけやきの根方に結び付けられた
縄を解き始めていた。
範冬は内心あせっていた。
このままでは黒色尉の面を奪うことも、宗十郎らを倒すことも出来なくなる。そ
う思うが、宗十郎の構えには隙がない。上段の構えからどんな技をくりだすのかも
分らない。
範冬は右八双から正眼に構えを変え、鋭い気合とともに双手突きを放った。
宗十郎は後ろに下がって切っ先をあご先三寸のところでかわし、下がり足を蹴《け》っ

て反撃に転じた。

伸び切った範冬の体を上段から叩《たた》こうとした瞬間、見切ったと思った切っ先が二段構えで伸びてきた。

範冬が太刀を右手一本に持ちかえ、体を横にして突いたのだ。

宗十郎はとっさに上体を右に傾けて逃れた。

「なるほど、受けの剣と見える」

相手の仕掛けを柔らかな足さばきと確かな見切りでかわし、体勢が崩れた所を上段から打ち込む。それが宗十郎の剣法であることを、今の一撃で見抜いている。

「だが、その技は真剣では使えぬ。その証拠を見せてやろう」

挑発をくり返しながら、再び右八双に構えた。

右馬助と六左衛門の戦いも始まっていた。

一対一で戦っては勝ち目がないことを知り抜いている六左衛門は、徹底した集団戦をもちいた。

五人の兵に息つく間もなく斬りかからせ、隙を見ては手槍をくり出す。

だが、右馬助は厚刃の野太刀を軽々とふるって、穂先をはね上げる。

五右衛門は低くうなりながら遠巻きに走り回るばかりだが、それでも兵たちには脅威らしい。

宗十郎の背後では、孫八の配下が真矢と太一を下ろしている。

縄を少しずつ送って地上に横たえると、忍び刀で麻縄を切った。

猿ぐつわをはずし、後ろ手に縛られた手を自由にする。

「貸せ、俺もやる」

太一が孫八の配下から忍び刀を奪い取った。

「よせ、その体では無理だ」

真矢が叫んだが、太一は真っ直ぐに宗十郎に駆け寄った。太股《ふともも》を射抜かれたのに、足も引きずっていない。

真矢は小さな叫び声を上げると、後ろ手に縛られたまま駆け出した。

宗十郎は上段に構えたまま、範冬とにらみ合っている。

隙だらけの背中を目がけて、太一が忍び刀をふり下ろした。

が、その寸前に真矢が後ろから体ごと当たった。

ふいをつかれた太一は、肩口から地面に倒れ、二、三度転がって起き上がった。

「こいつは太一じゃねえ」

真矢は宗十郎の背中を庇《かば》って男の前に立ちはだかった。

その時、清笹峠の南側の尾根を二十人ばかりが走ってくるのが見えた。背振衆の主力が助勢に駆け付けたのだ。

範冬は計画の失敗をさとった。

太一と空蟬をすり替えた最後の仕掛けが破られては、もはや打つ手はない。だが、このまま引き下がることは武士としての誇りが許さなかった。

「わしのひと太刀、受けてみるか」

右八双に構えると、やすやすと一足一刀の間境を越えた。

宗十郎は後退《あとずさ》って間合いを保とうとする。

相手の初太刀をかわして打ち込むのが宗十郎の剣である。これほど無雑作に迫られては、どう応じていいか判断がつかない。

迷っている間にも、範冬は間合いを詰めてくる。

宗十郎は焦った。

気持まで押し込まれたまま、左の肩をめがけて苦しまぎれの一撃を放った。

範冬は宗十郎の太刀を右八双の構えから横に払うと、右の脇をねらって逆袈裟《ぎゃくげさ》に右に斬り上げた。

宗十郎は飛びすさってかわした。

右の袖《そで》がばっさりと斬り落とされている。鋭く重い太刀さばきだ。

「軽わざのような剣法では、人は斬れぬことが分ったか」

範冬は太刀を収めると、尾根の道を北に向かって悠然と歩み去った。

「お怪我はありませぬか」

孫八が駆け寄った。

「この通りだ」

宗十郎は斬り落とされた袖口を示した。

腕の下一寸ばかりの所を、ひじのあたりまで斬られていた。

「あれは戦場の兵法です。鎧《よろい》に防御を任せ、相手を先に斬り伏せることだけを考えた剣です」

戦場で鎧武者を斬るには、いっさいの小細工は通用しない。厚刃の太刀に渾身《こんしん》の力を込めて斬り伏せるほかはない。範冬が用いたのは、正《まさ》しくそうした剣法だった。

けやきの根方では、真矢が後ろ手に縛られたままぺたりと座り込んでいた。危険が去ったことを見届けた途端に気が抜けたらしい。

宗十郎は白龍丸《はくりゅうまる》を抜いて歩み寄ると、手首の縄を切った。

「真矢、立て」

いつの間に駆け付けたのか、彦兵衛が険しい形相で突っ立っていた。

真矢はひるんだ目で見上げたが、おとなしく従った。

「この馬鹿者が」

そう叫ぶなりこぶしを固めて殴りつけた。真矢の頑丈な体が真横になぎ倒された。

真矢は放心したように倒れ伏したままだ。切れ長の目が涙でぬれている。

宗十郎は口出しも出来ないままその様子を見ていた。

太一は拷問を受けた揚句、胸をひと突きされて殺されていた。

その遺体と霧の中で倒した四人の伏兵を地中に埋めて弔うと、宗十郎たちは背振衆の里に引き上げた。

「湯の支度を命じております。ひとまず疲れをいやされるが良い」

先にもどっていた彦兵衛が頭を低くして出迎えた。

「ご厚意は有難いが、そうしてもいられません。さっそく面を渡していただきたい」

「これから山を下りられるつもりですか」

「小倉宮さまの元に、一刻も早く届けなければなりませんので」

「分りました。では、こちらに参られるが良い」

彦兵衛が天幕小屋に案内した。

突き当たりの土間に神棚が築かれ、棚の下には黒光りのする桐の文箱《ふばこ》が置いてある。

「こちらにお座りくだされ」

宗十郎と右馬助を奥に招き入れると、彦兵衛は神棚の前でうやうやしく額《ぬか》ずき、手を合わせて長々と祝詞《のりと》を唱えた。

天照大御神《あまてらすおおみかみ》から始まる一族の由来を語っているらしい。

それが終わると、御幣を左右に振って汚れを払い、両手で文箱を取り出した。

「これが了俊どのが我らに託された品でござる。改めてくだされ」

宗十郎が両手をそえてふたを取る。

中には巻物が一巻。

黄ばんだ表紙に『今川了俊制詞条々』と書かれている。

「これは、何のたわむれでござろうか」

右馬助が怒りをあらわにした。

「この巻物の中に、黒色尉の面のありかが記されているのでござる」

宗十郎は紐《ひも》を解き、巻物に目を通した。

一字一字精魂を込めて書いた楷書体《かいしょたい》である。巻末には応永十九年九月の日付と了俊の署名、それに本人であることを示す花押があるが、黒色尉の面については一言も触れられていない。

「これのどこに、記されているのでしょうか」

宗十郎は巻物を裏返したり、明りに透かしてみたりした。

「隠し文字でござる。その巻物を一定の方法に従って読めば、まったく違った意味に取れるように仕組まれているのじゃ」

「その方法とは？」

「それが我らにも分らぬ。だが、小倉宮さまほどのお方なら、一見しただけでお分りになるはずでござる」

彦兵衛は悪びれもせずにそう言った。

倒幕の令旨

北畠道円は住みなれた坊を出ると、大覚寺へと急いだ。

雨はこやみなく降りつづき、下り坂のつづく道はぬかるんでいる。

だが雲水に身をかえた道円の足元には少しの乱れもない。五尺の杖《つえ》を使いこなしながら平地を行くように歩いていく。

頭上でけたたましい叫び声がした。

雨で鮮やかに洗われた楓《かえで》のしげみに、漆黒の大猿がいる。このあたりを縄張りとする猿の頭で、敵意に満ちた鋭い目を向けながら楓の枝を激しく揺らす。

ここまで来てみろ。相手になってやる。そう挑発している。

道円は笠《かさ》の縁を軽く持ち上げると、

「カッ」

鋭い気合いとともに右手を突き出した。

と、大猿はびくりと体をすくめ、自分でたわめた楓の枝にはじかれて下に落ちた。

黒い毛におおわれた体は、目を見開き牙《きば》をむいたまま剝製《はくせい》にでもされたように硬直している。

爪先《つまさき》で軽く蹴《け》ると、雨にぬれた斜面をまっしぐらに転げ落ちていった。

道円は大覚寺の表門から堂々と入り、大沢池のほとりの小倉宮の僧庵《そうあん》をたずねた。

年若い近習《きんじゅ》も、道円の恐ろしげな顔はよく覚えている。手早く着替えを出すと、奥の庵室に案内した。

「これより鎌倉に向かいまする」

平伏してそう告げた。

「いい知らせが届いたらしいな」

文机《ふづくえ》に向かっていた小倉宮が、硯《すずり》の上に筆を置いた。

「配下の者が、黒色尉《こくしきじょう》の面のありかを記した巻物を手に入れました」

「宗十郎の手柄であろう」

「御意」

「ならば、何ゆえそう申さぬ」

「大覚寺義昭どのは、すでに天川の御所に入っておられます」

道円は小倉宮の問いを無視して、畿内《きない》の状勢について語った。

「大和の多武峰には越智維通どのの軍勢五千が、幕府軍を相手に互角の戦をつづけております。また金剛山からは楠正範《くすのきまさのり》どのの軍勢が出て、敵の背後を攪乱《かくらん》しております。多武峰に大覚寺義昭どのが入られれば、将軍に怨《うら》みをいだく大名の中には幕府を見限る者も出てまいりましょう。残るは鎌倉公方のみでございます」

「公方は後醍醐帝の打たれた面を持っておると申したな」

「白色尉《はくしきじょう》の面を持っておりまする」

「では何ゆえ十年前に我らを裏切り、今またこのように逡巡《しゅんじゅん》しておるのじゃ」

「おそらく先代満兼どのが、面の呪力《じゅりょく》から逃れる術《すべ》を伝授されたのでございましょう」

「そちが行けば、公方を動かすことが出来るか」

「来月の二十日に、鶴岡八幡宮《つるがおかはちまんぐう》で鎌倉公方の嫡男賢王丸の元服の儀が行なわれます。その日までには決断すると申しております」

幕府軍が多武峰の越智軍に苦戦している間に、鎌倉公方の足利持氏が東国の軍勢をひきいて上洛《じょうらく》する。

動揺する敵の背後を、大覚寺義昭を旗頭とする大和、伊勢、紀伊の南朝方が追撃して都に攻め上る。

同時に小倉宮が南木正盛らに擁されて比叡山に入り、南朝の再興を果たす、というのが道円らの計略である。

そのためには何としてでも鎌倉公方を身方にしなければならなかった。

「障害となっているのは、管領《かんれい》の上杉憲実《のりざね》でございます」

「その者のことなら耳にしておる。人望他に抜きん出、東国武士たちは公方よりも管領の下知に従うというではないか」

「されど、もはや将軍家と鎌倉公方家の仲は、修復できぬほど険悪なものとなっております。元服式までには、公方も挙兵の決断を下すでございましょう。いや、たとえ憲実と刺し違えてでも、決断させてみせまする」

「ならばこれを持参いたすがよい」

小倉宮が文机から一通の書状を取った。

鎌倉公方あての倒幕の令旨で、まだ墨も乾ききっていない。

「このようなものを、お記しになられては……」

万一鎌倉公方が裏切った時には、これを謀叛《むほん》の証拠として小倉宮は間違いなく処刑される。

それを危惧《きぐ》して、これまで誰に求められても書かなかったのである。

「そちも宗十郎も、こたびのことに命を賭《か》けておる。余ばかりが安全な所に隠れておるわけにはいくまい」

「そのお覚悟をうかがい、百万の身方を得た心地がいたしまする。泉下の帝《みかど》もさぞお喜びでございましょう」

「叡山の方はどうじゃ。万事抜かりはあるまいな」

「円明《えんめい》僧正が中心となって、身方をつのっております。すでに衆徒の主立った者からは、同心するとの誓紙を得られたとのこと。万一同意せざる者がいたとしても、南木どの配下の二千の兵が入山したなら、容易に押さえることが出来ましょう」

比叡山延暦寺《えんりゃくじ》は長年幕府と争っている。

四年前には将軍義教が兵を出して、根本中堂《こんぽんちゅうどう》を焼き払い、多くの僧侶《そうりょ》を殺しているだけに、衆徒たちの怨《うら》みは深い。

南朝に身方する者が多いのはそのためだった。

「三つの面がそろったなら、叡山において修法の儀を行なう。その時こそ、後醍醐帝のお志をこの身に受け継ぐことが出来る。囚《とら》われ人の座から解き放たれて、天地人を司《つかさど》る真の帝となることがかなうのだ」

語っているうちに心が高ぶるのか、小倉宮の切れ長の目が熱くうるんでいく。

「頼むぞ道円、鎌倉公方を説き伏せて、歓《よろこ》ばしき知らせと共にこの都にもどってくれ」

決戦前夜

館《やかた》の裏の広々とした畑には、養父の泰親が植えた里芋が青々とした葉を茂らせている。

朝からこやみなく降り続く雨に洗われて、その色も鮮やかだ。

盾を天に向けたような形の芋の葉に落ちた雨は、丸い水滴となって葉をすべり落ち、茎を伝って土に吸い込まれていく。

縁側に寝そべった朝比奈範冬は、ようやく生えそろったひげをいじりながらそれを見ていた。

清笹峠の戦いに敗れて引き上げる時、範冬は蜥蜴と空蟬に北畠宗十郎たちの跡をつけるように命じた。

黒色尉の面を手に入れた宗十郎らがどこへ向かうかを知るためだが、それから十日以上が過ぎても何の連絡もない。

真っ直ぐ京都に向かうことも考えられるので、六左衛門に関所の取り締まりを厳重にするように命じてあったが、宗十郎らしい者を見かけたという知らせはなかった。

（たまには父上の相手でもするか）

枕がわりにしていた碁盤を抱えて居間に行った。

泰親は外出の仕度の最中だった。初音が後ろに回って袴《はかま》の紐《ひも》を結んでいる。火のしのきいた直垂《ひたたれ》を着て、侍烏帽子《えぼし》をきっちりとかぶっていた。

「お出かけですか」

「何か用か」

うるさそうに低くうなった。

「久々に一局と思ったのですが」

「夕方には帰る。それからなら出来ぬこともない」

「何か差し迫った御用でも」

「何ゆえじゃ」

「畑の草が伸び放題になっております」

「梅雨時の草は伸ばしておけばよい」

泰親は初音から太刀を受け取ると、床板を踏み鳴らして出て行った。

「何かあったのですか」

初音にたずねた。

養父が後添えにしようとしていることを知ってから、言葉づかいにも気を遣っている。

「私にも分らないのです。あのようにお出かけになっては、険しい顔でおもどりになります」

「外から呼び出しでも」

「いいえ、そのような様子は一切」

「館の者も行先を知らないのですか」

「誰にも行先を告げず、供も連れて参られぬのです。あるいは……」

初音は泰親の去ったあたりに目をやって口ごもった。

「わたくしの思いちがいかも知れませぬが、お館さまは千代秋丸さまのお身方衆と会っておられるのではないでしょうか」

「なにゆえそう思われるのです」

「夜中に夢にうなされ、うわ言に先代さまの御名を呼ばれることがございます。先代さまには、大きな負い目を感じておられるようですから」

「そのことを誰かに」

「話してなどおりませぬ」

「そうですか。今は何かとむずかしい時期です。他言なきように願います」

範冬は碁盤を抱えたまま居間を出た。

五年前に今川範忠と千代秋丸の間で家督相続争いが起こったとき、先代の範政は千代秋丸を推した。

だが千代秋丸の母が関東管領《かんれい》家の一門の出であるために、今川家と鎌倉公方との接近を嫌った将軍義教は、範忠を跡継ぎとするように強硬に申し入れた。

このために駿河の国人衆も範忠派と千代秋丸派に分かれ、国を二分して争う内乱となった。

この争いは将軍の後押しを得た範忠派が勝ったが、国内に大きなしこりを残した。千代秋丸派の中には、戦に敗れて所領を没収されたり、責任を問われて切腹させられたりした者が出たからだ。

そうした者たちにとって、将軍家と鎌倉公方家の戦は遺恨を晴らし所領を回復する絶好の機会である。

千代秋丸派の遺臣や国人衆がひそかに一揆《いっき》を結んで挙兵を企てていることや、鎌倉公方の足利持氏が彼らに使者を送って合力を求めていることは、すでに今川家中にまで知れ渡っていた。

次の日も雨だった。

屋敷の周囲にめぐらした堀から、雨蛙の鳴く声がうるさいほどに聞こえてくる。

範冬は蓑笠《みのかさ》をつけ、葦毛《あしげ》の馬にまたがって駿府城へ向かった。

将軍の使者が来るので、巳《み》の刻までに登城せよとの知らせが届いたのである。

駿府城の大手門をくぐると、遠侍で大紋に着替えた。

将軍からの使者はさきほど着き、主殿の広間で範忠と対面しているという。それが終わるまで次の間で待つようにとのことだった。

「朝比奈さま、ご無礼いたしまする」

回り縁から声がして、岡部六左衛門が入ってきた。

左腕に布を巻いている。清笹峠で右馬助に受けた傷だった。

「こちらに来ておられるとうかがいましたので、推参いたしました」

「傷の具合はどうだ。もういいのか」

「城下に名の知れた金創医（外科医）がおります。馬の毛を用いて傷口をぬいあわせますゆえ、浅手なら十日もすれば完治いたします」

時宗の僧は陣僧として戦死者の供養をするかたわら、戦傷者の手当てにも従事した。

そのために金創（刀や槍《やり》による創傷）の治療にも長《た》け、金創医として開業する者もいた。

「空蟬どのから、連絡がござりましたか」

「いや」

「それがしも東海道はもとより、間道のすべての関所に人相書きを回し、厳しく吟味するように申し付けておりますが、いまだに彼奴《あやつ》らが現われたとの知らせはございませぬ」

「都へは向かっていないのだな」

「おそらく」

「だとすれば、まだ黒色尉の面を手に入れておらぬのかもしれぬ」

「これより各地の地侍にも廻状《かいじょう》を回して、しらみつぶしに探索に当たる所存でございます」

「分った。何か手がかりを得たなら知らせてくれ」

「沓谷《くつのや》の館でも構いませぬか」

「構わぬ。駿府城からの使者なら、父上も不審を持たれることはあるまい」

やがて取り次ぎの武士の先触れがあって、将軍の使者が入ってきた。

範冬は平伏して迎えた。

「朝比奈どの、面を上げられよ」

上座から赤松貞村の甲高い声がした。

(嫌な奴が来たものだ)

瓜実顔《うりざねがお》でやや目尻《めじり》の下がった貞村をみて、範冬は腹の中で悪態をついた。一見優しげな様子をしているが、言うことは辛辣《しんらつ》をきわめる。何より気にくわないのは、将軍に寵愛《ちょうあい》されていることを笠《かさ》に着て横柄な態度を取ることだ。

「これは赤松どの、遠方よりのお役目ご苦労でござった」

「なんの。都にいる時は、遠江のさらに先の駿河とはどれほどひなびた所であろうかと思っておりましたが、訪ねてみれば富士の霊峰はあり、駿河の海はあり、なかなか風光明媚《めいび》な土地でござったわ」

「赤松どののご領国と比べていかがでござろうか」

「あいにく当家は領国と申すほどの土地を領しておりませぬでな。それから先般、伊豆守《いずのかみ》を拝領いたした。以後はそのように呼んでいただきたい」

「それは祝着に存ずる。してその伊豆守どのが、当国にどのようなご用件で参られたのでござろう」

「内々に上総介《かずさのすけ》どのに御所さまのお言葉を伝えるためでござる。その旨、お聞きになられませんでしたかな」

上総介どのとは、範忠のことである。

将軍から直接範忠に指示があるとすれば、鎌倉公方に対する戦略以外に考えられなかった。

「あいにく聞いてはおらぬが、それがしにも何か」

「さよう、朝比奈どの、御所さまはひどくご立腹でござるぞ」

貞村は青地に銀で山水を描いた扇子を開けると、せわしなく胸元をあおいだ。

午後になって海からの風が吹きはじめ、いっそう蒸し暑くなっている。

「ほう、それは気がかりなことでござる」

「御所さまはこの機会に鎌倉公方家を亡《ほろ》ぼし、天下の実権を将軍家に集中しようと決意しておられる。ところが守護大名の中にはそれに反対し、密《ひそ》かに鎌倉公方と通じている者がいる。そのことは朝比奈どのもご存じでござろう」

「無論承知しております」

「しかもこの度、大覚寺義昭さまが大和の天川で南朝方として兵を挙げられた。鎌倉公方と計って都に攻め上る計略のようじゃ」

「それは御所さまも、かねて予想しておられたことでござる」

「さよう、だが、実際に大和と鎌倉を敵に回して戦うのは容易なことではござらぬ。鎌倉を討とうとして大軍を東に向けている間に、都に攻め込まれる恐れがあるのでな」

「なるほど、その通りでござる」

「そこで、御所さまは鎌倉公方の征伐は東国の大名に任せると申されておる。朝比奈どの、天下はかように風雲急を告げておるのでござる」

　貞村の態度には、将軍の近くにあって天下の情勢に通じているという優越がありありと見えた。

「そのことは充分に」

「分っていると申されるなら、何ゆえ黒色尉《こくしきじょう》の面の探索に手間取っておられる。都を発《た》って二月にもなるというに、未《いま》だに何の連絡もない」

「それがしとて最善の手は尽くしておるが、何分駿河は広く山深い土地ゆえ」

「そのような言いわけは聞かぬとおおせじゃ。こたびの天下大乱に、黒色尉の面に隠された秘密がどれほど大きな影響を与えるか、貴殿も承知しておられよう。万一敵の手に渡れば、将軍家の存続さえ危うくなるやもしれぬ」

「手ぶらでは都に戻らぬ所存でござる。将軍にそのようにお伝えいただきたい」

「それだけでは済まぬ。来月、六月末までに申し付けを果たせなかった時には、都に連れもどして湯起請《ゆぎしょう》にかけると申されておりまする。このこと確かに申し伝えましたぞ」

　貞村は長袴《ながばかま》の裾《すそ》を蹴《け》って立ち上がった。

　その傲慢《ごうまん》な態度に、範冬は嫌味のひとつも言わずにはいられなくなった。

「確かにうけたまわったが、それにしても困ったことでござるな」

「何がでござろう」

貞村が足を止めた。

「御所さまの湯起請好きでござるよ。いつぞやも赤松どのの重臣を責めて切腹を申し付けられたが、あのようなことでは人心は離れていくばかりじゃ。さらに悪いことは、己れの栄華のためにその悪癖を利用する輩《やから》がいることじゃ。のう伊豆守どの」

貞村が赤松満祐の領国である播磨を取り上げようとして将軍に働きかけていることは周知のことだった。

「そのお言葉、しかと御所さまに伝えておきましょう」

貞村は顔色ひとつ変えずに応じると、若草色の長袴を引きずって出て行った。

用が済むのを待ち構えていたように取り次ぎの若い武士が現われ、範忠が呼んでいる旨を伝えた。

書院に入ると、範忠が苦りきった顔で迎えた。

「あの貞村という男は、いつもあんな風なのか」

「何かお気に障りましたか」

「虎の威を借る狐とはあの者のことじゃ。前に室町御所で会ったが、あれほどとは思わなかった」

「あれでなかなか小才が利きまする。御所さまが重宝なされるので増長しているのでございましょう」

「あのような者を使者に立てられるとは、おそばにはよほど人材がいないと見える」

「東国の兵力だけで鎌倉公方どのを抑える計略とうかがいましたが、どのような指示があったのでございますか」

「いろいろと申し付けられたが、どれも難かしいことばかりじゃ。首尾よく鎌倉公方どのを討ち果たした後には、わしを副将軍に任じるそうな」

「それは、まことに」

目出たいと言おうとしてためらった。それほど大きな恩賞があると言うことは、負わされた義務も大きいということである。

「黒色尉の面を手に入れることは出来なかったらしいな」

「南朝方の者にはばまれ、不覚を取りました」

「敵の手に渡ったのか」

「いえ、まだ手に入れてはおらぬようでございます」

範冬は宗十郎らが都へ向かった形跡がないことを語った。

「あの面にどのような秘密が隠されておるかは知らぬが、帝《みかど》の呪力《じゅりょく》がこめられた物など再びこの世に現われぬほうが良いのだ」

了俊が呪力の虜《とりこ》になって謀叛《むほん》を起こしたことが頭にあるためか、範忠の口調は沈んだものになった。

「帝と申せば、後醍醐帝はご幼少の頃、内裏を出されて奈良の般若寺に預けられていたとうかがいましたが」

「そのことなら、わしも聞いたことがある。幼い帝の才気を怖れられた父帝が、内裏から遠ざけられたということじゃ」

範忠が聞いた噂とは、次のようなことだった。

後醍醐帝がまだ四つか五つの頃、父である後宇多上皇が才色兼備と評判の伏見天《ふしみ》皇の女御に思いを寄せた。

上皇は数年前に伏見天皇に位を譲って隠棲《いんせい》していたとはいえ、二十七歳の血気盛りだから無理もないことだが、この恋は思わぬ方向に発展した。

伏見天皇が属する持明院統の公家《くげ》であった女御の父親は、娘に言いふくめて上皇の御所から秘密の文を盗み出させた。

そして文を公にされたくなかったなら、伏見天皇の次にも持明院統から帝を立てるという誓紙を書くように迫ったのである。

この頃には持明院統と大覚寺統から交互に帝を立てることになっていたが、互いに次の帝の座をねらって熾烈《しれつ》な争いをくり返していただけに、こうした信じ難いような出来事が起こったのである。

後宇多上皇は思い悩んだ。

自分の過失のために大覚寺統に迷惑を及ぼすことはできない。だが盗まれた文を公にされれば、人前に顔を出せないような苦しい立場に追い込まれる。

この窮地を救ったのが、幼い後醍醐帝だった。

「帝は上皇のご様子を見ただけですべてをお察しになり、お付きの者に命じて女御と父親を呼び出された。上皇が誓紙を渡されるので、例の文を持って大覚寺に来るようにと伝えられたのじゃ」

夕暮れ時に大覚寺に来た二人に、帝は大沢池の中の島の御殿で上皇が待っておられるので、舟で渡るようにと告げた。

二人が何の疑いもなく舟をこぎ出すと、間もなく舟底の板が割れて沈み、二人は秘密の文もろとも溺《おぼ》れ死んだ……。

幼い帝が父を救うためにたった一人で計画したことだが、後宇多上皇はこれを喜ばなかった。

かえって帝の知恵の深さと意志の強さに禍々《まがまが》しいものを感じ、奈良の般若寺にあずけたのである。

その七、八年後に大覚寺統の後二条《ごにじよう》天皇が即位すると、後醍醐帝も再び内裏にもどることになった。

「ところが少年になっておられた帝は、内裏のしきたりや行事をまったく無視し、それらを破壊しようとさえなされた。盲《めしい》たる者どもよ。汝《なんじ》らが囚《とら》われの身であることを忘れたか。我はふたたび帝の栄光をこの国に打ち立てるであろう――そんな激烈な言葉とともに乱暴狼藉《ろうぜき》をつづけられたそうじゃ。ところが数ヵ月後にはぷっつりと黙り込まれ、以後帝の位につかれるまでは二度と口をお開きにならなかったという。京童《きようわらわ》どもが語り伝えておることゆえ、あまり当てにはなるまいがな」

範忠は苦笑して話題を変えた。

「ところで三河守《みかわのかみ》はいかがいたしておる」

「お陰さまで息災にいたしております」

「先日登城して以来姿を見せぬが、変りはないか」

「相変らず畑仕事に精を出しております」

範冬は範忠が何を知りたがっているか察したが、あえて気付かないふりをした。

「この駿河には、未だに五年前の争いの傷が残っておる。父上が世継ぎに望んでおられた千代秋丸を、わしは討ち果たした。そうしなければ今川家を保てなかったからだが、弟を手にかけたことに変りはない。今でもそのことでわしを恨んでおる者は数多くいる」

「その者たちが良からぬ噂を流しておる。千代秋丸が生き延びて鎌倉にかくまわれているというのじゃ」

「存じております」

「まさか、そのようなことが」

「無論根も葉もないことじゃ。花倉城が落城して千代秋丸が自害した後、わしはこの目で首実検をした。千代秋丸に仕えていた近習《きんじゅ》や侍女にも確かめさせた。千代秋丸が生きているはずは絶対にない。だがその噂が流れるたびに、誰もが五年前の戦を思い起こす。誰が父上の遺言にそむき、千代秋丸を殺したかをな」

範忠は憂鬱《ゆううつ》そうに顔をゆがめた。

「千代秋丸派の国人たちがそうした噂を流すのは、将軍家と鎌倉公方家の争いに乗じて遺恨を晴らすためじゃ。そのような者たちの策に乗せられ、軽率な振舞いに及ぶようなことがあってはならぬ。皆にそう伝えてくれ」

範冬は遠侍で蓑笠《みのかさ》をつけ、大手門の外につないだ馬に乗って沓谷の館《やかた》に向かった。

雨足はいっこうに弱まらない。笠が雨で叩《たた》かれて重く感じるほどだ。

四半里も行かぬうちに背中に雨水がしみ入ってくる。

範冬はとある旅籠《はたご》の軒先に馬をつないで雨宿りをした。

「皆にそう伝えてくれ」

そう言った範忠の冷やかな目付きが、気になっている。

話の流れからして、あの言葉は泰親に向けたものだ。そのことをはっきりと口にしない分だけ、疑いが強いように感じられた。

翌日、範冬は昼過ぎに館を出て伊勢屋へ行った。

軒先に合図の笠が吊《つ》るされ、風に吹かれて左右に揺れている。

下女に案内されて部屋に上がると、行商の老人に姿を変えた空蟬が待っていた。

「ご無沙汰《ぶさた》いたしております」

丁重な挨拶《あいさつ》をする。

白髪混じりの頭としわの多い顔は、どうみても五十過ぎとしか思えない。何を用いて顔を造るのか見当すらつかなかった。

「宗十郎らの行方はつかめたか」

「まだでございます。されど、その足取りらしきものは」

「都へ向かったか」

「いえ、富士川べりや三島で宗十郎らしい若者を見かけたという者がございました」

「行先は藤沢か鎌倉だな」

「ここ数日、藤沢の寺や散所の探索をつづけておりますが、将軍家との戦を前にどこも警戒を強めておりますので、容易にはもぐり込めませぬ」

「鎌倉はどうした」

「当たってはみたものの、藤沢以上に警戒が厳重で」

「どうにもならぬか」

「申しわけございませぬ」

「藤沢か鎌倉にいることが分れば、手の打ちようもある。蜥蜴と共に引きつづき探索に当たってくれ」

「いまひとつ、お耳に入れたきことが」

「申せ」

「富士川で清姫さまのご一行を見かけました」

「時宗の輩《やから》と一緒か」

「十数人の僧と連れ立ち、西に向かっておられます」

「遊行寺に行っておったか」

　範冬はぽつりと言った。

　清姫が何を考えているのか、手に取るように分った。

「踊り念仏をしながらの遊行ゆえ、駿府に到着されるのは四、五日後になるものと思います」

らせてくれ」


「踊り念仏……、清姫も踊るのか」

「そのようでございます」

「分った。藤沢に向かう途中で行き合ったら、駿府に着くのは何日頃になるかを知らせてくれ」


清姫らの踊り念仏の興行は、六月三日から籠上《こもりかみ》の道場で行なわれた。

安倍川の河原に建てられた四間四方ほどの道場には、隙間なく戸板が立ててある。

踊り念仏が始まるにはまだ間があったが、道場のまわりには数百人の群衆が集まっていた。

肩から袋を下げた時宗の僧が、南無阿弥陀仏《なむあみだぶつ》と書いた札を配りながら喜捨を集めている。

周囲には群衆を当て込んだ物売りが、むしろを広げて食べ物や酒を並べている。地べたに座り込んでいる物乞《ものご》いも多い。

範冬は編み笠を目深にかぶると、人垣を肩で押しのけるようにして中ほどまで進み、わずかな空きを見つけて座り込んだ。

やがて道場の戸板がいっせいに取り払われ、柿色の衣を着た四十人ばかりの僧が、鉦《かね》や太鼓を叩《たた》きながら念仏を唱えはじめた。

初めは群衆の方を向いて立ち、合図とともに床板を踏み鳴らしながら道場の中を回りはじめた。

「なむあみだぶ、なむあみだぶ」

謡うように唱えながら、手足を振り動かして踊っている。

踊りながら鉦と太鼓を打ち鳴らす。

拍子は次第に早くなり、回る速さも増していく。

その輪の中に白装束を着た五人の女がいる。いずれもしなやかな体つきをした若い娘ばかりだ。

一人は清姫である。その美しさは五人の中でも際立っていた。

「見ろ、あれが生き観音さまじゃ」

範冬の隣にいたひげ面《づら》の武士が、連れの男にささやきかけた。

「噂にたがわぬ美しさよ」

「面白いのはこれからじゃ。ささ、もう一献」

用意の酒をくみ交わしながら、好色そうな目を道場に向けている。

清姫は手にした鉦を高々と掲げ、高く澄んだよく通る声で念仏を唱えながら、足を踏み鳴らし、腰をくねらせて踊り回った。

手をふり上げるたびに袖《そで》が落ち、二の腕まであらわになる。足を上げ腰をくねらせている間に裾《すそ》が乱れ、白い太股《ふともも》がのぞく。

その姿が回り燈籠《どうろう》の絵のように範冬の目の前に現われては消えていく。

「あれは花倉のお姫さまだった方ですよ」

「お可哀相に、人の運命《さだめ》とは計り難きものでございます」

前に並んだ二人の女が、肩を寄せ合って小声で話している。

眉《まゆ》をひそめながらも、その顔はどこか嬉《うれ》しげである。

念仏踊りはさらに速さを増していく。

僧も女たちも、その渦に巻き込まれてあえぐ者のように踊り狂い、救いの念仏を唱える。

永遠の輪廻《りんね》から解き放たれようと、もがき苦しむ者たちの姿を写しているかのようである。

回転の速さは最高潮に達し、やがて少しずつゆるやかになった。

それに連れて踊りの身ぶり手ぶりも小さくなる。

これで終わりかと見ていると、引ききった潮が再び満ちてくるように勢いを増していく。

半刻《はんとき》も踊りつづけると、僧たちは汗だくになる。

息があがり念仏の声もかすれがちだが、陶酔しきった表情のまま一心不乱に踊りつづける。

清姫の踊りは特に激しい。

元結の切れた髪をふり乱し、手足をふり動かし、体をくねらせ、鉦を激しく叩きながら、叫ぶように念仏を唱えている。

汗にぬれた白小袖が肌に貼り付き、乳房が透けてみえる。

裾がめくれて太股があらわになる。

時にはその奥までがちらりとのぞく。

だが清姫は頓着《とんちゃく》する様子はない。

快楽のさ中にあるような陶酔しきった表情のまま、憑《つ》かれたように踊りつづけている。

「懇意の者だ。清姫に渡してくれ」

僧の袋に清姫にあてた文と百文の喜捨を突っ込むと、範冬は群衆を荒々しくかき分けて外に出た。

「旦那《だんな》、旦那」

汚れた髪をふり乱した女が、袖をつかんで引き止めた。

左の腕には裸の乳呑《ちの》み児《ご》を抱いている。

「この子に何か食べるものをめぐんで下さいまし」

差し出す手を範冬は邪険に払った。

「ふん、せっかく声をかけてやったのに、慈悲の心もないのかい。斬り殺されて地獄に落ちるがいいや」

悪態が背中から追いかけてきた。

範冬は妙見神社の近くにつないだ馬に乗って伊勢屋に向かった。

さっきの文には、申《さる》の刻（午後四時）に例の離れで待つと記してある。

（姫は必ず来る）

そう確信していた。

花倉の家の再興と引きかえに、背振衆の隠れ里のありかを教えた清姫である。目的を果たすまでは、範冬との連絡を絶つはずがなかった。

清姫が伊勢屋にやって来たのは、近くの寺から申の刻の鐘が聞こえて半刻ほど過ぎてからだった。

朱色の袿《うちぎ》の上に純白の小袖をかぶった衣被《きぬかずき》姿で、懐には懐剣まで差している。

「清姫」

待ちくたびれて横になっていた範冬は、あわてて上体を起こした。

目の前に立っているのは、花倉城にいた頃と寸分かわらぬ姫である。

「範冬さま、お懐かしゅうございます」

八の字形に手をついて深々と頭を下げた。

「そちが清姫とすると、あれはいったい」

範冬は夢でも見ているようだった。

目の前にいるのが、念仏踊りを踊り狂っていた清姫と同じ女だとは思えなかった。

「昼間ご覧になったのは、わたくしの影でございます」

「では、別人なのか」

「いいえ。わたくしではございますが、わたくしではないのでございます」

「禅問答のようなことを申す」

「御仏《みほとけ》に召されたわたくしの姿と申し上げれば、お分りになるでしょうか」

「分らぬ」

範冬は不機嫌に盃《さかずき》を干した。酒は冷えきっていてひどくまずい。

「御仏の手にすべてをゆだねれば、この世の定めなど無きがごときものでございます。ただ踊りながら一心に救いを求めれば、何もかもを捨て去った法楽の境地に達するのでございます」

「では道場の戸を立ててやればよい。あのような姿を、人の目にさらすことはあるまい」

「法楽の姿を見せることが、人々に教えを広めるきっかけとなるのです」

「わしにはただ好色の輩《やから》が、そちの体をなめ回すように見ておったとしか思えぬ。何もかも捨て去ったというのなら、何ゆえそのような姿をしてまいったのじゃ」

「今宵《こよい》は花倉家の者として、お話しすることがあったからでございます」

清姫が真っ直ぐに範冬の目を見つめた。

「お家再興のことか」

「よもや約束をお忘れではありますまい」

「わしも武士じゃ。黒色尉《こくしきじょう》の面さえ手に入れたら、必ず約束を果たす。ここに呼び出したのも、その相談をするためなのだ」

「何の相談でございましょう」

「北畠宗十郎の行方を教えてもらいたい」

「そのような者のことなど」

「知らぬとは言わせぬ。そちは我らが黒色尉の面を奪うことに失敗したと知って、宗十郎らの行く先を探るために遊行寺に行ったのであろう」

時宗の僧は全国を遊行しているために、諸国の内情に通じている。その報告が総本山である遊行寺に刻々と集まっていた。

「藤沢に行ったのは、本山にこもって身を清めるためでございます」

「考えてもみよ。このまま奴らの手に黒色尉の面を奪われては、花倉家の再興も出来ぬのだぞ」

「今宵は約束を果たしていただけるものと思ってまいりました。そのようなお話など聞きたくはありません」

清姫は冷やかに言って立ち上がった。衣被の裾《すそ》がふわりとゆれた。

「待て」

範冬は鋭く呼び止めた。

「花倉家の再興が望みなら、何ゆえわしと手を組ませぬ」

「わたくしにも、自分が何を望んでいるのか分らなくなる時がございます」

「どういうことだ」

「人の望みは執着でございます。執着を捨てて仏道に入ろうとするのも、捨てきれずにこのような姿をするのも、弱い人間の性《さが》でございましょう」

「踊り念仏に狂うのは、そなたの影だと申したな」

「はい」

「では、あの時ここで抱かれたのはどちらだ。清姫か、影か」

「さあ、どちらでございましょうか」

清姫は謎をかけるような笑みを浮かべて立ち去った。

一人残された範冬は小半刻ほど苦い酒を飲み、勝手口から裏通りに出た。

あたりは暗く、二、三間先の人の姿も分らない。

行き交うのは旅籠《はたご》の裏口から人目をさけて忍び出て来る武士たちばかりで、供も連れず提燈《ちょうちん》さえ持っていない。

範冬は湿気の多い生暖かい風に吹かれながら、懐手をしながらゆっくりと歩いた。

酔いは深くないが、気持がすさんでいる。誰彼となく喧嘩を売ったり、遊女でも買って馬鹿さわぎをしたくなるのはこんな時だ。

裏通りから東海道に出ようとして角を曲がると、一人の武士が旅籠の勝手口からあたりの様子をうかがうようにして出て来た。

範冬は反射的に板塀の陰に身を隠した。

なで肩のすらりと背の高い姿に見覚えがある。

いつか泰親に糞尿《ふんにょう》をあびせられて逃げ帰った武士だ。

なで肩は用心深く前後を見渡すと、勝手口に合図を送る。

しばらくして七、八人の武士が出てきた。

中の一人を、他の者たちが警固している。

背は低いが恰幅《かっぷく》のいい武士で、頭から覆面頭巾《ずきん》をかぶっている。

(千代秋丸派の集まりか)

警固の武士たちが緊張しきっている所を見ると、頭巾をかぶった武士はよほど身分が高いのだろう。

板塀の陰に身を隠したまま様子を見ていると、しばらくして三人の武士が勝手口から出てきた。

範冬はあやうく声をあげそうになった。

泰親がいたのである。暗がりで顔は見えないが、体つきや歩き方でそれと分る。

（やはり父上は）

千代秋丸派の武士たちと会っていたのだ。

だが今さら何の目的でそんなことをするのか。あの頭巾の武士はいったい何者なのか。

範冬はそんなことを思い巡らしながら、しばらく板塀の陰にたたずんでいた。

翌朝、食事を運んできた初音に、昨夜泰親がもどってきた時刻をそれとなくたずねた。

「戌《いぬ》の刻（午後八時）過ぎでしたが、何か」

初音が不安そうな目を向けた。

「いや、ならばよいのです」

「何やら気難しげな様子をなされておいででした」

「今日もお出かけですか」

「久々に畑に出ておられます」

食事を済ませて、裏の畑に出た。

梅雨明けのすがすがしい青空が広がっている。

畑には二尺ほどに伸びた芋が、思い思いの向きに大きな葉をしげらせている。

中腰になった泰親は、葉の中に隠れるようにして草むしりをしていた。

芋の葉の中に屈《かが》み込んだ泰親の背中は、頼りないほど小さい。気丈なことを言ってはいても、もう六十をいくつも過ぎているのだ。

範冬は足を忍ばせて後ろに回ると、足元の小石を拾って軽く投げた。

小石はゆるやかな弧を描いて背中に落ちかかる。

その寸前に泰親はくるりと向き直って小石を受け止めた。

「なんの真似だ」

つまらなさそうに投げ返す。

「あまりに隙だらけに見えましたので」

「馬鹿なことをするな。芋の茎を傷めたらどうする」

「手許《てもと》に狂いはございません」

「小石を投げてみなければわしの腕も分らんようでは、手許とて危ういものだ」

「終ったら一局いかがですか」

「見ての通り、忙しい」

「話があります」

「ではここに来て手伝え。草を取りながらでも話は出来る」

範冬は袴《はかま》の股立ちを取ると、泰親と並んで草をむしり始めた。

「それがしが都から戻った日に、父上は三人の武士に糞尿をかけて追い払われました」


そう切り出した。

泰親はそれだけですべてを悟ったらしい。

「誰から聞いた」

草を取る手を止めて、じっと範冬を見つめた。

「あの者たちと会っていたことを、誰から聞いたかとたずねておる」

「昨夜、所用あって街道筋の旅籠にまいりました。その帰りに」

「他に連れはなかったか」

「それがし一人でございます」

「ならば決して他言はするな」

泰親は話が済んだとばかりに草を取りはじめた。

「覆面頭巾のお方はどなたです。あれは千代秋丸派の集まりと見受けましたが」

「お前には無縁のことじゃ。関わり合《お》うでない」

「千代秋丸派が鎌倉公方と結んで事を起こそうとしていることは、範忠どのの耳にも入っております。そのような者たちの策に乗せられて軽率な振舞いに及ばぬよう、申し伝えよとのことでございました」

「殿が、このわしにそう伝えよと申されたか」

泰親は急に立ち上がった。

返答によってはただではおかぬ。そんな殺気さえ感じさせる形相である。

「名差しで申されたわけではありませぬが、父上の事を気にかけておられました。疑いを招くような報告がなされたものと思います」

「分った。肝に銘じておく」

「範忠どのは、千代秋丸に対して深い負い目を感じておられます」

それだけに千代秋丸のことで範忠の怒りを買えば、どんな処罰をされるか分らない。

まして今は将軍家と鎌倉公方家の戦を目前に控えて、領内の引き締めに躍起になっている時なのだ。

「あの者たちと会ったのは、考えるところがあってのことだ。だがそれは先代さまのご恩に報いるためで、決して範忠どのに弓を引くためではない。数日のうちには片の付くことゆえ、余計な口出しをするでないぞ」

泰親は雑草を引き抜くと、左右にふって根についた泥を落とした。

二日後の昼過ぎ、岡部六左衛門が二人の供を連れてたずねて来た。

用向きで来たことを強調するためか、直垂《ひたたれ》を着込んでいる。

「そのような気づかいはいらぬと申したではないか」

着なれていないらしく、胸紐《むなひも》の結び方がちぐはぐである。

「それで、宗十郎らの行方はつかめたのか」

「残念ながら、どこの関所からも見かけたという知らせはございませぬ。都に使者を送り、高雄山や嵯峨《さが》の大覚寺の様子もさぐらせましたが、戻ってはいないとのことでございます」

「やはり黒色尉の面を手に入れてはおらぬと見える。行先は東じゃ。藤沢か鎌倉にちがいあるまい」

「鎌倉と申せば、気になることがございます」

「何だ」

「北畠道円が大覚寺の小倉宮をたずねた後、行方をくらましております。高雄山に入れた幕府の密偵の調べでは、行先は鎌倉ではないかと」

「いつの事だ」

「半月ほど前だそうでございます」

「宗十郎らに会うつもりだな」

清笹峠の戦いの後に宗十郎らが使者を送ったとしても、都までは五日かかる。

知らせを受けた道円がすぐに発《た》ったとすれば、ちょうどそれくらいの時期になるはずだった。

「鎌倉に配下をつかわし、行方をさぐるように命じておりますが、警戒が厳重で動きが取れませぬ」

「上杉憲実どのに文を書いて、宗十郎らの探索に手を貸していただくように頼む。それを持って明日にでも鎌倉に発ってくれ」

範冬は文机《ふづくえ》に向かった。

北畠道円が鎌倉に向かったとすれば、一刻の猶予もならなかった。

鎌倉公方

鎌倉東光寺《とうこうじ》（現在の鎌倉宮）の境内は深い闇に包まれていた。

境内の大銀杏《おおいちょう》が風に吹かれて葉のすれ合う音をたてる。

本堂脇の部屋では北畠道円が今川了俊の符牒《ふちょう》を読み解くために遅くまで机に向かっているらしく、かすかに明りがもれている。

北畠宗十郎は行灯《あんどん》を引き寄せた。

障子戸の隙間から吹き込む風に炎がゆれて、文字が読みにくくなったからだ。

文机の上には彦兵衛からゆずり受けた『今川了俊制詞条々』の写しがある。

原本は道円に渡して解読してもらっているが、宗十郎も写しを取って読み解こうとしていた。

〈一、不知文道武道終に不得勝利事〉

文道武道を知らず、ついに勝利を得ざること。

〈一、好鵜鷹《うよう》逍遥《しょうよう》楽無益殺生《せっしょう》之事〉

鵜鷹の逍遥を好み、無益の殺生を楽しむこと。

〈小過輩不遂紏明令行死罪事〉

小過（微罪）の輩《やから》を、紏明《きゅうめい》を遂《と》げずに死罪にすること。

守護として行なってはならない心得が、二十二条に分けて書き連ねてある。

応永十九年、遠江に隠棲《いんせい》していた了俊が、弟の仲秋に守護の心得を説いたもので、『了俊壁書』と呼ばれて広く世に流布したものだ。

書かれてあることは至極当然のことで、いちいちうなずけることばかりだが、この条々のどこに黒色尉《こくしきじょう》の面の隠し場所を示してあるのか見当もつかなかった。

宗十郎と孫八が鎌倉の東光寺に来たのは、一昨日のことだ。

京都の道円に今川了俊が残した巻物を手に入れたと知らせたところ、六月三日までに東光寺に入るので持参せよと命じられたのである。

道円が単身鎌倉に乗り込んだのは、巻物の謎を解くためばかりではなかった。

半月後に鶴岡八幡宮で、鎌倉公方足利持氏の嫡男賢王丸の元服式が行なわれる。

その日までに持氏に挙兵の決意を表明するように迫るためだ。

東光寺は薬師堂ヶ谷の入口に位置する禅宗の寺で、南北朝の争乱の初期に後醍醐天皇の皇子護良《もりなが》親王が幽閉されていたことで知られている。

足利尊氏の弟直義《ただよし》は、親王を薬師堂ヶ谷の土牢《つちろう》に閉じ込め、中先代《なかせんだい》の争乱のさなかに暗殺した。

以後、足利幕府は親王の怨霊《おんりょう》を封じ込めるために、東光寺を手厚く遇した。

賢王丸の元服式に招かれた連歌師という名目で鎌倉に入った道円が、持氏に頼んでこの寺に入ったのは、護良親王の御霊《みたま》の加護をえて南朝再興を成しとげたいと願ってのことだった。

夜半を過ぎると、宗十郎は猛烈な眠気におそわれた。

懐から匂い袋を取り出して顔に押し当てた。母が着物に焚《た》き染《し》めていた香りだ。

その記憶だけは鮮明に残っているのに、どんな姿をしていたかは、どうしても思い出せない。

だが、その母にももうじき会える。

道円が古道具屋の主人から、手掛りを聞き出してくれたのだ。

母とおぼしき旅の女がこの匂い袋を古道具屋に売ったとき、身寄りを頼って若狭《わかさ》の小浜湊《おばまみなと》に向かうところだと言ったという。

「こたびの一件が片付いたなら、小浜湊を訪ねてみるがよい。狭い土地ゆえ、母上の消息がつかめるはずじゃ」

その言葉を聞いて、宗十郎は喜びに奮い立った。

めずらしく示してくれた道円の心づかいに報いるためにも、何かをしないではいられなかった。

あたりは寝静まっている。衝立《ついたて》の向こうで眠る孫八の寝息と、寺の裏山を渡る風の音がするばかりだ。

（もう寝よう）

行灯の火を吹き消したとき、それが起こった。

闇の一点に開いた穴が見る間に大きく広がり、狭い穴倉の中で抱き合う二人の姿が見えた。

真矢と自分だ。外には矢の雨が降り、追手の足音が迫っている。二人は息をひそめてしっかりと抱き合っている。

目の前が再び闇に閉ざされた後も、宗十郎は茫然《ぼうぜん》と虚空を見つめていた。

これで三度目である。しかも今度はかなり長かった。そのせいか虚脱感はひときわ大きく、全身にうっすらと冷たい汗をかいている。

宗十郎の胸はざわめいた。

どうやら自分には何か不思議な力がそなわったらしい。これまで二度とも、幻影で見たことは必ず起こっている。とすれば、今見たこともやがては現実となるのかもしれなかった。

翌朝目を覚ました時には、明り障子から陽が差し込んでいた。

宗十郎は障子を細目に開けて、ぼんやりと境内をながめた。

総門からつづく参道にはぽつりぽつりと参拝客が訪れ、拝殿に手を合わせて帰っていく。

その様子を見るとはなしに眺《なが》めているうちに、一人の女に目を引かれた。

市女笠《いちめがさ》をかぶり格子模様の袿《うちぎ》を着た大柄の女で、笠で顔を隠してあたりの様子をうかがっている。

肩の幅が広く、男のように大股《おおまた》で歩く。内股で歩こうと気を遣っているようだが、袿の裾《すそ》が足にからんでどうにもぎこちない。

(あれは、まさか)

体つきも歩き方も真矢によく似ている。

宗十郎は誘われるように部屋を出て、鐘《かね》撞《つ》き堂の陰から様子をうかがった。

市女笠の女は宗十郎に気付くと、あとも見ずに総門に向かって走り出した。

怖《おそ》ろしく速い。野を行く鹿のような走りっぷりは、まさしく真矢のものだ。

宗十郎は後を追って門の外に飛び出したが、女の姿はどこにもなかった。門番の僧にたずねても知らぬと言う。

「このような所で、いかがなされた」

孫八が声をかけた。外から戻ったばかりらしい。

「どの道をもどった。市女笠の女を見かけなかったか」

「北からですが、そのような者は」

「すぐもどる。このこと、道円どのには内密だぞ」

宗十郎は東光寺の前の道を南に向かって走り、横小路まで出てみたが、それらしい人影はなかった。

この道を西に進めば、四半里ほど先に鎌倉公方の御所があり、鶴岡八幡宮へとつづいている。

「女とは容易ならぬ。いったい何者でござる」

後を追ってきた孫八がたずねた。

「真矢のようだった。いや、あれは確かに真矢だ」

「背振衆の娘が、何ゆえこの寺に」

「分らん。それを聞きたくて追ってみたのだが……。このことくれぐれも他言してはならぬ」

宗十郎は妙に力んでくり返した。

寺を出てはならぬと道円に命じられているからだが、後ろ暗い思いがするのはそのせいばかりではなかった。

翌日、宗十郎は道円の供をして鎌倉御所に出向いた。

鎌倉御所は鎌倉公方家の政所《まんどころ》で、かつて源頼朝《みなもとのよりとも》が鎌倉幕府を開いた大倉御所とほぼ同じ位置にある。

後醍醐天皇を吉野に追って室町幕府を開いた足利尊氏は、次男の義詮《よしあきら》を二代将軍とし、三男の基氏《もとうじ》を関東管領《かんれい》として東国の統治に当たらせた。

これは東国と西国の事情が大きく異なっていたためである。

東国が鎌倉時代以前から武士の国だったのに対し、西国は朝廷、公家《くげ》、寺社など日本古来の勢力が強いところだった。

源頼朝が鎌倉に幕府を開いたのも、そうした勢力の反発を恐れてのことだが、後醍醐天皇を吉野に追い、北朝を擁立することによって成立した足利幕府は、その勢力を保つためには敵国たる観のある京都に幕府を開かざるを得なかった。

尊氏が鎌倉に関東管領をおき、幕府とは独立した形で統治に当たらせたのは、幕府に万一のことがあっても、東国の力によってこれを支えようと考えてのことである。

だが、この戦略は裏目に出た。

関東管領家は氏満《うじみつ》、満兼と代をかさねるごとに将軍家と対立を深め、鎌倉公方と名乗って幕府から独立する気運を示した。

京都にあって公家化し、西国中心の政策を取る幕府に対する不満が強かったためである。

三代将軍義満はこの動きを押さえるために、富士遊覧と称して駿河まで大軍を率いて出兵し氏満を屈伏させたが、四代義持のころになるとその力を失い、鎌倉公方家の独立を半ば容認してしまった。

正長元年（一四二八）に義教がくじ引きで将軍となると、鎌倉公方の持氏は公然と異をとなえた。

正統の将軍は義持から後継者の指名を受けた自分であると公言し、ことあるごとに義教と敵対したのだ。

義教は持氏を屈伏させるために、永享四年（一四三二）に義満の富士遊覧にならって駿河まで大軍を動かした。

このとき和議を結ぶためと称して持氏を駿河まで招いたが、その真意は持氏を暗殺することにあった。

〈是《これ》は持氏公も公方御下向の時分御参会あらば、尋常の喧嘩にもなし、内々御退治あるべき御座意ありて御下向と、後に事の次いでに人も知れる〉

今川家の歴史を記した『今川家譜』にもそう明記してあるが、事前にこの事あるを察した持氏は、関東管領である上杉憲実を代理に立てて難を逃れた。

この後、両者の対立はますます激化し、同じ足利一門でありながら不倶《ふぐ》戴天《たいてん》の敵国たる様相を呈していた。

義教は鎌倉公方家を亡《ほろ》ぼす腹を固めていたし、持氏は南朝方と手を結んで幕府を倒し、新たな幕府を開こうとしていたのである。

二層造りの巨大な門の前には、鎧《よろい》を着た十人ばかりの兵が警護に当たっていた。明日にでも合戦が始まるような物々しさである。

「連歌師の宗文《そうぶん》でござる」

そう名乗ると、年かさの武士が待ち構えていたように主殿に案内した。

御所は六町四方ばかりで、政所である主殿のほかに、侍所や問注所など、鎌倉幕府の形態をそのまま引きついだ役所が建ちならんでいた。

二人が通されたのは公方の居間で、中庭に作られた能舞台に面していた。

「宗文、遠き所を大儀であった」

一段高くなった御座の間から足利持氏が声をかけた。

「本日はお招きにあずかり、歓《よろこ》びこれに過ぐるものはござりませぬ」

道円が下座の中ほどに進んで平伏した。

持氏は肩幅の広い大柄の男で、若い頃は馬を肩に乗せて担ぎ上げたほどの怪力の持ち主だった。

黒々と八の字ひげをたくわえた角張った顔には、四十一歳になっても衰えぬ精気と野心がみなぎっている。

持氏の左右には、青い薄絹の直垂《ひたたれ》を着た少年と、だるまのような体形をした三十がらみの武士が座っていた。

「このたび元服する賢王丸、こちらが管領の上杉憲実じゃ。これは宗文と申す連歌師でな。元服の式で連歌の会を行なうために、都から呼び寄せたのじゃ」

持氏が上機嫌で三人を引き合わせた。

「宗文でございます。このたびは賢王丸さまご元服の儀、まことにお目出とう存じまする。また上杉憲実さまのご高名は、かねて聞き及んでおりました」

「はて、宗文とは聞き慣れぬ名だが、どちらのご一門かな」

憲実がたずねた。

上杉家は足利尊氏の母清子の実家で、関東に一大勢力を築いている。中でも憲実の人望は持氏をしのぐほどだった。

「東福寺の正徹《しょうてつ》どのに学びましたが、何流というほどのこともございませぬ」

「お住まいは？」

「諸国に招かれての浮き草暮らしでございますれば、定まった住処《すみか》など」

「正徹どののご門下といえば、心敬《しんけい》どのをご存じでござるか」

「ご高名はかねがねうかがっておりますが、入門の時期が異なりますゆえ」

「なるほど。都に上った時にでも貴殿の話をいたそうと思ったが、存ぜぬとあらばいたし方あるまい」

裏に毒を秘めた二人のやり取りを聞きながら、宗十郎は持氏の様子をうかがっていた。

養父満雅が伊勢で挙兵したとき、持氏は鎌倉で呼応すると誓約していた。だが持氏はついに動かず、満雅は幕府軍に包囲されて無念の敗死をとげただけに、宗十郎の胸中は複雑だった。

「ところで宗文、都からめずらしき物をたずさえて来たと聞いたが、持参いたしたろうな」

持氏がたずねた。

「こちらでございます」

道円は布の結び目をゆっくりと解き、木箱の中から黒色尉《こくしきじょう》の面を取り出した。清笹峠で宗十郎がつかった偽物である。

取り次ぎの者が御座の間まで運んだ。

持氏は顔をそむけ目の端で見たが、やがて両手に持つと面を引き寄せたり遠ざけたりしながら正面からながめた。

「見事なものじゃ。後醍醐帝自らが打たれたというのはまことか」

「そのように伝えられております」

道円は平然と嘘をついた。

「安房守《あわのかみ》、いかがじゃ。見事な作りではないか」

「あいにく無調法にて、能面の良し悪《あ》しは分りかねまする」

憲実が固い表情のまま素っ気なく答えた。

「実は賢王丸の元服を祝うために、式三番《しきさんばん》を演じることにしておる。わざわざそちに来てもらったのは、その是非を問いたかったからじゃ」

「式三番は天下泰平、五穀豊穣《ほうじょう》を祈念した目出たきものとうかがっております。元服の式には、うってつけでござりましょう」

「黒色尉の面も届いたことじゃ。そちに異存がないのなら、ためしに演じさせてみようではないか。急ぎ仕度にかからせよ」

式三番とは能の曲目のひとつで、翁《おきな》とも呼ばれている。

古くは一日の演能のはじめに演じられていたが、世阿弥の頃から能の原型として神聖視されるようになり、この頃では正月か祝賀の席にしか演じられなくなっていた。

もともと翁と称したこの曲が式三番と呼ばれるようになったのは、千歳《せんざい》の舞い、翁の舞い、三番叟《さんばそう》の舞いの三つからなるからだ。

父尉《ちちのじょう》の面をつける千歳の舞いは不老長寿を、白色尉の面をつける翁の舞いは天下泰平を、黒色尉の面をつける三番叟の舞いは五穀豊穣を祈念したものである。

演者は鎌倉の猿楽一座の者たちだった。

笛と鼓に合わせて謡がはじまると、橋がかりから、直面《ひためん》の役者が剣先烏帽子《えぼし》をかぶり鶴亀模様の直垂《ひたたれ》を着て現われた。

軽快なはつらつとした動きで、種まきにかかる前の方固めを表現する。

三番叟の舞いの「揉《もみ》ノ段」と呼ばれるもので、次に「問答ノ段」と呼ばれる言祝《ことほ》ぎがあり、「鈴ノ段」になってようやく黒色尉の面をかぶった役者が、鈴をふりながら登場した。

持氏も憲実も、十三歳になったばかりの賢王丸も、その荘重な動きと鈴の音に心を奪われている。

「元服式までには、本物を手に入れねばなるまい」

道円が宗十郎に体を寄せてつぶやいた。

その時、奥御殿のほうで叫び声がして、稚児髪《ちごがみ》にした子供が二人、回り縁から走り出てきた。

「待て、逃がしはせぬぞ」

「まいった。まいりましたゆえ、許して下され」

竹の刀で打ち合いながら叫んでいる。持氏の子春王丸《はるおうまる》と安王丸《やすおうまる》だった。

「このくじ引き将軍め、嘘つきめ、思い知ったか」

下の安王丸がそう叫びながら打ち据える。

春王丸は刀で体をかばいながらひたすらわびるばかりだ。

守り役の侍女が血相を変えて追いかけてきた。

「申しわけございませぬ。ただ今お連れいたします」

侍女は回り縁に平伏してわびると、二人を取り押さえようとした。

「よいよい。これ、ここに参れ」

持氏が上機嫌で二人を呼び寄せた。

「刀など振り回して、何の真似をしておった」

「鬼退治でございます。この安王が都の鬼をこらしめました」

安王丸が誇らしげに言う。

「春王が都の将軍をやらぬと、安王が泣くのでございます」

春王丸は九歳になるだけに、分別のあることを言う。二人とも丸くふっくらとした顔つきである。

「では安王は鎌倉公方か」

「はい。都の将軍などには負けませぬ」

安王丸が胸を張った。

「そうか。よい子じゃ」

持氏が大きな手で頭をなでた。

「父上、私が連れてまいります」

賢王丸は二人の手をつかむと、引き立てるようにして御座の間を出ていった。

「では、それがしもご無礼いたします」

憲実が一礼して、席を立った。

「元服式までは何かと多忙じゃ。頼みにしておるぞ」

持氏が声をかけた。

憲実は軽く頭を下げただけで、道円には目もくれずに立ち去った。

「その方が北畠宗十郎か」

二人の近習《きんじゅ》を下がらせると、持氏は道円と宗十郎を御座の間まで呼びよせた。

「このたびの働きは聞き及んでおる。駿河山中でのことなど、ゆるりと聞かせてくれ」

持氏の求めに応じて、宗十郎は安倍川ぞいの俵峰で狩野右馬助貞行に会ったこと、右馬助とともに背振衆の里に向かい、清笹峠で朝比奈範冬と戦ったことなどを語った。

「範冬と申す者は、今川範忠の双子の弟であろう」

「右馬助どのがそう申しておられました」

「五年前に今川家の家督争いが起こった時、その者の養父を身方に誘ったことがある。いかなる利をもってしても応じなかった頑固者じゃ」

持氏は範冬よりも泰親の方をよく知っていた。

今川家の侍大将として先代範政に仕え、東国武士でその名を知らぬ者はないほどだという。

「それで、悴《せがれ》の腕はいかがであった。首尾よく勝ちを得たか」

「五分の勝負でございました。ですが今一度立ち合えば、不覚を取ることはございませぬ」

「大儀であった。余からも何か恩賞を取らす。望みのものがあれば、遠慮なく申すがよい」

「僭越《せんえつ》とは存じましたが、背振衆との話し合いのときに鎌倉公方さまからも恩賞があると申しました。その約束を果たしていただく他に、望みはございません」

手柄に対して恩賞をもらうのは武士の常識である。

だが、八歳の時から南朝再興のために生命を捨てよと教え込まれた宗十郎には、そんな観念は見事なほどに欠け落ちていた。

「欲のないことを申す。そうじゃ。そちには馬をやろう。賢王丸の元服式の馬揃えのために、奥州《おうしゅう》産の若駒を百頭ばかり取り寄せておる」

「馬で、ございますか」

これも宗十郎の観念にはないものだ。

高雄山中で山走りの修行は充分に積んだが、馬に乗ったことは一度もなかった。

「不服か」

「いえ、そのようなことは」

「これから厩《うまや》を案内させる。気に入った馬を選ぶがよい」

持氏は手を打って近習を呼ぶと、厩を案内するように命じた。

「ご配慮、痛み入りまする」

道円が軽く頭を下げた。

「黒色尉の面に比べれば、馬一頭など安いものじゃ。近う寄れ。そのように離れていては大事の話は出来ぬ」

膝頭《ひざがしら》が接するほど間近に道円を呼びよせた。

「都の様子はどうじゃ。その後変りはないか」

「書面でお知らせした通り、準備はすべて整っております。鎌倉公方どののご決断を、皆が首を長くして待っておりまする」

「大覚寺義昭どのは、大和の天川におられると申したな」

「天川の御所に身を寄せて、鎌倉からの吉報を待っておられます」

「軍勢はいかほどになる。主立った大将にはどのような者がおる」

「少なく見積っても一万二千、初戦での勝ちを得、鎌倉との同盟が明らかになれば、日ならずして二倍にも三倍にも膨れ上がりましょう」

「小倉宮さまは、いかがなされておる。都を押さえねば、いかに東国と大和で勝ちを得たところで、幕府を倒すことは出来ぬ」

「都には南朝方の武士二千人ばかりが、馬借や車借に身を変えてひそんでおります。その者たちが挙兵と同時に内裏を襲い、今上《きんじょう》を比叡山にお移し申し上げ、小倉宮さまへの譲位の儀をとり行なっていただきます」

「叡山はまちがいなく身方につくのであろうな」

「準備は万端整っております。いたずらに挙兵の時期を延ばせば、幕府に企てを察知されるやも知れませぬ」

道円は身を乗り出して決断を迫った。

足利持氏は脇息《きょうそく》にもたれかかったまま、あらぬ方に目をやった。

十年前に北畠満雅と挙兵の盟約を交わしながら立たなかったように、今度も土壇場になって迷い始めている。

道円は持氏の反応を見てすべてを悟った。

持氏は後醍醐帝の面と目を合わせれば、呪力《じゅりょく》の虜《とりこ》になることを知っている。だからさっき目の端で面を盗み見、偽物と悟ったためにこれ見よがしに正面から見つめたのだ。

後醍醐帝の白色尉の面を持ちながら倒幕の兵を挙げようとしないのも、未《いま》だに面と向き合うことを避けているからにちがいなかった。

「黒色尉の面はどうじゃ。本物はいつ手に入れる」

持氏が偽物を無雑作に投げ返した。

「お気付きになられましたか」

「余は白色尉の面を持っておる。彫りがちがうことなど、一瞥《いちべつ》すれば分ることじゃ」

「さきほどあのようなことを申されたのは、憲実どのをあざむくためにでございましたか」

「そのようなことはどうでもよい。本物はいつ手に入るかとたずねておる」

「ただ今、今川了俊どのの巻物に隠された符牒《ふちょう》を解いております」

「それが解ければ、三つの面が間違いなく揃うのだな」

「将軍家にあった父尉の面は、大覚寺義昭さまが大和に出奔なされた折に持ち出されました。それが本物であることは、先にお知らせした通り小倉宮さまが確かめておられます」

「三つの面さえそろえば、小倉宮さまは後醍醐帝と同じお力を持たれるのであろうな」

「あるいはかの帝《みかど》を越えられるやもしれませぬ」

「分った。賢王丸の元服式までに本物の面が手に入ったなら、倒幕の兵を挙げることを天下に宣しよう」

「元服式まではあと十日。符牒を解いて面のありかが分ったとしても、その日までに手に入れることが出来ますかどうか」

「では、解いた符牒を余に示すだけでも構わぬ。そのかわりにやってもらいたいことがある」

持氏が声をひそめて手招きをした。

道円は膝を進めて耳を寄せた。

「元服式までに、憲実を始末せよ。あやつのことじゃ。余が倒幕の兵を挙げると知れば、幕府と通じて余の寝首をかくやも知れぬ」

持氏は憲実が去ったあたりに目をやってささやいた。

父と子

老女に案内されて離れに入ると、清姫が薄闇のせまる縁側にぼんやりとたたずんでいた。

中庭の池に目をやったまま、放心したように物思いにふけっている。

池には十数匹の鯉が群をなして泳いでいる。何かに驚いたのか、中の一匹が急に反転して深くもぐると、他の鯉たちも遅れじとあとにつづく。

清姫は見るともなしにそれを見ているのだった。

「今日は姫でも尼僧でもないようだな」

朝比奈範冬は忍び足で背後まで近付いてから声をかけた。

「もうじき五年目の夏がきます」

清姫がぽつりと言った。

花倉城が範忠軍に包囲されて燃え落ちたのは、夏の盛りのことだ。

「不思議なもので、毎年この時期になると傷跡がもえるように痛みます。炎の中で焼け死んでいった者たちの怨《うら》みが、そうさせるのでしょうか」

右の肩口をそっと押さえた。

その手が妖《あや》しくほの白い。

「用とは何だ。宗十郎らの行方を話す気になったか」

範冬は辛《つら》い思い出話に引き込まれることをさけるために、突き放した言い方をした。

「用がなければ、このような所にお呼び立てすることは叶《かな》いませぬか」

「……」

「とにかくお座り下さいませ。そのように怖い顔で立っておられては、ゆっくりと話を聞いていただくことも出来ませぬ」

「宗十郎らの行方を言え。そうすれば黒色尉《こくしきじょう》の面を手に入れ、そちとの約束も果たすことが出来る」

範冬は刀掛けに太刀を置き、どさりとあぐらをかいた。

「そのことなら、もういいのです」

「何だと」

「あの面には、了俊さまほどのお方を狂わせた怖ろしい呪力が籠《こ》められていると申します。わたくしどもが手に入れたところで、身の破滅を招くばかりでございましょう」

「花倉家の再興は諦《あきら》めたと申すか」

「諦めました。これからは御仏《みほとけ》の教えを衆生《しゅじょう》に広めるためだけに生きていくつもりでございます」

「ならば、何ゆえわしを」

「この間の約束のかわりに、果たしていただきたいことがございます」

下女が酒と肴《さかな》を盛った折敷《おしき》を運んで来た。

清姫は行灯《あんどん》に火を入れるように申し付けると、ふすまを閉めきった。

「おひとつ、どうぞ」

両手に銚子《ちょうし》をささげて、愛らしげに小首を傾ける。袖口《そでぐち》から甘やかな香りがした。

「果たしてもらいたいこととは何だ」

「わたくしにも盃《さかずき》をいただけませぬか」

範冬は言われた通りにした。

清姫は小さく押しいただくと、注がれた酒をひと息に飲み干した。

見る間に頬がうっすらと染まり、磁器のような艶《つや》をおびてきた。

ほつれた髪がその頬に二筋三筋かかっている。

「申せ。頼みとは何だ」

範冬は清姫の美しさに引き寄せられるのを感じていた。

愛《いと》おしさに胸の芯《しん》がうずいている。

「父の幽閉を解いていただくよう、お館《やかた》さまに進言していただきたいのでございます」

「それは出来ぬ」

「花倉の家を再興するためではございませぬ。年老いた父が、捕われ人として余生を過ごすことが不憫《ふびん》でならないのでございます」

「進言したとしても、範忠どのが許されるはずがあるまい」

「たとえ今は無理だとしても、このたびの争いが鎮まったならお許しいただけるやも知れませぬ。ひとこと、たったひとこと仰言《おっしゃ》っていただくだけでよいのでございます」

清姫が手を取ってすがりついた。

熱をおびた柔らかい体に触れると、範冬にはふり払うことが出来なくなった。

翌朝、安倍川ぞいに大浜まで出た範冬は東に馬首を転じた。

砂浜がゆるやかな弧を描いて久能《くのう》山までつづき、はるかかなたには伊豆《いず》半島が淡い影となって横たわっている。

範冬はあぶみを蹴《け》った。

栗毛の馬は大きく首を振って駆け出した。

砂に足が流れて不規則に上下する馬の動きを、腰を浮かして巧みに受け止めながら、範冬は久能山に向かって一散に馬を駆った。

苛立《いらだ》っている。

昨夜の清姫の頼みが無理であることは、範冬が一番よく知っている。幕府と鎌倉公方家の戦が目前に迫ったこの時期に、範忠が千代秋丸派の旗頭だった範次を自由にするはずがない。

だが、範冬はついに清姫の頼みを拒み通すことが出来なかった。引き受けこそしなかったが、情に流されるままに一夜を過ごし三度も交わっている。

朝になってみると、そんな自分に腹が立って仕方がなかった。

久能山の下で引き返し大浜までもどると、十二、三人の子供たちが浜に打ち上げられた流木を拾っていた。

素足で砂を蹴って走り回っている男の子もいれば、腰をかがめて黙々と木の枝を集める年かさの者もいる。

家に持ち帰って薪《まき》にするのだ。

範冬はその姿に心を惹《ひ》かれて馬を下りた。

子供の頃に、よくこの浜で遊んだものだ。裸馬に乗る稽古《けいこ》をしたのもここだった。

何度も振り落とされて砂だらけになったが、一度も怪我をしたことはない。

沓谷《くつのや》の館《やかた》を訪ねてきた清姫を、遠乗りに連れ出したこともある。

あれは姫がまだ八つか九つの頃だ。尻込《しりご》みする姫を鞍《くら》に抱え上げ、後ろからたづなを取って砂浜を走った。

初めて馬に乗った姫は、鞍の前輪にしがみついて震えていたが、決して怖いとは言わなかった。

その気丈さが癪《しゃく》にさわって、わざと馬を乱暴に走らせたものだ。

（ちょうどあれくらいの年だった）

両手に木の枝を抱えて歩く女の子を目で追った。

大人の目で見れば、あきれるほどに幼いが、あの頃の清姫にはすでに女を感じさせるものがあった。

それは誰に対しても高飛車で、人を意のままに操ろうとする傲慢《ごうまん》さのためかもしれない。

範冬は姫のそんな態度に反発を感じながらも、結局言いなりになっていた。

きかん気の強そうな黒い瞳《ひとみ》に見据えられると、なぜか拒み通せないのである。

今度もそうだ。

それが甘さだということは分っていたが、姫をこのまま突き放す気にはどうしてもなれなかった。

館にもどると、泰親が縁側にうつ伏せになって初音に腰をもませていた。組み合わせた腕に頭を横に乗せて、日だまりの猫のように心地良げに目を細めている。

範冬は気付かぬふりをして、足早に通り過ぎようとした。

「朝早くからどこへ行っておった」

泰親が目をつむったまま声をかけた。

「遠乗りに出ておりました」

「大浜か」

「はい」

「以後はやめておけ」

「何ゆえでございますか」

「起きたばかりの馬を砂浜で走らせては足を傷める。それから館に戻ったときには、挨拶《あいさつ》くらいはするものじゃ」

初音が腰をもみながら気の毒そうに頭を下げた。

「ご無礼をいたしました。今日はご予定がございますか」

「特にない」

「では後ほど一局いかがですか」

そう誘った。

囲碁にかこつけて、泰親と千代秋丸派とのことを聞き出してみようと思った。

「相手をしてもよいが、何目か置かねば勝負になるまい」

「二目でも三目でも、父上のお好きなように」

「ではここでよい。碁盤を持ってまいれ」

朝日のさす縁側に碁盤を持ち出して、二人の対局が始まった。

泰親は黒石を取り、先に二目置いた。

都へ上る前はこれで対等の勝負になったが、五年の間に二人の力の差はさらに開いている。

範冬は打ちはじめてすぐにそのことに気付いた。

将軍の近習《きんじゅ》を務めている範冬は、守護大名や公家《くげ》たちと対局する機会が多い。銭や所領を賭《か》けて打つだけに、勝負に対する執念がちがう。

特に公家たちは、読みが深く駆け引きの巧みな碁を打つ。その中でもまれてきた範冬に、趣味の域を出ない泰親がかなうはずがなかった。

泰親は相変らず強気一点張りの、まっしぐらに敵陣に突っ込んで行くような碁を打つ。

そのつながりを断ち、包み込んで殺すことは容易だが、手を抜いて勝負を長引かせた。

「都でどれほど腕を上げたかと楽しみにしておったが、さして変らぬではないか」

「勝負はこれからでございます」

「いや、わしの優位は動かぬ。ここにこう置けばどうじゃ」

「こう受けます」

両隅のつながりを断とうと打ち込んできた石を、範冬は下から支えた。

「では、こう行くまでじゃ」

泰親は勇み立って横に前線を伸ばした。

そのために範冬の陣は隅に押さえ込まれ、中央に出る目を失ったかに見えた。

初音が茶を運んできた。

大ぶりの茶碗《ちゃわん》にたてた抹茶《まっちゃ》である。泰親は片手でつかむと、満足気に飲み干した。

「ところで、千代秋丸派のことはいかがなされましたか」

範冬は盤面をながめながら、さりげなく水を向けた。

「何も変ってはおらぬ」

「数日の内には片がつくと申されておりましたが」

「待たねばならぬ時は、腰を据えて待つものじゃ。お前が案じることではない」

泰親は話に深入りされることを拒んだ。

こうなると取りつく島がない。範冬はひとまず引き下がって、泰親の陣地の弱点に石を打ち込んだ。

「なるほど、そう来たか」

泰親は盤面におおいかぶさるようにして考え込んだ。

このままでは右隅の陣地が殺されてしまうことに気付いたのだ。

「これで、どうだ」

ばちんと石を叩《たた》きつけた。

自分の確保した片隅から石を伸ばし、劣勢になった右隅の石につなげようと狙ったのだ。長々と考えたにしては、信じられないような悪手である。

「長考極まりて愚に似たり、ですか」

「何が愚だ。さっさと打たぬか」

「では」

相手の出鼻に白石を置いた。

泰親は切られまいと石を継ぐ。範冬が当てる。

「む」

石を継いで逃げようとした泰親が、短いうめき声を上げた。

征《しちょう》である。このまま当たりと逃げを繰り返せば、隅に詰まったところで泰親の石は死んでしまう。

これで敗北は決定的だった。

「どうも勘がもどらぬ。もう一局だ」

泰親が節くれ立った指で石を落とし始めた。

翌日、駿府城の今川範忠から至急登城せよとの知らせがとどいた。

馬をとばして駆け付けると、範忠は奥御殿の書院で待ち受けていた。

「鎌倉からこのような書状が届いたものでな」

一通の立て文を差し出した。上杉憲実からのものである。

範冬は文を開いて目を通した。

鎌倉公方の謀叛《むほん》の企ては、いよいよ抜きさしならない所まで進んでいる。来たる二十日の賢王丸の元服式を機に兵を挙げ、京都に向けて進発するおそれがあるので、今川家でも備えを充分にしてもらいたい。

そんな内容の短い文だった。

「やはり戦にならずば済まぬか」

範忠がたずねた。

「この度は、鎌倉公方家の存亡をかけた戦となりましょう」

将軍義教は東国を幕府の支配下におくためには、鎌倉公方家を亡《ほろ》ぼしても構わないという覚悟を固めている。

これまでのように、中途で妥協したり譲歩するとは考えられなかった。

「事ここに至っては是非もない。将軍家の一門として、幕府のために戦うまでじゃ。ついてはそのほうに頼みがある」

「何でございましょう」

「これより鎌倉へ発《た》ち、憲実どのがどちらに身方されるのか、その真意を確かめてもらいたい」

上杉憲実は越後《えちご》上杉家の生まれだが、幼少の頃にその才能を見込まれて鎌倉の山ノ内上杉家に養子として迎えられた。

応永二十六年（一四一九）にわずか十歳で関東管領《かんれい》になって以来、幕府と事を構えようとする足利持氏をいさめ、両者の和をはかってきた男である。

今度の持氏の挙兵にも憲実は反対の立場を貫いていたが、持氏が諌止《かんし》をふり切って行動を起こした場合、家臣としては従わざるを得なくなる可能性が高い。

東国武士の絶大な信頼をえている憲実が起《た》つとなれば、関東八カ国と甲斐、伊豆の武士も同調することは目に見えているだけに、その動向を見極めることは今川家にとって死活問題だった。

「もしあくまで持氏どのに反対されるようなら、合戦の寸前まで鎌倉にとどまり、わしと憲実どのとの連絡役に当たってくれ」

「山ノ内の館に詰めるのでございますか」

「将軍の近習であるその方が行ってくれれば、憲実どのの助けにもなろう。わしがどれほど上杉家を重く見ているかの証《あかし》にもなる」

「万一、公方どのに従われる時には」

「是非もあるまい。別れの酒など酌み交わしてくるがよかろう」

たとえ敵同士になろうとも、憲実は範冬を捕えるようなことはしない。そう信じきった言葉だった。

「実は、それがしも鎌倉には用がございますが……」

範冬は間をおいた。

この機会をとらえて、清姫の頼みを果たすことが出来るかもしれないと思った。

「北畠道円なる者のことであろう」

「ご存じでしたか」

「岡部から聞いた。狭い鎌倉のことじゃ。憲実どのの力を借りれば、見つけ出すのにさして難渋はいたすまい。必要とあらば、手勢を貸していただくように申し添えてもよい」

「その儀には及びませぬが、駿河を去るとなればひとつ気がかりなことがございます」

範冬はそう切り出した。

父と千代秋丸派の関わりが分るまで待った方がいいかもしれぬ。そんなためらいが胸をかすめたが、今を逃せば再びこんな好機が巡ってくるとは思えなかった。

「遠慮はいらぬ。申してみよ」

「この五年の間、花倉どのは駿府に幽閉の身であるとうかがいました。出来ますれば、この際もう少しゆるやかな扱いをしていただけないものかと」

「それは、三河守の差し金か」

「父とは何の関係もございません。清姫とそれがしとは、かつて夫婦の約束をした仲でございました。家督相続をめぐってあのような争いがあったとはいえ、花倉どのがこのまま囚人同然の身でおられるのを見るに忍びないのでございます」

「わしとて好き好んでそのような扱いをしておるのではない。叔父上《おじ》を自由の身にすれば、再び千代秋丸派の輩《やから》に担ぎ上げられ、抜き差しならぬことになりかねぬからじゃ」

「それは承知いたしておりまするが、花倉どのを宥免《ゆうめん》し和睦《わぼく》なされることで、千代秋丸派の国人衆を身方につける道も開けるものと存じます」

「そのほうは駿河の内情を知らぬから、そのように気楽なことが言えるのだ」

範忠が投げやりな言い方をした。

気分を害したことは明らかだったが、範冬は引き下がらなかった。

「いかに困難であろうとも、今川家が二つに割れていては、このたびの戦は乗り切れますまい」

「分っておる。わしとてこの五年間、叔父上の扱いには苦慮してきた。そのほうの申すように和睦の道があるのなら、今すぐにでもそうしたいのだ」

「花倉どのが異心なきことを誓われたなら、いかがでございましょうか」

「それが出来れば、異存はない」

「では、それがしがその道を探ってみることといたしましょう」

駿府城を出た範冬は、馬を駆って籠上《こもりかみ》の時宗の道場を訪ねた。

清姫に範忠の意向を伝え、誓紙を出すように勧めるためだが、清姫は留守だった。

沓谷の館に戻った範冬は、鎌倉に出立する仕度を終えたあと、ふたたび道場をたずねた。

陽はすでに西のかなたに沈み、あたりは薄い闇に包まれはじめていたが、清姫はまだ戻っていない。

「夕方までには戻られると、さきほど申したではないか」

「今朝出かけられる時に、確かにそう申されたのですが」

昼間取り次ぎに出た若い尼僧が、範冬の剣幕に恐れをなして口ごもった。

「では、ここで待たせてもらう」

「信徒の館《やかた》で泊まられることもございますので、この時刻をすぎるとお戻りになるかどうか」

「構わぬ。事は一刻を争うのだ」

範冬は道場の軒先に座り込んだ。

安倍川西岸の空が、夕焼けにそまっている。

大崩《おおくずれ》から高草山へつづく山並みが、影絵のように浮かび上がっている。

日が暮れるにつれて空は朱から赤へ、そして黒みをおびた紅へと変っていく。

やがて太陽の光は少しずつ失われていき、山の稜線《りょうせん》が空の闇に溶け込んで、あたりはとっぷりと暮れていった。

翌朝、範冬は荒々しくふすまを開ける音で目を覚ました。

雨戸を立てきった部屋は薄暗い。雨戸の隙間から、光が白い線となって差し込んでいた。

「起きよ、範冬」

泰親が大股《おおまた》で部屋に踏み込み、雨戸を開け放った。

夜は明けていたが、まだ陽は昇っていない。

「何事です」

「これから弓を射る。仕度をして馬場に出ろ」

「このような時刻に、どうなされたのです」

「昨日は碁で不覚をとったが、弓の勝負なら負けはせぬ。さっさと仕度にかかれ」

泰親はすでに袴《はかま》に着替え、たすきまで掛けていた。

「御免こうむります。今朝はこれから出掛ける用がありますので」

朝一番に清姫をたずねるつもりである。それに弓の腕は囲碁以上に開きがあった。「相手にならぬと高をくっておるようだが、弓は腕だけで射るものではない。命《いのち》命《いのち》賭《が》けの勝負となれば、まだまだお前などに遅れをとったりはせぬ」

「冗談はおやめ下され。意地を張るにも程というものがあります」

「冗談で人を叩《たた》き起こしたりはせぬ。それとも命を賭けての勝負は恐ろしいか」

「父上の身を案じているのです」

「ならば馬場に出ろ。わしが勝ったなら、その首遠慮なくもらい受けるぞ」

泰親はそう言い放つと、肩を怒らせて出ていった。

馬場は屋敷の北のはずれにあった。

一町四方ほどの荒れ地で、右手には泰親が丹精こめて野菜を育てている畑があり、左には廏《うまや》が建ち並んでいる。

馬場の片隅には、人の背丈ほどの高さに塚を築いてある。垜《あずち》と呼ばれる的場で、直径二尺ほどの的が二つおいてある。

その後ろに築地塀《ついじべい》があり、はるか向こうにはふたつの瘤《こぶ》を並べたような竜爪山がそびえていた。

「勝負は十射。それで決着がつかなければ、交互に一本ずつ射て先にはずした方の負けとする。それで良いな」

泰親は射場で待ち構えていた。

横長の板張りに板屋根をかぶせただけの粗末な作りだった。

「結構です」

「先に心を乱した方が負ける。何があろうと動ずるでないぞ」

泰親の表情は一変している。数々の修羅場をくぐり抜けてきた侍大将の顔がそこにあった。

範冬が先に射ることになった。

的までの距離は半町である。

的の中心には一の黒と呼ばれる黒い丸が描かれ、その外が白、一番外側が二の黒だった。

範冬は試し矢を射て弓の張りを確かめると、片肌脱ぎになって的に向かった。弓を射るのは久々だが、この距離ならはずさない自信がある。

矢をつがえて弓を高々と頭上にかざし、静かに引き絞りながら目の高さまで落とすと、静止させた瞬間に矢を放った。

矢は空を切る音をたてて水平に飛び、一の黒の真ん中に吸い込まれた。

残りの九本もすべて一の黒だった。

範冬は十本目を射ると、残心の姿勢をとったまま的を見やった。

久し振りに感じる確かな手応《てごた》えである。

「腕は鈍っておらぬようだな」

泰親はそうつぶやいて的に向かった。

範冬より頭ひとつ背が低い泰親は、一尺ほど短い弓を使っていた。

「ところで昨日駿府城に出掛けたようだが、どのような用件であった」

「鎌倉に行くように頼まれました。上杉どのとの連絡役です」

「引き受けたか」

「今日か明日には発《た》つつもりです」

「花倉どののことで、何か申し上げなかったか」

「申しました」

「何と言った」

「幽閉を解かれ、和睦なされるようにと」

「やはり、お前か」

泰親はひとつ息を吐くと、弓を引き絞りながら目の高さまで持ち上げ、無雑作に矢を放った。

形の美しさはない。猟師のように実用一点張りの射法だが、矢はわずかな弧を描いて一の黒に突き立った。

泰親は残心を取ろうともしない。二の矢、三の矢とつづけざまに射込み、十本とも的に当てた。

「花倉どのが、どうかなされましたか」

範冬は泰親が射終わるのを待ってたずねた。

「昨夜、殿は花倉どのを駿府の館からいずこかへ移された。その場所は誰にも明かされておらぬ」

「何ゆえそのようなことを」

「駿府に置いては、千代秋丸派に奪われると思われたのであろう」

「まさか」

何かの間違いにちがいない。範忠は範次が異心のないことさえ誓えば幽閉を解くと明言したのだ。

「これからは一本ずつ射る。先にはずした方の負けじゃ」

範冬は的に向かったが、泰親の言葉が気になって集中することが出来なかった。

それでも体が自然に動いて一の黒を射抜いたのは、長年の修行の賜物《たまもの》だろう。

泰親には何の動揺もない。

ひょうひょうと的の前に立つと、狙う間もなく矢を放った。

二の黒に当たった。あと二寸それていれば、的をはずすところである。

「危うく首を失うところであった。命拾いをしたわい」

そう言いながら席にもどった。

「花倉どのを移されたのは、それがしのせいだと申されるのですか」

「お前は駿河の内情を何も分ってはおらぬ。だから、いらぬ口出しをしてはならぬと申したのじゃ」

「範忠どのは和解を望んでおられました。それがしが宥免《ゆうめん》を願ったくらいで、そのようなことをなされるとは思えませぬ」

「わしを疑われてのことじゃ。お前の言葉は、わしの言葉でもある」

「この事は父上とは何の関係もないと申し上げました」

「殿がわしを疑っておられると言ったのはお前ではないか。そのような言葉をお信じになるとでも思ったか」

泰親が苦々しげに吐き捨てた。

「すべては清姫が仕組んだことだ。お前はまんまと罠《わな》にはまったのだ」

「清姫が……、何を仕組んだと申されるのです」

「お前の番だ。矢を射るがよい」

範冬は的の前に立って十二本目の矢をつがえた。

清姫がいったいどんな罠を仕掛けたというのか。頭はそのことで一杯だった。

範冬はちらりと泰親を見やって矢を放った。

気負いのためか、弓手《ゆんで》の手首の押しがわずかに早い。その分矢は勢いを失い、一の黒の下の白に当たった。

「首が飛ぶぞ。気を入れて射よ」

泰親は余裕たっぷりに十二本目を射た。

矢は大きな弧を描いて一の黒に当たった。

自分の腕力では、矢がどれほど落ちるかを計算に入れたしたたかな射法である。

「それで、清姫が何をどう仕組んだと申されるのです」

「あの女はお前をあやつって、わしが花倉どのと通じていると殿に思わせようとしたのだ」

「姫は花倉どのの宥免を望んでおりました。こうなることが分っていたのなら、それがしに頼むはずがないではありませんか」

「それは逆手じゃ。清姫の狙いは花倉どのの宥免ではない。そんなことを殿が許されるはずがないことは、あの女が一番よく知っておる」

「では、何が目的だと申されるのです」

「このわしを千代秋丸派に引き入れることだ」

泰親はこれまで伏せてきた事情を語った。

将軍家と鎌倉公方家の戦が迫るにつれて、千代秋丸派の者たちは泰親を身方にしようと躍起になっていた。

今川家の侍大将として勇名をはせた泰親を身方にすれば、駿河の国人たちの多くがそれに従うと踏んでいたからだ。

泰親はいかなる誘いにも応じなかったが、ひとつだけ弱点があった。

五年前の家督相続争いで中立の立場を取ったために、結果として先代範政が推した千代秋丸を見殺しにしたことである。

内乱が起こった時にはすでに範政は亡く、将軍の介入というやむを得ない事情があったとはいえ、主君の遺志を果たすことは家臣としての務めである。

それが出来なかったという悔恨が泰親にはある。

千代秋丸派の者たちは、その弱みをついてきた。

これが身方に引き入れるための手だとは分ってはいても、不忠と言われては泰親も無視出来ない。

千代秋丸派には加わらないが、先代の恩に報いるために花倉どのの幽閉だけは自分の手で解いてみせると公言した。

「わしは重臣や主立った国人衆の署名を集め、異心はないとの花倉どのの誓紙を添え、一命をなげうって殿に願い出るつもりであった。千代秋丸派の者たちと会ったのはそのためだが、このことが事前に殿の耳に入れば、何もかも水の泡じゃ。殿はかえってわしに対する疑いを強められよう。だからお前には何も話さなかった」

「このことを、清姫は」

「むろん知っておる。知らなければ、お前をこのような罠にはめるはずがないではないか」

範冬は泰親にうながされて的に向かったが、勝負を続けられる状態ではなかった。

清姫に裏切られた失望と、自分のせいで泰親を窮地に突き落とした申し訳なさに平静を失っていた。

「どうした。何をぐずぐずしておる」

「駄目です。的が」

動揺のあまり、的がかすんで見えた。

「これは戦じゃ。不都合が起きたからとて、敵が待つと思うか」

泰親が冷たく突き放した。

これは罰なのだ。清姫の手にまんまと乗せられたことに対する、泰親らしい底意地の悪い報復なのだ。

そう思った範冬は、己れを奮い立たせて弓を引き絞った。

弓手が怒りと屈辱にかすかに震えている。

そのために狙いをつける間が長くなり、手の震えはますます大きくなる。

（南無三）

半ばやけになって矢を放った。矢は的の手前で急に力を失い、失速して垜《あずち》に突き立った。

「ついにはずしおった」

泰親は勇んで的の前に立った。

次を当てれば勝ちが決まるが、明らかにそれと分るやり方ではずした。

「情なら、無用にしていただきたい」

今さら情をかけられるくらいなら、首を打ち落とされた方がましだった。

「こうなった責任は、わしにもある」

「父上にまで責任を負っていただきたくはありませぬ」

「そうではない。わしは花倉どのに会って殿と和解なされるように勧めたが、説得することが出来なかった。お前が見た覆面頭巾《ずきん》の方は、あのお方だったのだ」

「花倉どのは幽閉の身ではなかったのですか」

「殿の叔父《おじ》に当たられるお方じゃ。幽閉とはいっても、牢《ろう》におし込めるようなことは出来ぬ。わしは街道筋の旅籠《はたご》で花倉どのと会い、和解の誓紙を書いていただくように求めた。将軍家と鎌倉公方家の戦が目前に迫った今、駿河を二つに割って争っては、今川家は潰《つぶ》れるやもしれぬ。そう説いたが、花倉どのは承服なされなかった」

　泰親はその時の無念を思い出したのか、しばらく口をつぐんだ。

「今にして思えば、あの場で花倉どのと刺し違えるべきだったのだ。それが今川家の分裂を防ぐただひとつの道だったろうに、先代さまの弟君であられる花倉どのを手にかけることは、どうしても出来なかった。清姫の頼みを断われなかったお前と同罪じゃ」

　弓の勝負を挑んだ泰親の真意に、範冬はようやく気付いた。

「お前はまだ自分の心の弱さに気付いておらぬ。いや、気付いていながら目を向けようとせぬ。だが、その弱さが戦場において命取りになることもある。これがわしの最後の教えじゃ」

「最後？」

「約束が果たせなかったからには、このしわ腹をかっさばくか、老い先短いこの命を千代秋丸派にくれてやる他に道はない。いずれにしても殿には申し開きの出来ぬことになった。今日を限りに父子《おやこ》の縁を切るゆえ、早々に館《やかた》を立ちのいてくれ」

「これから範忠どのに会ってきます。理を尽くして説けば、必ず父上の胸中を分っていただけるはずです」

「肚《はら》を決めたのだ。死に際なりと、意のままにさせてくれ」

泰親は畑をながめながら目を細めた。

目尻《めじり》には太い皺《しわ》が何本も浮いていたが、その顔には覚悟を定めた者の威厳があった。

「父上……」

「わしと登勢には子が授からなかった。先代さまはそれをあわれんでお前を下されたのだ。お陰でわれらも人並みに親の楽しみを知ることが出来た。この三十年、一刻たりともその恩を忘れたことはない。お前にも感謝しておる。だが、わしにはその思いをうまく伝えることが出来なかった。厳しく突き放した方がお前のためになると考えてのことだが、本当の親ならもっとちがった育て方が出来たかもしれぬ」

白髪の多くなった貧相な髷《まげ》を見ると、範冬の胸に熱いものが突き上げてきた。この父のために何ひとつ孝行らしいことをしたことがない。そのことに、今さらながらのように思い当たった。

範冬は馬に乗って館を出ると、籠上の時宗の道場に向かった。範忠の前で清姫にすべてを自白させれば、まだ泰親を救うことができる。そう思ったからだが、清姫は今日も留守だという。

「これをお渡しするようにとのことでございました」

昨日と同じ若い尼僧が、一枚の念仏札を差し出した。

〈宗十郎らは鎌倉の東光寺におります〉

小さな札の裏に　清姫らしい律儀な筆でそう記している。

範冬は怒りに体を震わせながら、念仏札を握りつぶした。

了俊の暗号

夕暮れ時である。

東の空には月が上り、星もかすかにまたたき始めている。両側をうっそうたる雑木林に囲まれた巨福呂坂《こぶくろざか》は、すでに闇の底に沈んでいた。

北畠宗十郎は木陰に身をひそめていた。

そばには孫八の配下二人が、半弓を手にして巨福呂坂の切通しに目を向けている。

切通しの向こうの山陰には、孫八ら三人が潜んでいた。

そろそろ鎌倉御所から山ノ内の管領《かんれい》屋敷にもどる上杉憲実がやって来るはずである。

憲実は栗毛の馬に乗り、薄水色の直垂《ひたたれ》を着ている。

供の者は騎馬が四人、徒士《かち》が六人。

その知らせは、鎌倉御所の足利持氏から受けている。用心深い憲実をこの時刻まで御所に引き止めたのも持氏だった。

巨福呂坂は鎌倉から武蔵《むさし》国へとつづく鎌倉街道の出口だが、道幅は一間ほどしかなかった。

両側を険しい山にはさまれているために、道幅を広く取れないのだ。大軍に攻められた時にも、道が狭い方が守りやすい。

その狭さが待ち伏せての襲撃にも幸いした。

騎馬では縦一列になってしか通れない。横腹に矢を射かければ逃れようがなかった。

やがて雪ノ下の方から松明《たいまつ》をかざした一行が坂を登ってくるのが見えた。

先導の徒士が横に二人並んで道を照らす。その後ろを五騎が一列に進んでくる。

宗十郎は口に手を当てて山鳥の声を上げた。

向こうの山陰から同じ声が返ってくる。準備が整ったという合図である。

松明が次第に近付いてくる。

馬の足音と鞍《くら》の金具がすれ合う音がする。

馬上の武士の姿がぼんやりと見える。

五人とも烏帽子《えぼし》に直垂という出《い》で立ちだ。薄闇の中では直垂や馬の色まで見分けることは出来ない。

(五人とも倒すしかない)

そう考えている間にも、松明は半町ばかりの所に迫っていた。

宗十郎は右手を上げた。孫八の配下二人が、半弓に矢をつがえた。

その時、背後の斜面を何かが猛烈な速さで駆け下りてきた。

(敵か)

宗十郎は一瞬そう思った。

他の二人も弓の狙いをそちらに向けたが、走り下りて来たのは、黒装束に身を包んだ真矢だった。

「よせ、罠《わな》だ」

真矢は宗十郎に体を寄せると、荒い息をしながらささやいた。

「あれは憲実じゃない。本物は今頃亀谷《かめがや》の切通しを抜けて屋敷に向かっている」

「なぜ、お前がそれを」

「鎌倉御所から憲実らのあとを尾《つ》けてきた。途中で別の武士たちとそっくり入れ替ったので、おかしいと思って先回りしてきたんだ」

真矢は口を閉ざして肩で息をついた。

松明はゆっくりと切通しにさしかかっている。

宗十郎は迷った。

襲撃のことは持氏とその近習《きんじゅ》、道円の数人しか知らないのだ。

憲実方に漏れるおそれがあるのなら、道円がこのような策略をもちいるはずがない。

だが真矢が危険をおかして嘘を教えに来るとは考えられなかった。

松明を持った二人の徒士と、馬上の五人がゆっくりと目の下を通り過ぎていく。

孫八の配下は弓を引き絞ったまま、指示を待っている。

宗十郎は振り返った。

真矢は黒目がちの切れ長の目で真っ直ぐに見返してくる。真矢の言うことが事実なら、敵はこちらを襲うための手を打っているにちがいない。

宗十郎は腕を横に振った。

中止の合図である。

だが、遅かった。向こうの山陰にひそんだ孫八らが、しびれを切らして矢を射かけたのだ。

矢は正確に敵の背中に突き立ったが、馬上の武士たちは倒れない。直垂の下に鎧《よろい》を着込んでいるらしい。体を前傾すると、馬に鞭《むち》を入れて一気に切通しを駆け抜けた。

「やめろ」

宗十郎が追い矢を射かけようとした配下を制した時、空気を切る音がして矢が頭上をかすめた。

背後の尾根から十人ばかりの伏兵が矢を射かけてきた。

轍吊《わだちづ》りと言う。

敵の伏兵をあぶり出すための戦法で、おとりと伏兵が轍のように平行に進むのでこの名がある。

「散れ、横だ」

宗十郎は体を低くして斜面を走った。真矢が後を追ってくる。

尾根の兵たちはそれを見透かして矢を射かけてくる。

下の坂道では、取って返したおとりの兵が待ち構えている。

背後で短い悲鳴がした。

真矢が木の根につまずいて転んだのだ。宗十郎は引き返して助け起こした。

右足のすねを強く打ったらしく、すぐには歩けない。宗十郎は肩を支えて引きずるようにして走った。

尾根の兵たちが包囲の輪を縮めてくる。

しばらく走ると、頭上に切り立った岩場があり、その根方に横穴があった。

宗十郎は真矢を抱きかかえてその穴に転がり込んだ。

横穴は砂岩の根方をくり抜いて作られたもので、高さ二尺、幅六尺、奥行きは四尺ばかり。

やぐらと呼ばれる共同墓地だ。掘ったまま使われなかったのか、墓を別の場所に移したのか、荒れ果てたまま放置されている。

宗十郎は真矢を抱きかかえたまま、やぐらの奥に身を伏せた。

真矢はその手をふりほどこうとしたが、敵の目を逃れるためにはこうしている他はない。

二人は真っ暗なやぐらの中で折り重なり、息を殺して外の気配に耳をすました。

遠くから伏兵の足音が聞こえてくる。

巨福呂坂のおとりの兵と、何かを言い交わしている者もいる。

足音は次第に近くなった。包囲網を縮めて、岩場の下あたりまで迫ったのだ。

少なくとも十人、いや十五人か。

「確かにこちらに逃げたぞ」

「どこかに身をひそめているはずじゃ」

声が間近から聞こえてくる。

宗十郎は白龍丸《はくりゅうまる》の鯉口を切った。

いつか幻影で見た情景が今訪れている。自分に危険を予知する能力がそなわっているのだとすれば、これ以上の危機に立たされることはない。そう信じたかった。

「いたぞ。こっちだ」

遠くで叫び声がして、伏兵たちがいっせいに走り去る気配がした。

二人は息を殺したまま、聞き耳を立てていた。

足音は次第に小さくなり、やがて深い沈黙に包まれた。

「まだだ」

外に出ようとする真矢を宗十郎が制した。

立ち去ったように見せかけて、伏兵を残しているおそれがある。

真矢はおとなしく従った。

胸を庇《かば》っていた手を下ろしたために、乳房の感触がじかに宗十郎に伝わってくる。

「どうした。傷が痛むか」

真矢は首を振った。

息をするたびに胸が大きく上下する。香袋も身につけていないのに、襟元から甘く涼やかな懐かしい匂いがただよってくる。

宗十郎は襟元に顔を寄せた。真矢は体をぴくりと震わせたが、背中に腕を回して下から抱き寄せた。

時が止まったような一瞬だった。

あたりは闇と静けさに包まれている。互いの息づかいと胸の鼓動ばかりが、狭いやぐらの中で大きく聞こえた。

宗十郎は真矢の顔をのぞき込んだ。

真矢は何かを待ち構えるように見返してくる。

その気丈そうな顔に、母の面影がありありと見える。

宗十郎は愛《いと》おしさに突き動かされるままに頰をすり寄せる。

その思いが、やがて一人の女に対するものへと変っていった。

外は月明りにぼんやりと照らされている。

真矢は外に出ると、うつむいたまま黒装束の乱れを直した。

「なぜ鎌倉に来た」

宗十郎がたずねた。

初めて女と交わった照れ臭さがそうさせるのか、突き放した言い方になった。

「この間も東光寺で見かけた。今日も鎌倉御所から上杉の一行を尾けたと言った。何のためだ」

「大長《おおおさ》の申し付けだ」

真矢はしばらくためらった後で口を開いた。

「彦兵衛どのが？」

「そうだ」

「目的は何だ」

「鎌倉の様子とお前たちの動きを知らせることだ」

「彦兵衛どのは、我らを疑っておられるのだな」

今川了俊の巻物を渡されたとき、宗十郎は黒色尉《こくしきじょう》の面が手に入ったなら小倉宮と鎌倉公方から恩賞があると約束した。

彦兵衛はその実行を迫るために、真矢たちに監視を命じたのだろう。

「大長が何を考えておられるのか、俺には分らねえ。申し付けに従うだけだ」

掟《おきて》を破って太一を逃がそうとしたために過酷な任務を与えられたのだろう。月明りに照らされた真矢の横顔はどこかはかなげだった。


東光寺にもどると、孫八が行灯《あんどん》もともさずに待ち受けていた。傷を負ったらしく、左の腕に布を巻いている。

「申しわけござらぬ」

孫八は宗十郎の顔を見るなり平伏した。

矢は宗十郎の側から射かけることに決めていた。

あの場合、孫八も中止と察するべきだったのである。

「轍吊りとは思いもよらぬことでござった。存分のご処分をして下され」

そう言って忍び刀を差し出した。

「他の者たちはどうした」

「宗十郎どのに付けた二人は戻りましたが、他の二人は」

おとりの兵に気を取られていたために、尾根からの射撃をかわしきれなかったという。

「傷はひどいのか」

「ただの矢傷でござる。このようなものは」

孫八が腕をつかんで口ごもった。

「もう休め。待ち伏せが敵に筒抜けになっていたのだ。孫八の手落ちではない」

宗十郎は横になった。いろいろなことが起こりすぎて頭が混乱しているせいか、すべてが幻影だったような頼りなさにとらわれていた。

翌朝、道円の部屋をたずねて襲撃の失敗を告げた。

「そうか」

二人が死んだと聞いても、道円は眉《まゆ》ひとつ動かさなかった。

「持氏どのの側近くに、敵に通じている者がいるはずです」

「分っておる。これで持氏どのにも誰が内通者か分ったはずじゃ」

「敵に筒抜けになっていることが分っていながら、待ち伏せを命じたのでございますか」

宗十郎の胸に激しい怒りが突き上げてきた。

「内通者をあぶり出すためには、他に方法がなかったのだ」

「ならば、何ゆえそのことを」

「襲われると知れば、お前たちの動きはそれに備えたものとなろう。それでは敵にも見破られる」

「目的のためには、配下を犠牲にしても構わないのですか」

「大義のためには、誰もが命を捨てなければならぬ」

そう言うと道円は声の調子を一段落した。

「たとえ小倉宮さまであろうともだ」

「宮さままでが、お命を……」

「そうだ。捨てていただかねばならぬ時もある」

道円は懐から一本の革紐《かわひも》を取り出した。髷《まげ》を結うためのもので、縦に細かい字が書き込まれている。

小倉宮が諸国の身方に発した秘密の文書だった。

「大覚寺義昭どのが、大和の多武峰に入られたそうじゃ。宮さまもいよいよ鎌倉公方に倒幕の令旨を下される決意をなされた。だが鎌倉公方の近習《きんじゅ》に内通者がいては、令旨を下すことは出来ぬではないか」

「命を惜しんで申し上げたわけではありませぬ」

「ならば忘れることじゃ。ところで了俊どのの巻物のことだが」

道円が文机《ふづくえ》から二丁の折本を取り出した。

一枚の紙を二寸ほどの幅に折り畳んだものである。

「いずれも世間に流布している『了俊壁書』と称するものじゃ。比べてみるが良い」

背振衆から手に入れた了俊直筆の巻物を広げた。

金箔《きんぱく》の文様の入った草色の見返しに、陸奥紙《みちのくがみ》の料紙が張り合わせてある。

紙は黄色く変色しているが、几帳面《きちようめん》な楷書体《かいしよたい》で書かれた条文は鮮やかに浮き上がっていた。

折本も巻物も、

〈今川了俊同名仲秋へ制詞条々〉

と書かれた見出しと、第四条までは変らない。

だが、第五条から後は条文の順番が複雑に入れ替わっていた。

「これが単なる偶然と思うか」

「順番のちがいに何か意味があるのでしょうか」

「この壁書は、了俊どのが生きておられた頃にはすでに世に流布していた。この巻物の謎は、他の本と比較することで初めて解けるように工夫されていたのだ。折本と巻物をよく比べてみよ」

東光寺の境内には楠《くすのき》の林がある。

その梢《こずえ》からあぶら蟬の声が途切れがちに聞こえてきた。

いつの間にか夏の盛りを迎えていたのである。

「条文の配列がちがうこと以外に、何か気付くことはないか」

「分りませぬ」

「折本の二十条と巻物の十六条を比べてみよ。一字だけ字がちがうであろう」

宗十郎は言われた所を改めて見比べてみた。

〈出家沙門尤致尊崇礼可正之事〉（出家沙門《しゃもん》を尤《もっと》も尊崇いたし、礼を正すべきこと）

両方とも同じ条文だが、巻物の方は尤という字を犬と記してある。

一見筆使いの誤りのようだが、全体がきっちりとした楷書体で書かれているので、ここだけ筆が滑ったと見るのは不自然だった。

「了俊どのは尤の字をわざと犬と記されたのだ。それに十二条と十五条、二十二条が最も短い条文だが、その字数はともに十一字、全体の条文がその倍の二十二条から成っておる。この二つがこの巻物に伏せられた暗号を読み解く鍵《かぎ》じゃ」

「して、黒色尉の面のありかは」

宗十郎は巻物から目を上げてたずねた。

「まだ分らぬ。だが、ここまで手がかりを得たからには、数日のうちには読み解けるはずじゃ」

持氏に挙兵を決断させるためには、黒色尉の面を手に入れられるという確証を示さなければならない。

あと五日後と迫った賢王丸の元服式までには、何としてもこの謎を解かなければならなかった。

宗十郎は部屋にもどって巻物の写しと折本を見比べた。

折本の条文は次の通りである。

一、不知文道武道終に不得勝利事
一、好鵜鷹逍遥楽無益殺生之事
一、小過輩不遂糺明令行死罪事
一、大科輩為贔負沙汰至宥免之事
一、貪民令没倒神社極栄華之事
一、掠公務重私用不恐天道働事
一、先祖之山庄寺塔敗壊荘私宅事

一、令忘却君父之重恩猥忠孝之事
一、不弁臣下善悪賞罰不正之事
一、企過乱両説以他人愁楽身之事
一、不知身分限或過分或不足之事
一、嫌賢臣愛佞人致沙汰之事
一、非道而富不可羨正路而衰不可慢之事
一、長酒宴遊興勝負忘家職之事
一、迷己利根就万端嘲他人事
一、客来之時搆虚病不能対面之事
一、武具衣裳己ハ過分臣下ハ見苦事
一、好独味不能施人令隠居之事
一、貴賤不弁因果道理住安楽之事
一、出家沙門尤致尊崇礼可正之事
一、分国立諸関令煩往還旅人事
一、臣如知之君又可為同前事

また巻物の条文の順番は次の通り。

条文の上の○印は道円が記したもので、折本とは順番を変えてある分である。

一、不知文道武道終に不得勝利事
一、好鵜鷹逍遥楽無益殺生之事
一、小過輩不遂糺明令行死罪事
一、大科輩為贔負沙汰至宥免之事
○一、不弁臣下善悪賞罰不正之事
○一、貪民令没倒神社極栄華之事
○一、不知身分限或過分或不足之事
一、令忘却君父之重恩猥忠孝之事
○一、掠公務重私用不恐天道働事
一、企過乱両説以他人愁楽身之事
○一、先祖之山庄寺塔敗壊荘私宅事
一、嫌賢臣愛佞人致沙汰之事
一、非道而富不可羨正路而衰不可慢之事
○一、武具衣裳己ハ過分臣下ハ見苦事
一、迷己利根就万端嘲他人事

○一、出家沙門犬致尊崇礼可正之事
○一、長酒宴遊興勝負忘家職之事
一、好独味不能施人令隠居之事
一、貴賤不弁因果道理住安楽之事
○一、客来之時搆虚病不能対面之事
一、分国立諸関令煩往還旅人事
一、臣如知之君又可為同前事

まず、条文の配置がどう変えられているかを確かめてみる。

二十二条のうち、位置が変っているのは九条である。

問題の尤を犬と誤記した条文は、折本の二十条目から巻物では十六条目に移されている。

この犬の字が謎を解く鍵だとすれば、十六条に移したことには何か意味があるはずだ。

条文の十一という字数が関係あるとすれば、十六条の条文は十三字、犬の字は上から五番目である。

十六条目の五番目にどんな関連があるのか？

十六から十一を引くと五になる。その例に従って十四条目から十七条目に移された条文〈長酒宴遊興勝負忘家職之事〉（長の酒宴、遊興、勝負に家職を忘れること）を見てみると、十七引く十一だから六となる。

つまり六字目の「勝」という字に何か隠された意味があるということになる。

だが、この方法では五条目から六条目に移された条文については説明のつけようがない。

実はこの思い付きにもうひと捻《ひね》りを加えれば、隠された文字が浮かび上がってきたのだが、宗十郎の知恵はそこまで及ばなかった。

六月二十日の鶴岡八幡宮における賢王丸の元服式が近付くにつれて、鎌倉は異様な緊張に包まれていった。

元服式の当日に何か決定的なことが起こるという噂が飛び交い、誰もが息をひそめていた。

ある者は足利持氏と上杉憲実が合戦に及ぶと言い、ある者は持氏が東国の精鋭十万を率いて都に攻め上るのだとささやき合った。

その噂を裏付けるように、若宮大路や横大路には鎧《よろい》をまとい長槍《ながやり》を手にした兵たちが出て警護に当たり、由比《ゆい》ヶ浜《はま》では馬揃えのためと称して五百騎ちかくが集まって気勢をあげた。

その様子は東光寺にいる宗十郎たちにも日々伝えられていた。

北畠道円が鎌倉御所へ行くと言ったのは、元服式の二日前だった。

「巻物の符牒《ふちょう》が解けた」

道円が肩で大きく息をついた。

今朝も明け方まで巻物の解読に取り組んでいたらしい。頰は疲れのためにやつれていたが、落ちくぼんだ目は安堵《あんど》の光を宿していた。

「詳しいことは、御所からもどって話す」

前回と同じように、供は宗十郎一人である。

鎌倉御所の警戒は、数日前に来た時よりもさらに厳しくなっていた。

門前には二十人ばかり、御所の中庭にも百人ばかりの兵が、今にも敵が攻め込んでくるような物々しい様子で警護に当たっている。

来意を告げるとすぐに主殿の控えの間に通されたが、半刻《はんとき》ほど待っても持氏との面会は許されなかった。

取り次ぎの者にたずねても、しばらく待てと言うばかりである。

その顔も緊張に引きつっている。御所の空気が異様に張り詰めていた。

「万一のことがあれば、わしに構わず北の門から逃れよ。そこが最も警戒が手薄じゃ」

道円が宗十郎に体を寄せてささやいた。

「孫八に符牒の意味を書いた文を渡してある。黒色尉の面を持って小倉宮さまの許《もと》に走れ」

「道円どのは？」

「鎌倉公方を動かすのは、わしの務めじゃ。それを果たせなければ、刺し違えるほかはあるまい」

道円は落ち着き払っている。

「たとえこの企てに破れても、あの面がある限り幕府を倒す機会は何度でもめぐってくる。生き延びてその日にそなえよ」

さらに半刻ほどして、道円だけが対面を許された。

取り次ぎの若侍に先導されて下の間に進むと、屈強の武士六人が帯刀して控えている。

三人の近習《きんじゅ》の顔ぶれもこの間とはちがっていた。

「宗文か、今ごろ何の用でまいった」

持氏が上ずった声で言った。

「先日お求めになられた能面のありかが分りましたゆえ、お耳に入れたいと存じまして」

「そのことなら、もはや無用じゃ。あの面にどのような秘密が隠されていようと、余には何の関係もない」

「と申されますと」

「余は後醍醐帝の木偶《でく》ではない。かの帝《みかど》が亡くなられて何年になる。百年じゃ。鎌倉公方ともあろう者が、何ゆえそのような物に踊らされねばならぬ」

持氏は脇息《きょうそく》を叩《たた》いて怒鳴った。その目は落ち着きを失って宙をさまよっている。

「恐れながら、お人払いを」

「それも無用じゃ。この者たちは余の手足じゃ。万が一にも憲実と通じるようなことはない」

「たとえ手足とは申せ、余人を混じえて申し上げられることではございませぬ」

「くどい」

「ならば、このまま都に帰らせていただく他はございますまい」

持氏を見据えて立ち上がると、踵《きびす》をかえして戸口に向かった。

警護の武士が間合いを詰める。指示があれば、即座に斬り捨てる構えである。

その殺気を背中で受けながら、悠然と歩いた。

「待て」

持氏が鋭く呼び止めた。

「下がってよいとは申しておらぬ」

三人の近習に下の間に下がるように命じると、道円を御座の間に上げてふすまを立てきった。

「これなら良かろう。人に聞かれることもない」

御座の間は十畳ほどの広さがある。ふすまの外で耳をすましても、小さな話声を聞き取ることは出来なかった。

「黒色尉《こくしきじょう》の面が無用とは、すべてを白紙に戻すということでございましょうか」

道円は穏やかにたずねた。最初の駆け引きに勝った余裕があった。

「あのような物など、当てにせぬことにしたのだ」

「では、挙兵のご決意は？」

「明後日じゃ。明後日の元服式で明らかにする」

「先日黒色尉の面のありかさえ分れば、ご決断なされると申されましたが」

「それまでに憲実を討てとも言ったはずだぞ。その約束が果たされておらぬ」

「我らは手はず通り巨福呂坂で一行を襲いました。だが事前に謀《はかりごと》がもれ、憲実どのはおとりを立てて難を逃れられた。それは当方の手落ちではござるまい」

「由比ヶ浜での馬揃えのことは耳にしておろう」

持氏が急に話を変えた。

「あやつの下知でたちどころに五百騎ばかりが集まった。あれは己れの力を余に見せつけるために行なったことなのだ」

五百騎と言えば、鎌倉在住の武士の半数以上になる。

持氏が未《いま》だに決断を下せないでいるのは、諫言《かんげん》が入れられなければ一戦も辞さないという憲実の覚悟を見せつけられたからである。

道円はじっと持氏を見据えた。

男の真価は、土壇場に追い込まれた時に現われる。日頃どれほど立派なことを口にしようとも、命をかけた瀬戸際で己れを強く保つことが出来なければ頼むに足りない。

道円は内心深く失望していたが、今さら持氏を見限ることは出来なかった。

「憲実どのの始末は、元服式の当日にでも出来まする」

静かな口調で諭すように言った。

「多くの者が参列するのじゃ。そのようなことが出来るものか」

「いいえ、源 実 朝《みなもとのさねとも》公の例もございますれば」

鎌倉幕府の三代将軍実朝は、右大臣拝賀の式の最中に公暁《くぎょう》に暗殺されたのである。

所も同じ鶴岡八幡宮だった。

「だが、憲実は強者《つわもの》じゃ。実朝どののようなわけにはいかぬ」

「いかに強者とはいえ、元服式に太刀を帯びて参列することは出来ませぬ。またどのような手段であれ、討ち果たしてしまえば理由は何とでも付けることが出来まする」

「どうするのじゃ」

「当日は式三番《しきさんばん》を演じると申されました。その能を薪能にして、闇にまぎれて討ち果たすのでございます」

「そうか。そういう手もあるな」

持氏がかすかに笑みを浮かべた。

「すべてこの道円にお任せいただきたい。それからここに、小倉宮さまの令旨を持参いたしました」

道円は懐から文を取り出した。持氏に倒幕の挙兵を命じたものである。

「小倉宮さまが帝となられますれば、これは綸旨《りんじ》と同じ力を持ちまする。幕府を倒した後には、公方どのを征夷《せいい》大将軍に任じることは先の誓約の通りでございます」

「帝の綸旨か」

持氏は小倉宮の令旨を押しいただいて目を通した。

義教にかわって将軍になるという野望が頭をもたげて来たのか、表情が急に精気をおびてきた。

「だが、今上《きんじょう》を叡山に拉致《らち》出来なかった時はどうする。小倉宮さまは帝となられることが出来ぬではないか」

「三つの面に秘された事実を天下に公にいたします。それだけで誰もが小倉宮さまが正統の帝であられることを認めざるを得なくなります。その混乱のさなかに、公方どのが東国の兵を率いて上洛《じょうらく》されれば、大勢は一気に決するでございましょう」

「うむ、では了俊の巻物に隠された符牒《ふちょう》とやらを見せてもらおうか」

道円は今川了俊の巻物と世間に流布している折本を取り出し、持氏の前にならべた。

「こちらが了俊どの直筆の巻物でございます」

「さすがに見事な筆づかいよの」

「両方とも同じことが書かれていますが、条文の配列がちがえてあります」

道円は配列を変えてある条文を、あらかじめ別の紙に書き写していた。

〈貪民令没倒神社極栄華之事〉（民を貪《むさぼ》り、神社を没倒せしめ、栄華を極める事）

が折本五条目から巻物六条目へ。

〈掠公務重私用不恐天道働事〉（公務を掠《かす》め、私用を重ね、天道を恐れざる働きの事）

が六条目から九条目へ。

〈先祖之山庄寺塔敗壊荘私宅事〉（先祖の山庄、寺塔を敗壊し、私宅を荘すこと）

が七条目から十一条目へといったように、全文二十二条のうち九条が位置を変えてある。

「この配列のちがいに秘密を解く鍵《かぎ》が隠されていたのでございます。この字をご覧下さい」

道円は折本の二十条目の「尤」の字が、巻物ではわざと「犬」と書かれていることを示した。

「こうした符牒を作る場合には、必ず秘密を解く鍵を誰にも分る形で示しておかねばなりません。それがこの犬の字でした。また全体の条文が二十二条であることと、最も短い条文の字数が十一字であることにも、特別な意味があったのです」

「つまり、どういうことなのだ」

持氏は意味がよく呑《の》み込めないらしい。

「巻物を読み解くときには、十一条を境にして二つに分けるということです。十二条目は一条目として数える。二十条目から十六条目に移されたこの条文は、五条目ということになります。そして五条目の五字目に犬という字がある」

「うむ」

「つまり何条目に書かれたかによって、何字目の文字を読むべきかを示してあるのです。二十二の条文をふたつに分けなければならなかったのも、十一文字より字数が少ない条文がないのも、この条件を満たすためでございます。これをご覧下さい」

道円はもう一度配列を変えた条文を抜き出した紙を指した。

「五条目から六条目に移したこれは、六字目の神、あるいは神社が目当ての文字ということになります。九条目は天、十一条目は私です」

矢立てを取り出し、目当ての文字を丸く囲んだ。

善、神、過、天、私、衣、犬、勝、能である。

「このうち場所を示しているのは私宅と神社です。ですが、私宅は戦などで焼失するおそれがあり面の隠し場所としては不適当です。しかし神社なら守護の軍勢に踏み荒らされることもない。どんな神社かと申せば、私の天の神、つまり今川家の氏神である見付天神、矢奈比売《やなひめ》天神社ということになります」

「だが、残りの六文字はどうなる。その三つだけを取り出して、都合良く読んだだけではないのか」

持氏は腑《ふ》に落ちない顔つきでたずねた。

「いいえ、この九文字のうち、前半の十一条に記されたのは五つ。そのうち善と過の条文は、必要な三文字を現わそうとして条文を移したために、元の位置から押し出される形で移されたものです。そして後半の十一条から現われた四文字は、また別の事を現わしているのでございます」

「何を現わしていると申すのじゃ」

「前半が場所を示しているとすれば、後半は位置を示しているのではないか。そう考えて矢奈比売天神社の神域で犬にまつわるものがないかどうかを調べてみました」

「うむ」

「すると正和《しょうわ》年間に信濃《しなの》の悉平《しっぺい》太郎という名の犬が、怪物を退治して人身御供《ごくう》の習わしを断ったという伝説がありました。犬能《よ》く勝つとはこのことを示していたのです。黒色尉《こくしきじょう》の面は、悉平太郎を祀《まつ》った祠《ほこら》の中に隠されているはずでございます」

道円は確信をもって断言した。

翁《おきな》の舞い

白磁の水盤にはあやめが一輪生けてある。

すらりと伸びた茎の先に、紫色の大ぶりの花が首を傾けて咲いている。

庭から風が入るたびに、花は重たげに左右に揺れる。

朝比奈範冬は見るともなしに花の動きに目をやっていた。

鎌倉山ノ内の上杉憲実の館《やかた》に入って三日目になる。

館の中は明日の賢王丸の元服式を控え、あわただしい雰囲気に包まれていた。

畳の上には、さきほど届けられたばかりの書状が無雑作に置いてある。

駿府の岡部六左衛門からのものだ。

お館さまに命じられて花倉どのを別の場所に移したのは自分である。場所は明らかに出来ないが、花倉どのの身は安全である。

此度《こたび》の大乱が治まったなら、お館さまは約束通り花倉どのを自由にされるお考えなので、しばらく辛抱していただきたい。

また、朝比奈泰親どのは数日来沓谷の館に引きこもっておられたが、昨夜のうちに十数名の家臣と共に出奔された。行方は定かではないが、千代秋丸派と行動を共にするために、富士《ふじ》氏か興津《おきつ》氏の城に入られたようだ。

お館さまは即刻泰親どのを討ち果たすよう命じられた――。

その知らせを範冬は冷静に受け止めていた。

泰親をそこまで追い込んだ責任は自分にある。

だが泰親が五年前の家督相続争いで千代秋丸を支持しなかったことを、先代範政への不忠と感じている限り、いつかは彼らと行動を共にしたはずだ。

そう言い切れるほど、範冬は変っていた。

清姫に操られた心の弱さを泰親にずばりと突かれたことで、心の薄皮が一枚めくれたように何かがふっ切れたのだ。

範冬は文を読み終えると、あやめを生けた水盤にひたした。

墨の文字が水ににじみ、黒いしみとなって消えていく。

主殿の方からは、話し声や足音が引っきりなしに聞こえてくる。

明日の元服式に憲実は出席するのか。足利持氏が倒幕の兵を挙げたなら、行動を共にするつもりなのか。

それを確かめるために、鎌倉在住の主立った武将たちが引っきりなしに出入りしているのだ。

「曲者《くせもの》じゃ、逃がすな」

そんな叫び声があがり、回り縁を走る足音がした。

範冬は太刀をつかんで庭に出た。

中間風の男が、短い腰刀を逆手に持って足音もたてずに走ってくる。

その後ろを五、六人の武士が追っていた。

男の行手には大きな池が横たわっている。

範冬は池の西側に回った。東側から抜刀した五人が走り出てくるのが見えたからだ。

追われている男は池の手前までくると、一瞬立ち止まった。

東か西か、引き返すか。それ以外に逃れる道はない。

男は迷わず西側の道を取った。

範冬は刀も抜かずに立ちはだかった。

男は範冬の左を走り抜けると見せて、池のある右側に飛んだ。

すれちがいざま、逆手に持った刀で胴を払っている。

だが範冬はその動きを読んでいた。男が右に飛んだ瞬間、刀の鐺《こじり》をみぞおちに叩《たた》き込んだ。

男は体をくの字に折り曲げて、背中から池に落ちた。後から追って来た武士たちが男の両腕を押さえて引き上げた。

「何ごとだ」

池の東側の館から、上杉憲実が顔を出した。

「館にまぎれ込んだ不審の者を捕えました。どこの手の者か吐かせまする」

家臣の一人が答えた。

「逃がしてやれ」

「は？」

「我が館には人に知られて困ることなど何もない。見たいものがあるのなら、存分に見てもらうがよい。ところで」

憲実が範冬に目を向けた。

「相談に乗っていただきたいことがあります。しばらくよろしいか」

二人は池に面した部屋に入った。

憲実は範冬より二つ年下の二十九歳である。小柄だが固太りのがっしりとした体格をしていた。

「忍びを解き放たれるとは、憲実どのらしいご配慮でござるな」

「こちらの備えが盤石であることを知れば、公方どのとてうかつなことはなされまい。そう願ってのことです」

「よほど自信がおありのようだ」

「東光寺の方はいかがです。その後何か動きはありましたか」

憲実がたずねた。

範冬は宗十郎らの動きを見張らせるために、東光寺の筋向かいの家を借り上げて空蟬と蜥蜴を入れていた。

「昨日、北畠道円と宗十郎が御所を訪ねました。ふた刻《とき》ほどして戻りましたが、それ以後は寺にこもったままです」

「何とかあの者どもを始末したいものだが、公方どのに招かれた連歌師とあれば手出しもならぬ。困ったことです」

「相談とは、そのことですか」

「いやいや、明日の元服式のことです。理髪の大役をおおせ付けられたのだが、どうしたものか迷っております」

理髪の役とは、元服する賢王丸の前髪をそり落として髷《まげ》を結い上げる役柄だった。

「出席されるおつもりですか」

「そうしたい気持もあります」

「今さら、何ゆえ」

憲実は昨夜、持氏が倒幕の兵を挙げても従うつもりはないと打ち明けたばかりだった。

「範冬どのは、鎌倉公方家に伝わる白色尉《はくしきじょう》の面について噂を聞かれたことはありませんか」

「白色尉……、もしや後醍醐帝が打たれたという」

「白色尉の面はもともと式三番《しきさんばん》の翁の舞いに用いるものです。ですが鎌倉公方家に伝わる面には、後醍醐帝の呪力《じゅりょく》が込められており、面と目を合わせた者は呪力の虜《とりこ》となって幕府に弓引かずにはおれなくなるそうです」

「応永の乱の時、満兼どのが大内どのと結んで挙兵を企てられたのも、その面のせいだったのではありませんか」

「何ゆえ、そのことを」

「今川家にもかつて黒色尉の面があり、了俊どのが応永の乱に加担されたのも、同じ理由だと聞いております。御所さまがそれがしを駿府へつかわされたのは、その面の探索のためでございました」

「して、面の行方は」

「了俊どのの配下だった背振衆と申す者たちが存じておりました」

範冬は面をめぐる北畠宗十郎らとの争いのあらましを語った。

「先日、道円なる者が黒色尉の面を御所に持参しましたが、そうすると、あれは」

「偽物でしょう。本物なら無雑作に人前に出すはずがありません」

「ひとつお伺いしてもよろしいでしょうか」

憲実が急に改まった口調になった。

「範冬どのを探索にさし向けられたのは、面に込められた呪力を封じるためだけでしょうか」

「御所さまは、黒色尉の面には幕府を危うくするほどの秘密が隠されていると申されました」

「それがどのようなものか、明かしてはいただけませぬか」

「いかに憲実どのとは申せ、こればかりは」

範冬はその秘密を口外しない旨の起請文《きしょうもん》を書かされたことを語った。

「そうですか……、いや、それは当然のことだ」

「あるいは後醍醐帝が面に呪力を込められたのは、その秘密を守るためだったのかもしれません」

「式三番にはもう一枚父尉の面を用います。あるいは、もしかしたなら……」

憲実は何かに思い当たったらしい。

「何です」

「公方どのは元服式で式三番を演じると申されました。あるいは集まった武将たちの前で、白色尉の面を使われるつもりかもしれません」

憲実の顔色が変わっている。

そんなことをすれば、東国の主立った武将はすべて後醍醐帝の呪力の虜になるのである。

「その面にまことに呪力が込められているのなら、何ゆえ持氏どのはいまだに挙兵をためらっておられるのでしょうか」

「幕府と決着をつける覚悟が定まるまでは、面と目を合わせるなという満兼どのの遺言を、今でも守っておられるのです。それがしが元服式に出るべきかどうか迷っているのも、明日さえ乗り切れば挙兵を止《とど》めることが出来ると思うからなのです」

「しかし、公方どのが挙兵の決意を固めておられるとすれば、無事には戻れますまい」

「だが出席しなければ、諫《いさ》める最後の機会を失います。東国武士を二つに割って、公方どのと一戦交えずば済まぬ事態となりましょう」

「十分に勝算はあられるようだが」

「すでに主立った者たちの同意は取りつけてあります。十中八九、負けることはありますまい。問題はその後のことです。将軍はこの戦が終わっても、鎌倉公方家を残されるでしょうか」

「持氏どのをお許しになるかということですか」

「鎌倉公方家の存続を許されるかどうかです」

「おそらく無理でしょう。将軍はこの機会に東国も幕府の支配下に組み込もうと考えておられます。九州と同じように探題を置かれるのではないでしょうか」

殺生将軍と恐れられている義教のことだ。鎌倉公方家の者たちを皆殺しにしかねない。

範冬はそう思ったが口にはしなかった。

「なるほど。探題ですか」

「その役は憲実どのに申し付けられるはずです」

憲実は腕組みをして考え込んだ。

長い沈黙の後で下した決断は、範冬の期待とは反対のものだった。

「やはり明日の元服式には出ることにします。上杉家は代々管領《かんれい》として鎌倉公方家を支えてきました。公方家が滅びると分っていながら、手をこまねいていることは出来ません」

「しかし……」

「もう一度、挙兵を思い止まられるように説いてみます。ご安心下さい。それがしとて策もなく火中に飛び込むような真似はいたしませぬ」

翌六月二十日、賢王丸の元服式が鶴岡八幡宮で行なわれた。

雲ひとつない快晴で、朝から厳しい夏の日差しが照りつけていた。

鎌倉公方家の威信をかけた大行事である。

鎌倉御所から八幡宮までの六町ばかりの道には、物具をつけ槍《やり》を手にした兵が隙間もなく立ちつくしていた。

八幡宮の三の鳥居の前には、きらびやかに飾り立てた三百騎がくつわを並べている。

その面前を水干姿の賢王丸が栗毛の馬に乗ってゆっくりと進んだ。

騎馬は賢王丸だけで、同行する二百名ばかりは全員歩いている。

先導するのは上杉憲実であり、馬のくつわは持氏自らが取った。

三の鳥居の前で馬を下りた賢王丸は、源平池にかかる赤橋を渡り、下の宮の境内に入った。

中の廻廊《かいろう》の楼門をくぐると、正面に上の宮に上がる石段があり、右手に下の若宮、左手に舞殿があった。

若宮と中の廻廊の間は、八畳ばかりの縦長の拝殿でつないである。

二人の近習につき添われた賢王丸が若宮を背にして拝殿に座り、持氏と憲実が左右についた。

正面の廻廊には、鎌倉公方家を支える武将たちが着座している。東西の廻廊が元服式に招かれた者たちの席で、北畠道円や朝比奈範冬の姿もあった。

賢王丸が若宮の神殿に三拝して身を清めた後、憲実が進み出て理髪を行なった。

憲実は賢王丸の背後に回ると、作法通りに喝食《かつじき》（額の正面で分けて肩まで垂らした子供の髪型）から髻《もとどり》を結った大人の髪型に髪を直した。

一挙手一投足に武将たちの目が釘付《くぎづ》けになる。

憲実は欠席するだろうというのが大方の予想だった。それに反して出て来たのは、持氏と和解したためなのか。あるいは他に目論《もくろ》みがあるのか。

武将たちは憲実の動きからそれを読み取ろうとした。

憲実は満座の注目を楽しむようにゆっくりと理髪を終えて席にもどった。

持氏は満足気にうなずいた。たとえ形だけとはいえ憲実が従う姿勢を見せたことは、持氏の威光を大いに高めることになった。

つづいて加冠の儀である。

公家《くげ》は冠を用いるので加冠と呼ばれているが、武家は烏帽子《えぼし》を用いた。

加冠の役を務める者を烏帽子親と言い、親類縁者の中でも成人後に後ろ盾となる者がこの役を務めるのが恒例だった。

鎌倉公方家の嫡男が元服する時には、これまで将軍の代理の者が烏帽子親として加冠の役を果たしてきたが、持氏は自らこの役を務めることにした。

これだけでも異例のことである。

まして元服後の名乗りに烏帽子親である将軍の一字を用いなければ、反逆の意志を公表するも同然だった。

拝殿に座った賢王丸は、髻を結い上げた初々しい姿で持氏が進み出て来るのを待っていた。

廻廊に座った武将たちも、息を呑《の》んで見守っている。

持氏が腰を上げようとした時、憲実が一通の連判状を差し出した。

「畏《おそ》れながら」

万一憲実が持氏に背いても下知に従う。東国武士の主立った者たちがそう誓って血判をおしたものだ。

「今なら間に合いまする」

賢王丸の名に義教の教の字を用いさえすれば、従来通り幕府との関係を保つことが出来る。だがあくまで幕府に反するのなら、この憲実もその者たちと共に敵となろう。

言外にそんな意味を込めた一言である。

持氏は怒りに吊《つ》り上がった目で憲実をにらみつけると、無言のまま立ち上がった。

その手から連判状がばさりと落ちた。

北畠道円はその様子を十間ほど離れた東側の廻廊から見ていた。

憲実が差し出したのが最後の諫言《かんげん》であることは察している。持氏が落としたのは、それを拒否したということだ。

(後は手筈《てはず》通りに式三番の能が始まった時に憲実を討ち果たせばよい)

道円にはその時を待ちわびる余裕さえあった。

同じ動きを、朝比奈範冬は西側の廻廊から見ていた。

連判状が持氏をいさめる最後の手段であることは聞いていた。

その中には誰もが持氏に従うと見なしている数人の武将の名前もある。

それだけに持氏が連判状を落としたのは、動揺のためと見た。

それほど動揺が大きかったということは、いまだに呪力《じゆりよく》の虜《とりこ》にはなっていないということだ。

範冬は注意深くあたりに目を配った。

どこかに刺客がひそんでいることは、境内に入る前から察している。

要は最初の一撃をどう防ぐかだ。

薄い藍色《あいいろ》の狩衣《かりぎぬ》に立烏帽子をかぶった持氏は、若宮の神殿に一礼して賢王丸の正面に座った。

近習《きんじゅ》が折敷《おしき》に乗せた烏帽子を二人の間におく。

持氏はそれを取り上げると、結い上げたばかりの髻の上にかぶせた。

加冠が済むと、いよいよ名乗りである。

持氏が果たしてどんな名前をつけるのか、武士たちは息を呑んで見守っている。

近習が用意の巻紙と筆を持参した。

持氏は膝《ひざ》の前に広げられた巻紙をしばらくながめていたが、差し出された墨壺《すみつぼ》にたっぷりと筆をひたして一気に書き上げた。

「足利義久《よしひさ》どの」

近習がその名を披露すると、廻廊の武士たちから驚きとも諦《あきら》めともつかぬ声が上がった。

これで幕府との戦は決定的となったのである。

隣の者と額を寄せてささやき交わす者、不安げに拝殿に目をやる者、我意を得たりと喜色を浮かべる者。反応はさまざまだった。

境内のざわめきが静まるのを待って、朝廷からの使者が義久を従五位武蔵守《じゅ　むさしのかみ》に任じる旨を告げた。

とどこおりなく式を終えた義久は、持氏や近習たちとともに上の宮に参拝し、源氏の氏神である八幡大神に元服の報告をした。

普通ならこの後場所を鎌倉御所に移して盛大な酒宴となるところだが、この日は下の宮の舞殿で式三番の能を演じることになっていた。

そのために義久と持氏が上の宮に参拝している間、誰も席を立たなかった。

北畠宗十郎は廻廊の外の五大堂で能が始まるのを待っていた。

白の水干に小袴《こばかま》という神人《じにん》の装束である。孫八と服部衆八人が、同じ姿で待機している。

これから持氏と義久が下の宮にもどり、元服を祝って出席者全員に盃《さかずき》を回す。

その後に舞殿の周囲にかがり火を焚《た》き、式三番の薪能が始まる。

宗十郎たちの出番はこの時である。かがりの役として舞殿を取り巻くのだ。

五大堂の床には、かがり火を焚くための火籠《ひかご》と、それを支えるための三脚の結び台がおいてある。

長さ五尺ばかりの火籠の柄の先には刃が仕込んであり、籠をはずすと手槍になる。

廻廊では酒宴が始まっていた。

元服した足利義久が三杯の酒を飲み、盃を烏帽子親である持氏に回す。

持氏も同じことを繰り返し、理髪を務めた上杉憲実に回す。以下席次の高い順に参列者全員に盃を回すのだ。

式三献という。

一献とは盃三杯の酒を飲むことで、普通の酒宴では一献ごとに肴《さかな》を盛った膳《ぜん》が取り替えられる。

これを三度繰り返すので、一般には「三々九度の盃」と呼ばれている。

だが、この日は参列者が二百人ちかくに上っていたために、盃は一献だけとされていた。それでもひと回りするのには一刻《とき》ちかくかかった。

その間に日が沈み、あたりは次第に薄暗くなっていく。

涼しい風が吹き始めるとともに、八幡宮の裏山や周囲の木立で鳴き交わしていた蟬の声が潮が引くように消えていった。

宗十郎は五大堂ののぞき格子から廻廊の様子をうかがっていた。

盃がひと回りした後は、無礼講の酒宴になっている。

膝《ひざ》をくずし雑談を交わしながら酒を飲む武士たちの間を、白小袖《こそで》と赤袴姿の二十人ばかりの巫女《みこ》たちが長柄杓《ながびしゃく》で酌をして回っている。

目を上げると、廻廊の屋根の向こうに大銀杏《おおいちょう》が黒い影となってそびえていた。下の宮から上の宮に上がる石段の脇に植えられたもので、樹齢五百年とも六百年ともいう。

鎌倉幕府の三代将軍実朝を暗殺した公暁《くぎょう》は、この銀杏の陰に身をひそめて襲いかかったのだった。

五大堂の中は風が通らない。じっとしていても汗がにじむ。

「方々、出番じゃ。仕度をなされよ」

持氏の配下が引戸を開けて声をかけた。

宗十郎らは火籠、三脚の結び台、松明《たいまつ》を持つと、北の楼門から境内に入った。

拝殿や廻廊で酒を酌み交わしていた武士たちの目がいっせいに集まった。

教えられた通り、舞殿のまわりにかがり火を立てる。

舞台正面の脇柱のそばに二本、目付柱のそばに二本、脇正面のシテ柱のそばに一本。

結び台に鉄の柄のついた火籠を立て、中に松明を入れて火をつける。

火が燃え上がると舞殿が赤々と浮かび上がり、周囲の闇はいっそう深くなった。

薪能の仕度がととのうと鏡の間の揚げ幕が上がり、直垂《ひたたれ》を着た千歳《せんざい》が直面《ひためん》のまま現われた。

白色尉と黒色尉の面を入れた面箱を持ち、舞台に向かってすり足でゆっくりと進む。

五、六歩遅れて、狩衣を着た翁《おきな》がつづく。
その様子を北畠道円は東側の廻廊で見ていた。

拝殿までは十五間ほど離れている。

舞台ではこれから翁と地謡の掛け合いがあり、千歳の舞いがあり、白色尉の面をつけた翁の舞いに移る。

憲実を襲うのは、翁の舞いが終わる直前と定めてある。

持氏に祝いの歌を差し出す風をよそおって拝殿に上がり、気の一撃で首を飛ばす。

身に寸鉄も帯びていないのだから、憲実は危険が迫っているとは思うまい。

たとえそうと察したところで、境内に飛び降りる他に逃れようがない。

だが、そこには火籠の中に手槍《てやり》を隠した宗十郎らが待ち構えている。

万一槍をかわして中の廊門から逃れようとしても、廊門の左右に配した持氏の配下が行手をふさぐ。

三の鳥居の前は、持氏の配下三百騎が固めている。

手筈は万全だった。

(末期の能じゃ。存分に堪能《たんのう》するがよい)

道円は憲実の後ろ姿をちらりと見やってほくそ笑んだ。

舞台では翁の謡が始まっていた。

「とうどうたらり、たらりら、たらりららり、らゝりどう」

正面に向いて正座したまま、腹の底に響くおごそかな声で謡い出した。

地謡が同じ拍子で受ける。

同時に空を引き裂くような高い笛の音と、鼓の音、「イャアー、ホッホホ」という囃子《はやし》言葉が入る。

静まり返っていた舞台は、一転して華やかな喧噪《けんそう》に包まれていった。

「所千代までおわしませ」

「われらも千秋さむらおう」

「鶴と亀との齢《よわい》にて」

「幸い心にまかせたり」

シテの翁と地謡が掛け合いながら語っていく。

笛が鳴る。鼓の乾いた音が響く。

朝比奈範冬は西側の廻廊にいた。

薪能の間に持氏は憲実を暗殺しようとする。その時期と方法を一刻も早くつかまなければならない。

範冬は気を張り詰めて参列者の様子をうかがった。

西側の廻廊に道円がいることは、理髪が始まった時から気づいている。だが、酒宴が始まってからも微動だにしない。しかも丸腰である。

(自分で手を下さぬとすれば、宗十郎らがどこかに潜んでいるはずだ)

そう思って舞台に目を移した時、火籠に松明を投げ入れるために立ち上がったかがりの役の神人《じにん》の顔がちらりと見えた。

(あれは)

どこかで見たことがある。

顔ではない。小柄だが肩幅の広いがっしりとした体つきに、見覚えがある。

「所千代までおわしませ。われらも千秋さむらおう。鳴るは滝の水、日は照るとも」

舞台では千歳が若々しいはつらつとした所作で舞いつづけている。

「たえずとうたり。ありうどうどう」

地謡が受ける。

笛が鳴る。鼓が響く。

翁が面箱に乗せた白色尉の面をつけ、千歳の舞いと入れ替わりに謡い出した。

「総角や、とんどや」

「よばかりや、とんどや」

「座していたれども」

翁は右手の扇をはらりと開いて立ち上がった。

ゆったりと大きく構えて、舞台の正面へと進む。

白色尉の面が、かがり火に朱色に染まる。

後醍醐帝の呪力《じゅりょく》が込められた、鎌倉公方家秘蔵の面である。

目が異様だった。

笑った形に細めた目が、ぽっかりと開いた黒い穴に見える。魂まで吸い寄せられそうな暗黒の深淵《しんえん》である。

面と目を合わせた武士たちは、身動きすることさえ出来なかった。

魂も消し飛んだような呆《ほう》けた顔で、じっと翁の顔を見つめ続けるばかりだ。

その目が牛の目のような輝きをおび、異様に吊り上がっていく。

顔が熱でもあるように上気し、体からは狂気じみた熱気がほとばしる。

範冬は目の端で見ようとしたが、それでも何かざわざわとしたものが背筋を走り、手当たり次第に人を斬り殺したい衝動にかられた。

目をそらそうとしても、吸い寄せられるように舞台に顔を向けそうになる。

とっさに脇差しを引き抜き、刃《やいば》に映して舞台を見た。刃に映った翁は、すさまじい般若《はんにゃ》の形相をしている。

廻廊にいる武士たちを見た。

事前に憲実から注意を受けた者たちは、目を伏せて面を直視することを避けている。

その反応で誰が憲実派か一目で分る。

宗十郎には白色尉の面を見ることは出来なかった。

それでも境内が狂おしいほどの熱気に包まれていくのを肌で感じていた。

勝ち戦を目前にしたような勇気と力が、体中に満ちあふれてくる。

その原因が白色尉の面に込められた呪力にあることを、宗十郎はまだ知らない。

舞台では白色尉の翁が、天下泰平を願う舞いに入っていた。

「千年の鶴は、万歳楽と唱《うと》うたり。また万代《よろずよ》の池の亀は……」

突然、廻廊の一角から叫び声が上がった。

年若い大柄の武士が、欄干を越えて境内に飛び下りる。憲実派だが、周囲を包んだ異様な熱気と面から発する妖気《ようき》に耐えきれなくなったらしい。

境内に下りると、恐怖の叫びを上げながら南大門に向かって走り出す。

だが、持氏派の武士たちの反応は速い。
五、六人が烏天狗《からすてんぐ》のような身軽さで欄干から飛び下り、男の周囲を取り囲むと、物も言わずに四方から脇差しで滅多突きにした。
中の一人が倒れ伏した男の首を軽々と断ち切り、髻をつかんで持氏の前に進む。

生首からしたたる血が、境内の玉砂利に点々と残った。

「戦神のいけにえにござりまする」

拝殿の床にどさりと置いた。

「大儀である。褒美を取らす」

持氏は引出物の太刀を抜いて首に突き刺し、高々とかかげて男に渡した。

宗十郎の背後では、翁《おきな》の舞いがとどこおりなく進んでいる。

やがて翁の謡いが「天下泰平、国土安穏」の件《くだ》りになる。道円が憲実を襲うのはその時だった。

範冬は苛々《いらいら》しながら目付柱をにらんでいた。

あの神人がどこで会った男なのか、あと少しで思い出せそうなのだ。

(都か駿府か、それとも……)

めまぐるしく考えを巡らす。

顔ではない。あの敏捷《びんしょう》そうな体付きだ。どこかでちらりと見たことがある。

そう考えている間にも、翁の舞いは少しずつ終わりに近づいていく。

範冬は廻廊を見回した。

どこかに巫女《みこ》に姿を変えた空蟬がいるはずだ。事情を話して、男の正体を確かめさせるしかない。

そう思って姿を追っている間に、当の相手がひょいと立った。

(清笹峠だ)

記憶が鮮やかによみがえった。

けやきの大木から宗十郎を吹き矢で狙っていた蜥蜴を、半町ばかり離れた木の上から射落とそうとした、あの忍びに間違いない。

「おひとつ、いかがでしょうか」

長柄杓《ながびしゃく》を持った空蟬が、酒を勧めるふりをしてそばに寄ってきた。

「かがりの役は道円配下の者たちじゃ。憲実どのにそう伝えよ」

範冬はそう耳打ちした。

舞台では白色尉の面をかぶった翁が、天下泰平を願う翁の舞いに入っている。

「天下泰平、国土安穏の、今日のご祈禱《きとう》なり。ありわらや、なじょの翁ども」

そう謡いながら、目付柱に歩み寄っておごそかに天をあおぐ所作をする。

道円は静かに席を立った。

武士とちがって地下《じげ》の連歌師は堅苦しい作法に縛られない。西の廻廊から中の廻廊へ進み、拝殿の入口で平伏した。

持氏がちらりとふり返り、舞台の方に目を向けた。

憲実は悠然と翁の舞いを見つめながら、右手の盃で巫女の差し出す長柄杓から酒を受けている。

「畏《おそ》れながら、公方どのに一首、祝いの歌をお目にかけとう存じます」

道円が拝殿の入口で懐紙を差し出した。

「構わぬ。ここへ持て」

持氏は能に熱中しているふりを装っている。

「待たれよ」

道円が拝殿に足をかけようとした時、憲実が厳しく制した。

「元服の席じゃ。遠慮されるがよい」

道円は一瞬ためらった。制止を無視して拝殿に上れば、憲実は不審を抱くだろう。

「無礼講じゃ。構わぬ」

持氏が上ずった声で怒鳴った。

「廻廊《かいろう》ならいざ知らず、諸国流浪の不逞《ふてい》の輩《やから》を、拝殿に入れるわけには参りませぬ」

「宗文は余が招いた連歌師じゃ。不逞の輩などではない」

二人の押し問答の間に、道円は拝殿に上ろうとした。

憲実は脇差ししか身につけていない。気の一撃をかわされても、境内に追い落とすことは出来る。

道円は翁の舞いがつづく舞台にちらりと目をやった。

宗十郎はその仕草ですべてを悟った。万一の場合には、かがりの役の全員が拝殿に踏み込み、憲実の首をあげねばならぬ。

目付柱のそばの孫八に目でその意志を伝えた。

孫八は火籠《ひかご》の柄をつかんで、いつでも襲撃出来る構えであることを示した。

範冬は道円の計略を察知しながらも、動くことが出来なかった。

拝殿に歩み寄ろうとすれば、中の廻廊にいる持氏の配下に押し留《とど》められる。

それはいたずらに混乱を招き、憲実を危険にさらすことになる。

道円が拝殿に足をかけた瞬間、憲実のそばにいた巫女が持氏に酌をするように見せて位置を変えた。

さりげない動きだが、女の膂力《りょりょく》では中腰になったまま足を運ぶことはむずかしい。

しかもぴたりと憲実をかばう場所に位置している。

(忍びだ)

道円はようやくそのことに気づいた。

憲実が護身のために巫女に姿を変えた忍びを入れている。おそらく長柄杓の柄には、刃を仕込んでいるはずだ。

「宗文、余が許すと申しておるのじゃ。早々に歌を持て」

持氏が苛立たしげに催促した。

「ではその前に、それがしの無礼もお許しいただきたい」

憲実は相変わらず落ち着き払っている。

「何じゃ」

「本日の元服の祝いに、花を添えさせていただきとう存じます」

「ほう、面白い」

「席をお立ちになり、若宮大路をごらん下され」

「何があるというのだ」

腰を上げた持氏は、若宮大路に目を向けるなり棒を呑《の》んだように立ち尽くした。

由比ヶ浜から段葛《だんかずら》まで、かがり火が左右二列になってひしめいている。

二千、あるいは三千。

八幡宮に攻めかかる態勢を整えて待機している軍勢がかざす光の示威だ。

それぱかりではない。

目を転ずれば屋根伝いにもかがり火が燃え盛り、鎌倉の町を丸く取り囲んでいるではないか。

「安房守、その方、わしに弓引くか」

持氏が血走った目で憲実をにらみ据えた。

かがり火に照らされた顔は赤黒く、夜叉《やしゃ》の形相である。

「滅相もござらぬ。薪能を催されるとうけたまわり、それがしなりの趣向をこらしたまででござる」

憲実はそう言うと盃の酒をひと息に飲み干した。

翁の舞いが終わりに近づいている。

「千秋万歳の喜びの舞いなれば、ひと舞いまおう万歳楽」

白色尉の面をつけた翁は、そう謡い終えて舞台正面から引き、両袖《りょうそで》を胸に合わせて深々と一礼した。

翁の舞いが終わると、宗十郎はぐったりとして五大堂にもどった。

気を張り詰めてかがり火のそばにいたために、顔が火照っているのに体には冷たい汗をかいている。

「道円どのは、何ゆえ動かれなかったのでございましょう」

孫八が床に崩れ落ちるように座り込んだ。

「分らぬ。何か不都合が起こったのであろう」

宗十郎にはそうとしか言えなかった。脇柱のそばからでは、若宮大路のかがり火は見えなかったのだ。

誰もが重苦しい思いで神人の装束を脱ぎ捨てた時、五大堂の戸が音もなく開いて道円が顔を出した。

「すぐに遠州に発《た》て。行先は孫八に渡した文に記してある。黒色尉《こくしきじょう》の面を手に入れ次第、小倉宮さまにお届けせよ。急げ」

道円は宗十郎に耳打ちすると、後も見ずに闇《やみ》の中に姿を消した。

見付天神

北畠宗十郎はかがりの役を務めた八人を五大堂から出すと、孫八に道円の指令を伝えた。

「行先は孫八に渡した文に記してあると申された」

「これでござる」

水干の襟の裏から、小さく折った結び文を取り出した。

〈遠江国見付、矢奈比売天神社、悉平太郎を祀《まつ》る祠《ほこら》〉

そう記してある。

「一昨日、お二人が鎌倉御所にまいられる前に渡されたものでござる。万一二人とももどらなかった時には、この文を開いて黒色尉の面を小倉宮さまに届けよ、と申されました」

「どうする。しばらく休んでから発つか」

宗十郎も疲れている。それ以上に、孫八たちが心配だった。

「すぐに発ちましょう。時を移せば上杉の配下が七口を固めるやもしれませぬ」

「では、夜のうちに小田原《おだわら》まで走る。そこで休息を取ろう」

宗十郎は手早く忍び装束に着替えると、戸を細目に開けて外に出た。

孫八以下九人が後につづく。

鶴岡八幡宮を出ると、若宮大路の西側の路地を下り、極楽寺《ごくらくじ》の切通しを抜けて海ぞいの道を西へ向かった。

風が強く波が高い。

嵐が近付いているようだ。

崖《がけ》に打ち寄せる波のしぶきに背中をぬらしながら、十人は黙々と走った。

その後を尾《つ》ける二つの影がある。一町ばかり離れて真矢が、さらに一町ばかり遅れて蜥蜴がぴたりと後を追っていく。

西側の廻廊《かいろう》にいた朝比奈範冬は、上杉憲実が十数人の武士に守られて東の廻廊を南大門に向かうのを見て席を立った。

「しばらく」

いつの間にか若侍に姿をかえた空蟬が、廻廊の外から声をかけた。

範冬は膝《ひざ》を折って廻廊の朱塗りの欄干に体を寄せた。

「宗十郎が西に向かいました」

「一人か」

「かがりの役を務めた九人を連れております」

「早馬にて駿府にもどり、岡部六左衛門に街道に見張りを立てるように伝えよ。おそらく奴らは黒色尉の面の隠し場所に向かっておる。手出しをせず行方をつきとめるのだ」

範冬は口早に命じた。

鎌倉から小田原までの十里あまりを一刻半《ときはん》ほどで駆け抜けた宗十郎らは、半刻ほど仮眠をとり、夜のうちに箱根《はこね》峠を越え、翌朝には三島《みしま》の宿に着いた。

三島から東海道を西へ向かえば、遠州の見付（磐田《いわた》市見付）まではおよそ三十里である。

この道を宗十郎らはわずか一日で走破した。

高雄山に入った八歳の時から、三日と空けず山走りの修行を積んできた。道もない山の尾根を十里二十里と走るのだ。

それに比べれば、平地の三十里など楽なものだった。

太田川を渡って三本松に着いたのは、六月二十二日の午後である。

目の前には、松林におおわれた磐田台地の小高い丘陵が行く手をさえぎるように横たわっている。

丘陵の突端に矢奈比売天神社があり、そこから五、六町ほど北に悉平太郎を祀っる祠がある。

　その祠が霊犬神社と呼ばれていることや、矢奈比売天神社の北側の松林の中にあることは、太田川の渡し舟の船頭から聞いていた。

「あのあたりだ」

　三本松の阿弥陀堂《あみだどう》で休息をとりながら、宗十郎はひときわ大きな松が茂っているあたりを指した。

「人をやって様子を探らせますか」

　孫八がたずねた。

「もうじき日が暮れる。それまで待とう」

　寺に僧兵がいるように、神社にも武装した神人《じにん》がいて神域の警戒に当たっている。発見されては事が面倒だった。

「黒色尉の面を手に入れた後、都まで走らねばならぬ。今のうちに腹ごしらえをして休んでおくことだ」

　日が暮れるにつれて、風はいっそう強くなった。

　空には鉛色の雲がたれこめているが、雨は一滴も落ちてはこない。

　潮の匂いと湿気を含んだ生温かい風だけが、南から西へと向きを変えながら激しさを増していく。

「雨が降り出す前に行きましょう。この風では見張りに立つ者もおりますまい」

孫八が西の空を見上げて言った。

十人は磐田台地の尾根の道を霊犬神社に向かった。

ふもとからの高さが十丈（三十メートル）ばかりで、尾根は城の曲輪《くるわ》のように広々として平坦《へいたん》だった。

松の梢《こずえ》がうっそうと空をおおっているので、夏草も生い茂ってはいない。

松の木は風に吹きさらされて左右に揺れているが、地上ではまともに風を受けることはなかった。
七、八町ほど進むと、さらに広々とした場所に出た。
松の巨木がまばらに立ち並び、道の両側は腰の高さまで伸びた夏草におおわれている。

ひと抱えもある松の間に身をひそめるようにして、春日造《かすがづく》りの小さな祠が建ち、鳥居が立ててある。

「あれだ」

宗十郎はあたりに人がいないことを確かめると、腰をかがめて走り寄った。

孫八の配下が素早く散って見張りに当たった。

祠は人の背丈ほどの高さで、間口半間ほどだが、太い丸木柱を四隅《よすみ》に立て厚い板で壁を張ってあった。

観音開きの扉はぴたりと閉ざされ、鍵《かぎ》がかけてある。

長年開ける者もないのか、鉄の錠前が赤くさびついている。

「それがしにお任せ下され」

孫八は扉に体を寄せると、袖口《そでぐち》から細い釘《くぎ》のようなものを取り出した。

宗十郎は固唾《かたず》を呑《の》んで手元を見つめた。

三月の間探し求めていたものが、ようやく手に入る。

黒色尉《こくしきじょう》の秘密が、いま明らかになる。

そう思うとじっとしていられないような焦燥に駆られたが、孫八の腕をもってしても錠前は容易には開かない。

「ここまで来たのだ。あわてることはない」

宗十郎はそう言ったが、はやる気持を押さえかねている。

あたりは暮れかかり、風はいっそう強くなった。

まばらな松林を抜けて、風がもろに吹き付けてくる。

松の梢がざわめき、幹が左右に揺れるたびに不気味な摩擦音をたてた。

「お待たせいたした」

錠前が音をたててはずれた。

観音開きの扉を引き開けると、高さ三尺ばかりの犬の石像があった。後ろ足を折って座り、雄々しく上げた首には赤い布が巻かれている。怪物を退治して人身御供《ごくう》の風習を断った悉平太郎の像だ。

石像は鉄の台座で支えられている。

さびついているのは表面だけで、軽くこすると黒い地肌が現われた。

「動かしてみよ」

宗十郎が命じた。

孫八は手を合わせて許しを乞《こ》うと、犬の像の前足をつかんで横にずらした。

石像が踏んでいた所だけ、鉄の色が真新しい。しかも縦一尺、横七寸ほどに四角く切れ目が入っている。鉄板を切ってふたをしているのだ。

孫八は細い金具を隙間に差し込み、難なくふたを持ち上げた。

中には縦長の薄い木箱が入っていた。

「面箱でござる」

孫八が両手をさし入れてそっと引き出す。

背後で草をなぎ倒すような物音がしたが、吹き抜ける風の音と松林のざわめきにまぎれて聞き取ることが出来なかった。

孫八は面箱を押しいただいて祠の外に出した。

引き出し式になった桐の箱だ。

箱の四隅に金具を打ってあるばかりで、表面は白木のままである。

「開けても、ようござるか」

孫八が妙に改まってたずねた。

ヒュッ
空を切る音がして、一本の矢が祠《ほこら》の屋根に突き立った。

二人はとっさに身を伏せてあたりをうかがった。

夏草が風に揺れるばかりで人影はない。

身を起こそうとした孫八の頭上をかすめて、数本の矢が祠の壁に突き立った。

「もはや逃れることは出来ませぬぞ」

松林の間から袖なし羽織を来た白髪の男が姿を現わした。

彦兵衛である。祠のまわりを、半弓を構えた五十人ばかりの背振衆が遠巻きにしていた。

「お立ち下され。面箱さえお渡し下さるなら、お命を奪いはいたさぬ」

彦兵衛はゆったりと歩み寄った。左右に弓を構えた屈強の男たちが従っている。

「約束は守ると申したはずだ。何ゆえこのようなことをなされる」

宗十郎は立ち上がった。

「年を取ると疑い深くなるものでしてな。面のありかが分ったと聞いて、じっとしていられなくなったのでござる」

「我らを信用できぬと申されるか」

「人の手に渡すよりはと思うたまでじゃ。もともとその面は我らが了俊どのより託されたものでござる」

「なるほど。そういうことか」

巻物を渡したのは、自分たちの力では了俊の暗号を読み解くことが出来ないからで、初めから面を渡すつもりなどはなかったのだ。

「真矢に後を尾《つ》けさせたのも、面を奪い取るためだな」

宗十郎は太刀の柄《つか》に手をかけた。

「ちがう」

草むらから真矢の叫び声がした。

二人の男に後ろ手を取られ、地面に押さえつけられている。

「俺は知らなかった。大長《おおおさ》は約束をたがえぬように見張れと言っただけだ」

真矢が首を上げて必死に訴える。

一人の男が後頭部に手刀《てがたな》を入れた。真矢は気を失って地に突っ伏した。

「やめなされ。太刀を抜けば、配下の者どもが矢を放ちまする。この上宗十郎どののお命を奪っては、真矢に相済まぬのでな」

「この面を手に入れたところで、お前たちに活かす道はあるまい。我らを信じて、小倉宮さまからの恩賞を待て」

「それがしも初めはそのつもりでござった。だが鎌倉の様子を探るうちに、こたびの戦に南朝方は勝てぬことがはっきりと見えましたのでな。かかる手段に出たわけでござる」

「戦も始まらぬうちに、何ゆえ勝負の行方が分る」

「持氏どのと憲実どのの力がちがいすぎまする。我らは長年隠れ里に住んではおりますが、ふもとの政《まつりごと》と無縁でいたわけではござらぬ。離れているだけに、先行きがはっきり見えると言うこともありますのでな」

「幕府に面を渡して、何の恩賞をもらうというのだ」

「九州には、我らが了俊どのに従って駿河に渡るまえに住んでいた山里がござる。その地をもらい受け、以前のごとく一族おだやかに暮らすのが皆の望みじゃ。それがしは大長としてその望みを叶《かな》えてやらねばなりませぬ。さあ、面をお渡しいただこう」

彦兵衛は丸腰のまま間近に迫った。

（この男を人質に取るか）

その考えが、宗十郎の頭をよぎった。

「わしを盾にした所で、あの者どもは容赦なく矢を射かけまする」

彦兵衛は宗十郎の心を見透かしていた。

宗十郎は孫八に面箱を渡すように命じた。

「確かに了俊どのの能面じゃ」

彦兵衛は引き出しを半ばまで開け、黒色尉の面が入っていることを確かめた。

風はいっそう激しさを増し、松の枝が吹き折られて暗い空に舞い上がる。

彦兵衛の総髪が風に吹き散らされて顔にかかった。

「最後にひとつだけ教えてくれ。その面にはどんな秘密が記されているのだ」

宗十郎は彦兵衛を見据えてたずねた。

「知りませぬ」

「お前たちは了俊どのからこの面を託されたと言った。知らぬはずはあるまい」

「了俊どのは我らには何も明かしてはおられませぬ。それに、後醍醐帝が残された秘密は黒色尉の面だけでは解けぬのでござる」

「それは、どういうことだ」

「白色尉と父尉《ちちのじょう》の面がそろわなければ、秘密は解けませせぬ」

「そら事を申すな」

面が三つあるなどとは、道円からも小倉宮からも聞いてはいない。

「白色尉の面は鎌倉公方どのがお持ちじゃ。元服式の翁《おきな》の舞いに使われたのを、お手前方も見られたはずでござる」

「では、父尉の面は誰が持っているのだ」

「室町の御所にありましたが、大覚寺義昭さまが都を出奔なされた時に、持ち去られたのでござる」

「すると、大和の身方の手に」

「さよう、この面さえあれば三つが南朝方にそろうことになりまする。ところがこの面はこうして我らが手に入れたというわけでござる」

彦兵衛は重みを確かめるように面箱を両手で揺すった。

「もともと三つの面がこの世に現われたのは、大内義弘どのが堺《さかい》で挙兵された年の春でござった。誰とも知れぬ者から、大内どの、了俊どの、鎌倉公方の満兼どののもとに、三つの面が送り付けられたのでござる。それぞれの面には由緒を書いた添え書と、帝《みかど》の御世の危うきを救うために起《た》て、という檄文《げきぶん》が付されておりました。了俊どのが大内どのや鎌倉公方どのと結んで倒幕のために起たれたのは、この面が届けられて半年後のことでござった」

彦兵衛は了俊直属の忍びとして、九州から遠江まで同行してきただけに、裏の事情に通じていた。

「帝の御世が危ういとは、どういうことだ」

宗十郎がたずねた。

孫八は宗十郎と背中合わせに立って背後からの攻撃にそなえていた。

「三代将軍義満は、我子義嗣《よしつぐ》を皇位につけることによって、足利天皇を作ろうとしたのでござる」

その計画は、義満が明徳三年（一三九二）に南北朝の合体を実現し、三種の神器を北朝に取り返した時から始まっていた。

二年後の応永元年（一三九四）には、義満は三十七歳の若さで将軍位を義持にゆずり、自らは太政大臣《だじょう》となったが、翌年には太政大臣を辞して出家した。

出家した義満は自らを上皇に擬し、応永四年（一三九七）には北山に壮大な館《やかた》を築いて内裏に擬した。

その中心となった金閣寺《きんかくじ》は、天皇家を凌駕《りょうが》しようとする義満の富と力の象徴だったのである。

それだけではない。

応永の乱が起こった応永六年の九月には、相国寺に高さ三百六十尺（約百八メートル）の七重塔を築き、落慶供養には上皇の御幸《みゆき》と同じ格式で出席した。

ここに至って、天皇家を膝下《しっか》におき、やがては我子を皇位につけようという義満の野望が、満天下に明らかになったのである。

「ところが義満のこの企《たくら》みには大きな陥穽《かんせい》がござった。黒色尉《こくしきじょう》の面につけられた文には、そのことが記されていたのじゃ」

「義満の野望を砕く秘密があったということか」

「さよう、しかしそれが何なのかは、了俊どのもついに明かしては下さらなかった。我らに黒色尉の面のありかを記した巻物を託された時でさえ、語ろうとはなさらなかったのでござる」

「面を送り付けてきたのは、何者なのだ」

松の木が風で吹き折られたらしい。遠くで生木の裂けるすさまじい音がした。

「誰かは記されていなかったそうでござる。ただ了俊どのは文の筆遣いから」

彦兵衛は急に口をつぐんだ。

何かに耐えるように口元をゆがめ、ゆっくりと前のめりに倒れた。

背中に数本の矢が突き立っている。

左右にいた配下たちが助け起こそうとしたが、たちまち風上から飛んできた数十本の矢に射抜かれた。

具足に身を固めた数百名の兵が、背振衆の外側を取り囲んで矢を射かけてきた。

今川勢である。背振衆は草むらに身を伏せ、松の陰に寄って反撃しようとしたが、三百人ちかい今川勢は盾を低く構えて身を守りながら、確実に包囲の輪を縮めた。

倒れた彦兵衛の左腕の下に面箱があった。

引き出しが半分ばかり開いて、黒色尉の面の白いあごひげが見えている。

走り寄って拾い上げようとした宗十郎は、いきなり後ろから突き倒された。

孫八が背中に身を伏せて今川勢の矢から庇《かば》った。

背振衆は山中での戦には長《た》けているが、平地での集団戦には不慣れである。

包囲の輪を縮めながら盾ごしに矢を射かける今川勢に、なす術《すべ》もなく倒されていく。

宗十郎は顔を上げた。

うなじから首筋にかけて、生温かい湯のようなものが流れ落ちた。

体をねじって孫八を見た。額と肩口を射抜かれている。額に突き刺さった矢の根元から血が流れだし、鼻筋を伝って宗十郎の顔におちている。

「孫八」

宗十郎は横に転がった。背中にも十本ちかい矢が突き立っていた。

「危のうござる。伏せていなされ」

孫八は虫の息になりながらも、宗十郎を腕の下に抱え込もうとする。

「宗十郎どの、生きて下され」

うつ伏したまま目だけを向けた。

「あなた様は、小倉宮さまと、血がつながっておいでじゃ」

「私が……、宮さまと」

「……」

「それは、どういうことだ」

「吉野の帝《みかど》が……、伊勢に……、道円どのは、あなた様の……」

孫八は苦しい息の下から何かを伝えようとあえいだが、目をむいたまま息絶えた。

「孫八、孫八」

宗十郎は肩をゆすった。

「立て、宗十郎」

間近で聞き覚えのある声がした。

朝比奈範冬が、十間ほど離れた所に仁王立ちになっていた。

その隣には面箱を抱えた岡部六左衛門がいる。

まわりには今川勢がぐるりと盾を巡らしていた。

「立て、宗十郎」

もう一度言うと、配下の兵に弓を納めるように命じた。

「わしが斬る。手出しはならん」

宗十郎は正面から吹き付ける風に目を細めて、ゆっくりと立ち上がった。

盾で作った輪の中に、五十人ばかりの背振衆が背中や胸に矢をあびて倒れていた。

動く者は一人もいない。体に突き立った矢羽《やばね》だけが、風に吹きさらされて小刻みに震えている。

宗十郎は両手を握りしめて立ち尽くしたまま、動かぬ目で範冬を見据えた。

「抜け、清笹峠の片をつけてやる」

範冬は三尺の太刀を抜くと、右八双にゆったりと構えた。

宗十郎も太刀を抜いた。鞘《さや》を投げすてて双手《もろて》上段に構え、範冬の右に回り込む。

正面から風を受ける不利をさけるためだ。剣尖《けんさき》は右八双からの斬撃《ざんげき》にそなえてやや右に傾けている。

範冬は間合いを詰めた。

二間の距離を宗十郎が一足で飛ぶことは、清笹峠の立合いで見切っている。

それを承知で右八双から右下段に落とし、左半身に隙を見せながら間境《まざかい》を越えた。

宗十郎は打ち込まない。後ずさって間合いを保ちながら、範冬の一撃を待ち構えた。

「相も変わらず、受けの剣か」

範冬はさらに一間ほど先に出た。

宗十郎は同じだけ下がり、夏草の茂みに詰まった。

「それほどの腕がありながら、何ゆえわしを斬ろうとせぬ」

範冬は言葉で挑発しながら、わざと左半身の隙を大きくする。

双手上段に構えた宗十郎の腕がぴくりと動いた。

(今なら斬れる)

そう思ったが、踏み込むことは出来なかった。

臆《おく》したわけではない。何かが、ほとんど無意識に打ち込みをためらわせた。

範冬は下段の太刀を右八双にもどした。左半身の隙がぴたりと消えた。

その構えのまま間合いを詰めた。

清笹峠でと同じように、自分から斬りかかろうとはしない。右八双の剣で守りを固めながら、宗十郎の剣尖がとどく位置まで迫った。

宗十郎は気持が押されたまま、相手の右肩を狙って逆袈裟《ぎゃくげさ》に斬り付けた。

範冬は左に一歩動き、右八双の構えを担ぎ上段にかえて宗十郎の剣をがっちりと受ける。

と同時に剣を跳ね上げ、双手上段から真っ向唐竹割りの凄《すさ》まじい一撃を放つ。

宗十郎には左に崩れた体勢を立て直す余裕はない。左に転がりざま、右手一本ですね切りの太刀をふるおうとした。

範冬の剣は鋭い。

宗十郎が左に飛ぶよりわずかに早く、切っ先が右の二の腕をとらえる。

縦に三寸ばかりすらりと斬られ、鮮血がふき出した。

並の者なら、今の一撃で額を真っ二つに割られていただろう。天性の見切りと足腰のばねの強さが、辛くも宗十郎の命を救ったのである。

地に転がった宗十郎が上段の構えを取るのを待って、範冬は再び間合いを詰めた。

同じことを繰り返すためではない。右八双の剣尖をすっと右下段に落としざま、宗十郎の股間《こかん》を狙って斬り上げた。

草摺《くさず》りの剣だ。

鎧武者《よろいむしゃ》の最大の弱点は股間にある。股間だけはどんな鎧も守りようがない。草摺りを垂らして守るのが精一杯だ。

そこを下から斬り上げるためにあみ出された戦場の剣である。

宗十郎は真下からくる太刀を体を沈めて上段から叩《たた》く。と同時にたわめた膝《ひざ》のばねを利して高々と跳躍し、範冬の頭上におおいかぶさるようにして真っ向から斬り付ける。

宗十郎の剣が眉間《みけん》にくい込むより一瞬早く、範冬は左腕で剣を払った。

ガッ
鉄のかみ合う音がした。袖《そで》の下に鎖をぬい込んだ布を巻いている。

「なるほど、今のが決め技のようだな」

範冬は右八双の構えにもどった。強打されたために、腕がしびれて感覚を失っている。

宗十郎は左足を半歩踏み出し、上段の構えのまま半身《はんみ》になった。右の二の腕からの出血はつづいている。出血は疲れきった体から刻々と体力を奪っていく。

宗十郎は焦った。

自分では攻めの剣も受けの剣も、同じように振るっているつもりなのに、明らかに攻めの剣は鈍っている。

その原因も、立て直す方法も分らない。

風はいつの間にか止んでいた。つかの間の静寂である。盾を巡らした今川勢は、おし黙ったまま二人の動きを見つめている。

左腕のしびれが治まるのを待って、範冬は右八双のまま間合いを詰めにかかった。

「返し技が怖ろしくて、踏み込めぬか」

隙を見せて誘いながら迫る。次の一撃で決着をつけるつもりだ。

宗十郎は後ずさって間合いを保とうとした。攻めの剣が通じない以上、先に仕掛けることは出来ない。

範冬もそれを見抜いて間合いを詰める。

宗十郎は上段から正眼に構えをうつし、鋭い気合とともに範冬の胸を突いた。

やはり鈍い。範冬はたやすく剣を打ち払うと、返す刀で抜き胴を放つ。

内懐ふかく剛剣が喰《く》い込んだと見えた瞬間、宗十郎は踏み込んだ足を軸にして一間ばかりも真後ろに飛びすさり、かろうじて切っ先をかわした。

と同時に、上体の伸びきった範冬めがけて上段からの剣をふるった。

範冬にはその太刀が見えなかった。

はっと思った瞬間、左の肩口に激痛が走り、上段からの打ち込みだったと分った。

(こやつ……)

範冬は瞠目《どうもく》した。

これが宗十郎の真の力なのだ。受けの剣だけを使うのは臆病《おくびょう》のためなどではない。もともと身を守るための剣であり、人を斬ろうなどとは思っていないのだ。

「面白い」

範冬はようやく本気になった。

太い眉《まゆ》と大きな目が吊《つ》り上がり、顔は怒りのために朱に染まっている。相手を焼きつくさんばかりの殺気を放つ姿は、仁王像のようだ。

「その剣がどれほどのものか、試してやろう」

守りだけの剣などというものは存在しない。それは武の否定であり、武士への侮辱である。

そう感じた。そのことが手傷をおったことよりも範冬を激怒させた。

風が再び吹きはじめる。

本格的な嵐の到来を告げるように、一陣の突風が磐田台地を吹き抜けていく。

急な風に吹き飛ばされた今川勢の盾が五、六枚宙に舞い、松林の幹を直撃し、くるくると回りながら空へ吹き上げられて行く。

宗十郎は上段の構えのまま待ち受けた。

これまでとは範冬の殺気がちがう。

重い壁でも倒れかかってくるような威圧感に腰が砕けそうだが、宗十郎は下がらなかった。

下がっても無駄なことは分っている。どんなに接近しても持ちこたえ、先に仕掛けてくるのを待つしかない。

範冬は一足一刀の間境でいったん足を止めると、鋭い気合をあげて右八双からの斬撃を放った。

上段から受けると、素早く下段におとして草摺りの剣をふるう。飛びすさってよけるところに、胸をねらって追撃の突きを放つ。

宗十郎は横に払いのけようとしたが、範冬の太刀は重い。剣尖《けんさき》が左の肩口をかすめ、血がふき出した。

範冬は素早く下段におとす。相手が反射的に草摺りの剣にそなえる所を、逆袈裟に斬り上げる。

太刀筋の速さと強さは、宗十郎がこれまで戦った相手とはまったくちがっていた。見切ったはずの剣で斬られ、受けたと思った太刀で押し込まれた。しかも無限の力があるかのように技をくり出してくる。

懸命にかわしながら、宗十郎は涙を流していた。

歯がたたないことが悔しいのだ。こんな風にしか戦えない自分が情ない。その思いに涙がとめどなくあふれた。

「目を前に置き、心を後ろに置け」

頭の中で道円の声が響いた。

宗十郎ははっとした。目に頼っていては見切れない。目を前に置き心を後ろに置けば、相手と自分の動きが見える。

道円がそう教えた意味が、すとんと腹におちたように分った。

動きが急になめらかになった。

十ヵ所ちかい傷を負い、出血と疲れにもうろうとなりながらも、次々にくり出す範冬の剣を紙一重のところでかわせるようになった。

「くっ」

範冬は小さくうめいた。

全力で攻めながら宗十郎をとらええきれないことに、焦りと苛立《いらだ》ちをつのらせている。傷を負った左腕が思うように上がらなくなっていた。

「朝比奈どの、我らにお任せ下され」

背後で岡部六左衛門が叫んだ。

「手出しはならぬ」

範冬は厳しく制した。

その時、矢奈比売天神社の方から、黒灰色の煙が流れてきた。

生木の匂いのする煙が南からの風にのって吹き寄せ、あたりを霧のように包んだ。

数ヵ所で松の葉をいぶしているらしく、煙は次第に濃くなっていく。煙が目に沁《し》みて、目を開けていられない。

それを見透かしたように、風上からいっせいにつぶてが投げられた。

こぶしほどの小石が、松林の間から今川勢めがけて雨のようにふりそそぐ。

弓で反撃しようにも、煙にさえぎられて相手の姿が見えない。

「盾を連ねよ。盾の間から滅法に射よ」

六左衛門が高声に指示した。

三百ばかりの今川勢は宗十郎の囲みをとき、風上の敵にそなえて盾を連ねた。

それを待っていたように、風下から小具足をつけた百人ばかりの兵が忍び寄り、槍《やり》をふるって今川勢に襲いかかった。

今川勢も瞬時のうちに態勢を整え、白兵戦となった。

「突け、突き立てろ」

朱槍をふるいながら指揮を取るのは狩野右馬助だった。

そばには五右衛門がぴたりと寄り添っている。

俵峰の武士たちもいる。

いつか猪鍋《いのししなべ》を食べさせてくれた小六という大男も、鉞《まさかり》をふり上げて突進してくる。

「右馬助どの」

宗十郎はちらりと見やった。

その隙を範冬は見逃さない。正眼の構えから胸を狙って猛烈な突きを放った。

宗十郎は体を開いてかわしたが、首筋に蜂に刺されたような痛みを感じた。

反射的に手を当てると、三寸ほどの吹き矢が、右の耳の下に刺さっている。

何者かが毒を塗った矢を放ったのだ。そう気付いた時には、意識が遠のき、膝《ひざ》から崩れ落ちた。

範冬は何が起こったのか分らないまま、倒れ伏した宗十郎を見つめた。

「万一のことがあってはと思いましたので」

吹き矢の筒を手にした蜥蜴が、得意気な笑みを浮かべて歩み寄った。

「貴様」

逆上した範冬は、ふり向きざまに草摺《くさず》りの剣をふるった。

蜥蜴は股間からあごまで両断され、笑みを浮かべた表情のまま真後ろに倒れた。

後醍醐の罠《わな》

獅子舞《ししま》いの太鼓と笛が聞こえてくる。子供たちの歓声もひっきりなしだ。

どうやら門《かど》づけをする獅子舞いについて回り、餅《もち》や菓子をもらっているらしい。

湯船につかってそれを聞いていた朝比奈範冬は、真新しい小袖《こそで》を着て部屋にもどった。

二の膳《ぜん》の用意が調っていた。

正月らしい心配りの行きとどいた料理が、朱塗りに金蒔絵《まきえ》をほどこした折敷《おしき》の上に乗せてある。

足利幕府を揺るがした鎌倉公方家と大和の南朝方の反乱も、永享十年（一四三八）の秋までにはすべて鎮圧され、都は永享十一年の初春を迎えていた。

朝比奈範冬は床の間を背にしてあぐらをかいた。

大ぶりの徳利《とつくり》から手酌でついでひと息に飲む。冷酒の冷たさが、湯にほてった体に心地良い。

「どうした。お前も飲め」

肩をすくめて座っているお春に、盃《さかずき》を差し出した。

「もったいのうございます」

「遠慮は無用と申したはずじゃ」

「ですが、このようなことをしていただく理由がございませぬ」

「正月早々に退屈の相手をしてもらっておる。それだけで充分じゃ」

範冬は強引に盃を押し付けた。

遠江の見付天神で黒色尉《こくしきじょう》の面を手に入れた範冬は、七月の初めに都にもどった。その数日後に、烏丸小路でお春に出会ったのだ。

この女とは以前に京極屋にくり出して馬鹿さわぎをしたことがある。そんな懐かしさもあって、時おり逢瀬《おうせ》を重ねていた。

「ですが、このような立派な所に、もう三日目ではございませんか」

正月三日から京極屋の二階に泊まり込んでいる。洛中《らくちゅう》でも指折りの遊女屋だけに、勘定が気になって仕方がないらしい。

「退屈の相手にも飽きたか」

「正月だというのに、巷《ちまた》には食べるものもない者たちが大勢います。このような見境のないぜいたくは、おそれ多いと申しているのでございます」

「お前といると心が安まる」

範冬はぶっきら棒に言って盃を干した。

お春は今でも夜発《やほち》(夜鷹《よたか》)をしているようだが、範冬が多めの銭を与えるようになって見違えるほど様子が良くなった。

元は郷士の妻だったが、夫が土倉に多額の借銭をして家も土地も奪われたのだという。

「何かお心にかかることがあるのでございますね」

「別にない」

「わたくしには分ります」

「ないと申しておる。退屈なばかりじゃ」

範冬は強弁したが、上杉憲実のことが気にかかっていた。

鎌倉公方家と将軍家の戦は、憲実の働きによって持氏の挙兵からわずか二ヵ月でかたがついた。

憲実の根回しによって、東国武士の大半が将軍家を支持したからだ。

武蔵国の分倍河原《ぶばいがわら》の戦に大敗した持氏は、逃れようとした所を生け捕りにされ、鎌倉の永安寺《えいあんじ》に監禁されている。

憲実は自らの恩賞と引き換えに持氏の助命を幕府に願ったが、将軍義教は頑としてこれを許さなかった。

思いあぐねた憲実は姿を変えて単身上洛《じょうらく》し、あらゆる伝《つて》を頼って将軍に面会を求めた。

範冬も何度か進言したが、義教は絶対に会わぬという。憲実は持氏を救う手立ても見出《みいだ》せないまま、三日前にむなしく鎌倉へ引き返したのである。

半刻《はんとき》ほどして軽く酔いがまわった頃、京極屋の女将《おかみ》が来客を告げた。

「今川家の者か？」

「いいえ、御所のお方らしゅうございます」

「名前は」

「おたずねしても名乗られません」

「まあよい。通せ」

女将が去ってしばらくして、赤松貞村があたりをはばかるようにして入ってきた。

「これは珍客のお出ましじゃ」

範冬はあぐらをかいたまま貞村を見上げた。

「おくつろぎのところ、不粋とは存じましたが」

貞村はきちんと正座すると、お春にさげすむような目を向けた。

「ちょうど退屈していたところでござる。お春、酌をいたせ」

「いや、本日はちと内密の話があって参上しましたゆえ、御酒は」

「ほう、正月早々に内密の話でござるか」

「おそれながら、お人払いを」

「ご懸念には及びませぬ。この女子《おなご》は口が不自由で、何を聞こうとも人に話したりはいたさぬのでな」

範冬はむっとして出まかせを言った。

「人に聞かれぬほうが、貴殿のためとも存じますが」

貞村が脅迫めいた口をきいた。

小姓の頃は義教の寵愛《ちょうあい》を受けていた男である。顔立ちがやさしげなだけに、いっそう小面《こづら》憎い感じがする。

「それがしのことなど気になさらず、さっさと申されるがよい」

「明日の行賞のことでござる。万一貴殿に御書院詰めを命じられるようなことがあれば、ご辞退いただけまいか」

明日は正月七日の御用始めである。

室町御所の主殿に有力守護大名と近習《きんじゅ》が集まり、七種粥《ななくさがゆ》を食べながらの論功行賞が行なわれる。

近習の中でももっとも働きのあった者は御書院詰めを命じられることになっていたが、今年は貞村か範冬が有力だと見られていた。

「そのような話なら、明日にしていただこう」

「御所では出来ぬ話ゆえ、かような所に出向いてきたのでござる」

「わしは御書院詰めなど望んではおらぬ。安心なされるがよい」

「きっとご辞退なさるのでござるな」

貞村がしつこく念を押した。

「くどい。辞退しようがしまいが、お手前にとやかく言われる筋合いではあるまい」

「ところが、そうは参らぬのでござる。確かに貴殿は黒色尉の面を持ち帰るという手柄を立てられた。ところが、遠州において大きな過ちを犯されておる。それを隠したまま恩賞を受けられては、御所さまをあざむくことになるのではござらぬか」

「何のことかな」

範冬は盃を飲み干し、折敷《おしき》の上に叩《たた》きつけた。

「蜥蜴のことでござるよ。貴殿は矢奈比売天神社で、理由もなく蜥蜴を斬られた。このことが公方さまのお耳に入れば、行賞どころではござるまい」

「御書院詰めを辞退しなければ、そのことを将軍に密告すると申されるか」

「密告ではござらん。知り得たことをお伝えするのは、我らの務めでござる」

「話はうけたまわった。早々にお引き取りいただこう」

「ご辞退なされると受け取ってよろしゅうござるな」

「あいにくそれがしは貴殿のように気が回らぬのでな。明日のことは明日にならねば分り申さぬ。のう、お春」

「困ったご気性でございます」

お春がいたずらっぽく笑って応じた。

「気をつけられよ。それがしは貴殿のためを思ってご忠告申し上げておる」

貞村はそう吐き捨てて席を立った。

翌日、範冬は京極屋から御所に出仕した。

遠侍で大紋に着替え、将軍の住まいである北の館《やかた》に行った。

主殿にはすでに十人ばかりが集まっていたが、義教の姿はなかった。

「朝比奈どの」

席につくと、貞村が目ざとくすり寄ってきた。

「昨日のこと、よろしゅうござろうな」

「承知じゃ。ご安心なされるがよい」

「それが賢明というものでござる。何しろ、こちらは空蝉という生き証人がおりますゆえな」

貞村が小声で駄目を押して席にもどった。

やがて太刀持ちの小姓をともなって、義教が御座の間に現われた。

下の間に並んだ近習や守護大名たちは、平伏したまま義教が席につくのを待った。

「皆の者、面を上げよ」

義教が声をかけた。

やせた肩をいからせ、威厳を保とうとするようにそり返っている。こめかみには青い筋が浮いていた。

「公方さまには、ご機嫌うるわしく、まことに重畳に存じまする。新たなる年を迎え、一言ご挨拶《あいさつ》申し上げます」

管領《かんれい》の細川持之《もちゆき》が進み出て新年の挨拶をした。

義教の補佐役として幕府の政務を取りしきっているだけに、鎌倉公方家との戦にいたった経緯から今年の目標まで細々と申し述べた。

つづいて斯波《しば》、畠山《はたけやま》の三管家、山名《やまな》、一色《いっしき》、京極、赤松の四職家の当主が進み出て挨拶をした。

三管とは管領に、四職とは侍所所司に任じられる大名家のことで、この七大名によって幕府は支えられていた。

年賀の挨拶が終わると、義教が答礼の言葉をのべ、論功行賞を記した書状を渡すのが恒例だが、義教は答礼だけにとどまらず、大和の多武峰にこもった南朝方を討伐したことや、鎌倉公方家を滅ぼした理由を、やや甲高い声で長々と語った。

「そもそも鎌倉公方家は、将軍家の命を受けて東国の統治に当たるために、初代尊氏公が設けられたものじゃ。ところが時代がくだるにつれてその責務を忘れ、南朝の凶徒と結んで謀叛《むほん》を企てること数度におよんだ。今その禍根を絶たねば、将軍家の威信は地に落ち、幕府の存続さえも危うくなったであろう」

義教は言葉を切り、守護大名たちの一人一人をねめつけた。

大名たちは見返すことも顔をそむけることも出来ず、背筋を伸ばしたまま三尺ほど先に視線を落としている。

「その方たちとて同様じゃ」

義教は憎々しげに言葉をついだ。

「長年大名に任じられているうちに、領国を我領土のごとく思うて勝手な振舞いにおよんでおる。だが考えてみよ。守護職とは将軍家より恩賞として下し与えられるもので、世襲のものではない。功なき者は職を免ぜられてしかるべきであり、三管四職家とはいえ、一片の異をとなえることも許されぬ。のう、右京大夫《だゆう》、それが将軍と家臣の礼節というものであろう」

「左様に存じまするが、大名家の長年の忠孝もご配慮なさるべきと存じます」

持之がやんわりと釘《くぎ》を刺した。

四十歳になる。

幕府の政務を預かる切れ者だが、義教とははっきりと一線を画していた。

「いや、そうではない」

義教はいきり立っていっそう声を高くした。

「恩賞とは一代限りのものじゃ。親に功があったからとて、子に同様の恩賞を与えては、新たに功ある者に与える所領がないではないか。それでは公平を欠き、幕府のために命を捨てて働こうという者はなくなるであろう。以後は前例にとらわれず、余の裁量によって一切の賞罰を行なう。万一逆らう者あらば、謀叛と見なして鎌倉公方同様誅伐《ちゅうばつ》をくわえる。皆の者、異存はあるまいな」

同意の声を上げる者も、異をとなえる者もいない。

主殿の広間は、不気味な沈黙に包まれた。

「では、これより恩賞の沙汰《さた》をいたす」

義教がうながすと、近習の一人が恩賞を記した書状を細川持之の元に運んだ。

持之はうやうやしく受け取ると、慎重な手付きで書状を開いた。

「これは……」

持之の顔が驚きに強張《こわば》り、やがて青ざめていった。

「どうした。早々に披露いたすがよい」

義教が薄い口ひげを得意気にねじった。

「次の者に以下のごとく守護職を命ずる。細川右京大夫持之、摂津《せっつ》、丹波《たんば》、讃岐《さぬき》、土佐《とさ》。畠山左衛門督《さえもんのかみ》持国、河内《かわち》、紀伊、越中《えっちゅう》」

持之が書状を読み進むにつれて、守護大名たちの表情が何とも言いようのない沈鬱《ちんうつ》なものに変わっていった。

大名たちが代々自家の領国としている国を、御用始めの恩賞として読み上げるということは、守護職は将軍が与えるという原則に立ちもどろうとするものだ。今年は現状を追認するだけだが、来年はどうなるか分らない。そんな意味も込められている。

大和の南朝方や鎌倉公方家を滅ぼして自信を強めた義教が、いよいよ守護大名家の掌握に乗り出したことの現われだった。

「次に、御側衆《おそばしゅう》だが」

持之が恩賞の書状を読み終えると、義教が満足気に後をついだ。

「御書院詰めを、朝比奈飛驒守《ひだのかみ》範冬に命ずる」

範冬は思わず義教を見やった。

御書院詰めはともかく、飛驒守に任じられるなどとは思ってもいなかったのだ。もちろん飛驒一国を与えられるわけではない。

だが飛騨守となれば従《じゅ》六位であり、官位の上では諸大名と肩を並べるのだ。

（わしが飛騨守か）

範冬の胸に喜びがじわりとこみ上げてくる。

出世に欲はなかったが、こうして高い官位を与えられると、急に見晴らしのいい高みに連れ出されたような心地良さがあった。

「飛騨守、承知であろうな」

範冬はうなじのあたりに殺気を感じた。

ふり返ると、二人へだてた所に座った赤松貞村が、目を吊《つ》り上げてにらんでいる。

憎悪をむき出しにして、辞退しろと迫っている。

そのあまりの臆面《おくめん》のなさに、範冬はむっとした。

貴様ごときの脅しに屈するわしだと思うか。そんな反発が頭をもたげてくる。

「ありがたく、拝命いたしまする」

範冬は広間中に聞こえるほどの声で応じた。

恩賞の沙汰が終わると、簡単な酒宴があり、最後に七種粥《ななくさがゆ》を食べてお開きとなる。

義教は仕度が調うまで、席を立って奥御殿に下がった。

貞村は袴《はかま》の裾《すそ》を払うと、急ぎ足に義教の後を追った。

「飛騨守どの、公方さまがお呼びじゃ」

奥御殿からもどった貞村が、体を寄せてささやいた。

忠告に従わぬからこんなことになるのだ。そう言いたげな顔をしている。

「人の弱みをあさって出世の糧にするとは、大儀なことでござるな」

範冬は貞村のきゃしゃな肩をひとつ叩《たた》いて、奥御殿の書院に向かった。

書院は義教の居室で、御書院詰めを命じられた者は昼夜を問わず近侍する。

将軍の言葉を大名たちに取り次ぐ役だけに、管領に匹敵するほどの実権があった。

書院に入ると、義教がじろりとにらんだ。腹の底を見透かそうとするような鋭い目つきである。

「その方、遠州において蜥蜴を斬ったというがまことか」

義教がいきなり詰問《きつもん》した。

「まことでございます」

「何ゆえ勝手に成敗いたした」

「それがしの命に背いたからでございます」

「ならば何ゆえ今日まで隠していた。やましきところがあったからではないのか」

「隠してなどおりませぬ。黒色尉《こくしきじょう》の面をお渡しした時、復命いたしております」

「あの時は戦死したと申したぞ」

義教の声が一段低くなり、目に赤い筋が走った。機嫌が急変する前ぶれだった。

「戦場においては、身方の成敗を受けた者も戦死とするのが武士の作法にございます」

「なるほど、さようか」

義教が軽く左手を振ると、小姓が白磁の碗《わん》に入れた茶を、朱塗りの折敷《おしき》に乗せて運んできた。

透き通るような白い磁器と、濃い抹茶《まっちゃ》の色が鮮やかだった。

「この茶には石清水八幡宮《いわしみずはちまんぐう》秘伝の薬草が入っておる。飲む者の心正しければ良薬となり、悪《あ》しければたちまち毒薬と化す。余の目の前で証《あかし》を立てよ」

範冬はじっと茶碗を見つめた。碗からかすかに湯気が立ち、抹茶と薬草の匂いがする。

「冷めるぞ。早く飲め」

義教が急《せ》き立てた。

範冬はひと息に飲み干した。

生温かい抹茶が、舌がしびれるような苦みの尾を引きながら腹の中に下っていった。

何が起こるかと脇差しを握りしめて待ち構えたが、五つほど呼吸をしても腹は健やかなままだった。

「どうやら、神意にかなったようじゃな」

義教がこらえきれなくなったように笑い出した。

初めから毒など入っていなかったのだ。

「さて、過ちなしとの神判が下ったからには、貞村の進言を入れる必要はなくなったわけじゃ。これから御書院詰めに任じたわけを申し渡す」

義教は急に真顔になると、二人の小姓に退出を命じた。

「そちを抜擢《ばってき》したのは、黒色尉の面を手に入れた恩賞としてではない。また、御書院詰めとなっても、他の者のように近侍する必要もない」

義教は文机《ふづくえ》から二枚の面を取り出した。

範冬は思わず目をそらした。ひとつの面は、鶴岡八幡宮での元服式に用いられた白色尉の面にそっくりだった。

「これは偽物じゃ。怖れずともよい」

二枚の面を両手に持って小さく打ち合わせた。

「後醍醐帝が残された謎を解くには、黒色尉の面だけでは用をなさぬ。白色尉と父尉の面を合わせることで、初めて明らかになるのだ」

「承知いたしておりました」

「ほう。何ゆえじゃ」

「鎌倉公方どのの持っておられた面には、怖るべき力が秘められておりました。面にまつわるいわれも、黒色尉の面とそっくり同じでございましたゆえ」

二つの面とも式三番《しきさんばん》に用いる面である。ならばもう一枚の父尉の面がどこかにあるはずだ。

鎌倉で上杉憲実と語り合った時からそう察していた。

「ならばくだくだと話すこともあるまい。鎌倉陥落の折に春王丸、安王丸とともに行方知れずになった白色尉の面は、持氏らの助命の成否をかけて憲実が探索をつづけておる。そちには父尉の面の探索に当たってもらいたい」

「では、憲実どのの嘆願をお聞き届けになられたのでございますか」

「自ら上洛《じょうらく》しての願いじゃ。そちの口添えまであるからには、無視するわけにはいくまい」

「かたじけのうございます」

範冬はふっと気持が軽くなるのを感じた。

「ただし、憲実が白色尉の面を手に入れられなかった時には、持氏と義久の命はない。その期限をいつまでとするかは、余の裁量ひとつじゃ。そちとて油断はならぬぞ。蜥蜴を斬ったという訴えがあった以上、湯起請《ゆぎしょう》にかけることも出来る。今それをしないのは、そちの力が惜しいからじゃ。このこと肝に銘じておくがよい」

「ははっ。して、父尉の面の手がかりはあるのでございましょうか」

「義昭が持っておる」

義教が即座に答えた。

義昭とは義教の弟大覚寺義昭のことである。

「父尉の面は大内義弘が持っておったが、応永の乱の後に伊勢の北畠満雅の手に渡った。満雅が十一年前に敗死したのちに幕府の手に入り、御所に厳重に保管しておった。ところが義昭が一昨年の八月に大覚寺を出奔する折に、配下の者を使って盗み出したのじゃ」

義昭はその足で大和の天川に逃れ、南朝方として挙兵したが、多武峰での戦に敗れて行方知れずになっていた。

義教が昨年の三月に範冬に面の探索を命じたのも、このままでは三つの面が南朝方の手に落ちるおそれがあったからだという。

「今頃は南朝の凶徒とともに、吉野の山奥か十津川あたりにひそんでいよう。そちにはたった今より余と同等の権限を与えるゆえ、何としてでも義昭の行方をつきとめ、父尉の面を奪い返すのじゃ。人も銭も遠慮なく使え。必要とあらば守護大名の兵を動かすがよい」

「面に記されているのは、銀二千貫のありかと申されましたが」

「あれは方便じゃ」

義教はあっさりと嘘を認めた。機嫌がいいせいか、今日はいつになく率直だった。

「だが、詮索《せんさく》はするな。それが何かを知っただけで、そちの首をはねなければならなくなる」

「首を惜しんでいては、戦場働きはかないませぬ」

「なにっ」

「面に何が隠されているかも知らずに、行方をさがすことが出来ましょうや。探索に失敗すれば死をたまわる身でございますれば、曲げてお教え願いとう存じます」

腹に力を込めて義教を見据えた。

義教も心の底を見透かそうとする冷え冷えとした目を向けている。

「なるほど、覚悟は定まっているようだな」

長いにらみ合いの後で、ぽつりと言った。

「決して他言はせぬと誓うか」

「すでに誓紙をしたためております」

「ならば明かそう。三つの面そのものには何も隠されてはおらぬ。三つの面がそろうことで、より大きな力を発揮するのだ」

「それは、いかような」

「分らぬ。だが、後小松上皇が語られたところによれば、三種の神器には神代より伝えられた不思議の力が宿っているという。歴代の帝《みかど》は践祚《せんそ》の儀を行なわれる時、その力を身に受けることによって真の帝になられるらしい」

ところが明徳三年（一三九二）に南朝から北朝に渡された三種の神器からは、すでに不思議の力が失われていたという。

「上皇はそのことを南朝の後亀山《ごかめやま》天皇に告げて理由を問いただされたが、後亀山天皇は神器に不思議の力が宿っていたことさえ、ご存知なかったそうだ」

この事実を告げられた三代将軍足利義満は、三種の神器が偽物とすり替えられたのではないかと考えた。

かつて後醍醐天皇は偽物の神器を渡して尊氏をあざむいたことがある。

しかも後亀山天皇もご存じないとすれば、すり替えられたのは弘和《こうわ》三年（一三八三）に践祚された時期より早いということになる。

そう推測した義満は、後醍醐、後村上、長慶と、南朝三代の天皇に仕えていた者を、殿上人から下男下女にいたるまで取り調べたが、ついにすり替えたという事実を突き止めることは出来なかった。

「そのはずじゃ。三種の神器は本物だったのだからな」

火鉢の炭火がもえつき、書院はしんしんと冷え込んでいたが、話に熱中した義教は炭を運ばせようともしなかった。

「どういうことでしょうか」

「後醍醐帝は本物の神器から不思議の力だけを抜き取り、式三番の三つの面に移されたのだ。そして幕府を倒せという呪力《じゆりょく》を込めて、ある場所に隠された。長慶天皇までは三つの面を用いて践祚し、不思議の力を得ておられた。それゆえ幕府との和議にも決して応じようとなされなかったのだ」

範冬は胴震いした。

冷え込みが急に厳しくなっている。

明り障子の向こうに、大粒の雪が舞うのが見える。

「では、何ゆえ三つの面が了俊どのや鎌倉公方どの、大内義弘どのの手に渡ったのでございましょう」

「何者かが事のいきさつを記した文とともに、三人のもとに送ったのだ。三人は面に呪力が込められているとも知らずに目を合わせたために、呪力の虜《とりこ》になって応永の乱を引き起こすことになった。言わば三人とも後醍醐帝の怨念《おんねん》にあやつられたようなものじゃ」

「御所さま、酒宴の仕度が調うてございまする」

ふすまを隔てて小姓が声をかけた。

「待たせておけ」

義教が甲高い声で怒鳴った。

「昨年の大乱も、鎌倉公方と義昭が二つの面にあやつられて起こしたものじゃ。三つの面を余の手元に集めぬかぎり、いつまた誰が大乱を起こさぬとも限らぬ。それにも増して重大なことは、後醍醐帝が抜き取られた不思議の力を、三つの面から三種の神器に移さねば、北朝の帝は真の帝とはなれぬということだ。北朝から任じられた征夷《せいい》大将軍職も、正当のものではないということになる。どうじゃ。これで何ゆえ探索を急いでおるか分ったであろう」

「ははっ」

「ならばさっそく仕事にかかるがよい」

「明日にも手配いたしまする」

「ところで、そちはさきほど脇差しに手をかけたが、あれは何のためじゃ」

「はて、いつそのような」

「茶を飲んだときよ。毒と分ったなら、余と差し違えるつもりであったのであろう」

観察は鋭かった。

「万一毒に当たったときは、腹を切る所存にございました。武士たる者、毒などで命を落としては、末代までの恥辱でございますゆえ」

範冬はそう言い抜けた。

「さようか。その覚悟で、面の探索に当たることじゃ」

義教は片ほほに笑みを浮かべて席を立った。

離見の見

吹き寄せてくるそよ風が、山桜の甘い匂《にお》いを運んでくる。

坪先に舞い下りた雀が、餌《えさ》をついばみながら、やかましく鳴き交わしている。

北畠宗十郎は木刀に二度三度と素振りをくれると、上段に大きく構えた。

「さあ、遠慮なく打ち込んでくれ」

剣尖《けんさき》から爪先《つまさき》まですらりと伸びた美しい姿勢だが、目には白い布が巻かれている。

「でも」

真矢は木刀を正眼に構えたままためらった。

「目は見えなくとも、気配で分る。とにかく打ち込んでみろ」

宗十郎は苛立《いらだ》っている。

矢奈比売天神社で蜥蜴の毒矢に倒れ、あやうく一命はとりとめたものの、体内に入った毒のために視力を奪われていた。

「では」

真矢は弱く胴を打った。

宗十郎は動こうともしない。上段に構えて突っ立ったままだ。

「もう一度」

言われるままに、肘《ひじ》を打った。なでるような打ち込みだが、宗十郎の木刀はぴくりとも動かない。

「どうした。なぜもっと強く打たぬ」

「初めからは、無理だ」

「無理かどうかは私が決める。強く打たねば気配がつかめないのだ」

目が見えていた時には、背後から打ち込まれても気配で分った。目が見えなくとも、気配だけは読み取ることが出来る。

宗十郎はかたくなにそう思い込んでいる。

「でも、怪我が治ったばかりなのに」

「いいから打ち込め」

宗十郎は苛立って木刀をふり下ろした。

恐るべき速さである。だが、真矢の木刀を叩《たた》くはずの一撃はむなしく空を切った。

真矢は正眼の構えのまま、右へ右へと回り込んだ。わざとすり足にして気配を伝えようとする。

宗十郎は八双に構えを移し、真矢の動きについてくる。

「えい」

声をあげて打ちかかった真矢の木刀を、宗十郎は打ち落とそうとした。

だが木刀はそれより早く小手をしたたかに打っている。

あっけなく木刀を取り落とした宗十郎は、小手を押さえて立ちつくした。

範冬《のりふゆ》に斬られた傷跡に、激痛が走った。

「まだ続けるのか」

真矢が拾った木刀を背中に隠してたずねた。

宗十郎は無言のまま危なげな足取りで望月遠江守光政の館《やかた》にもどった。

矢奈比売天神社で瀕死《ひんし》の重傷をおった宗十郎を、俵峰まで運んだのは狩野右馬助だった。

吹き矢の毒を吸い出し、範冬から受けた十数カ所の傷の手当てをし、荷車に乗せて光政の館まで連れ帰ったのである。

意識がもどったのは十日後で、床を離れるまでに三カ月かかった。

刀傷は一月ほどで治ったが、毒のために体が麻痺《まひ》して自由がきかなかった。

糸の切れたあやつり人形のように、横になったまま寝返りさえうてない有様だった。

その間献身的に看病してくれたのは真矢である。

今川勢の攻撃から辛くも逃れた真矢は、宗十郎が重傷をおったことを知ると、俵峰まで同行して付ききりで面倒を見た。

四囲の山々を駆け回り、毒に効く薬草を捜しては、さまざまに調合して宗十郎に与えた。

霊水や薬湯があると聞けば、数十里の距離もいとわずに持ち帰った。

名医がいると知れば、どんな手を使ってでも俵峰まで連れて来た。

その甲斐《かい》あって半年後には歩けるようになり、今では体は元のように回復していたが、目だけはどうしても治らなかった。

一月前に真矢が連れて来た医者は、目そのものには何の異常もないので、目に気を送ることさえ出来れば見えるようになると言ったが、その方法となると皆目分らないのだった。

数日後、狩野右馬助が鎌倉周辺の探索からもどった。

五右衛門も一緒である。三歳になって体もひと回り大きくなり、顔付きも野獣の鋭さをおびていた。

「目の調子はどうでござる。少しは良くなったかな」

右馬助が離れの縁側に腰を下ろした。

「相変らずです。今もこうして遠江守どののお手をわずらわせていたところです」

光政は背筋を伸ばして書見台に向かっている。

失意の宗十郎をなぐさめるために、二カ月ほど前から書物の朗読をしていた。

「それがしならいっこうに構いませぬ。かえって日々の暮らしに張り合いが出来たほどでしてな」

光政が努めて明るく応じた。

五右衛門も宗十郎の容体が気になるらしく、後足立ちになってしきりに縁側に登ろうとする。

その頭を右馬助がぽかりと叩いた。

「鎌倉の様子はどうです。何か分りましたか」

宗十郎は皆の思いやりが重荷になって話を変えた。

「幕府の軍勢が攻め込む直前に、数人の家臣とともに鎌倉から脱出されたことは分りましたが、その後の消息がつかめませぬ」

右馬助は鎌倉陥落以来行方不明となっている春王丸と安王丸の所在をつきとめるために、鎌倉周辺の様子をさぐりに行っていたのである。

「鎌倉方も血眼になって追っているようで、方々に関所を設けておりましてな。なかなか思うように動けぬ。ただ、鎌倉の東の朝比奈《あさひな》の切通しのあたりでそれらしい一行を見かけたという者がいましたので、下総《しもうさ》か常陸《ひたち》あたりに落ちられたのではないかと思います」

「幼い足で、おいたわしいことじゃ」

光政がぽつりと言った。

「お気の毒なのは、持氏どのと義久どのでござる。お二方とも上杉憲実の軍勢に取り巻かれ、詰め腹を切らされたそうな」

「いつのことです」

宗十郎が見えない目を右馬助に向けた。

「持氏どのが二月の十日に鎌倉の永安寺で、義久どのは同じ月の二十八日に相模《さがみ》の報国寺《ほうこくじ》で自決なされた。義久どのは十四歳ながら、作法通り見事な最期をとげられたとのことじゃが、持氏どのは哀れなものであったらしい」

鎌倉の永安寺に幽閉されていた持氏は、出家して乱の責任を取るので、義久に鎌倉公方家を継がせてほしいと幕府に願い出ていた。

だが、将軍義教は頑としてこれを許さず、二人に切腹を命じた。

上杉憲実がその命令を伝えても、持氏は一向に従おうとはしない。

憲実はやむなく千余の兵で永安寺を囲み、持氏に決断を迫った。

「それでも持氏どのは腹を召そうとはなさらなかったそうじゃ。かといって討ち果たしては幕府の命に背くことになり、持氏どのの御名にも傷がつく。そこで屈強の兵十人ばかりを寺に入れ、持氏どのを押さえつけ、後ろから腹を切り割って切腹のごとく見せかけたという有様でな。鎌倉市中の者は、持氏のねばり腹とあざけっておる」

持氏と餅《もち》を引っ掛けた戯《ざ》れ言である。

持氏は若い頃には馬一頭をかつぎ上げたほどの力の持ち主だっただけに、よほど凄《すさ》まじく抵抗したにちがいなかった。

その夜、宗十郎は寝付くことが出来なかった。

（あの時、憲実を討ち果たしていれば）

あるいは黒色尉《こくしきじょう》の面さえ手に入れていれば、こんなことにはならなかった。

そう思うと、戦に敗れたことも持氏父子を死なせたことも、自分一人の責任のような気がしてきた。

しかも両目が閉ざされた今となっては、南朝再興のために戦うことも、ようやく手がかりがつかめたという母に会うことも出来ないのだ。

宗十郎は何かに急《せ》き立てられたように立ち上がり、木刀をつかんで表に出た。

離れの回り縁から中庭に下り、木戸をくぐろうとした時、向かいの部屋から真矢が飛び出してきた。

　真矢は宗十郎がたてるわずかな物音でも目を覚ます。乳呑み児《ちのご》を抱えた母親のように、眠ったときでさえ神経を張りつめている。

「どうした。何か手伝うことはないか」

　廁《かわや》に立ったと思ったのか、近付いて手を取ろうとした。むせかえるような女の匂いがする。

「どけ」

　真矢の手を邪険に払いのけた。

「こんな夜ふけに何をする気だ」

「何でもない。私に構うな」

　宗十郎は坪の片隅の柿の木の下に立った。

　横に張った枝から麻縄が吊《つ》るされ、目の高さほどの所に長さ一尺ばかりの丸太が結びつけてある。

　丸太の位置を確かめると、上段から思いきり叩《たた》いた。

　直径五寸ほどの丸太は勢いよくはね上がり、弧を描いて戻ってくる。

　そこをもう一度叩く。動くものの気配を読み取るためにした工夫である。

　宗十郎は勢いよくもどってきた丸太に、上段から打ち込もうとした。

だが、横に大きくそれた丸太は、木刀をかいくぐって宗十郎のあごを直撃した。

目の裏で火花が散り、がくりと膝《ひざ》をつく。

昼間は丸太が黒い影となってかすかに見えたが、春先のおぼろ月の明りではそれも望めない。

それでも宗十郎は諦《あきら》めない。

丸太を真下の位置にもどすと、上段から強く叩く。

丸太は再び横にそれ、回り込むようにして後頭部をしたたかに打った。

「大丈夫か、怪我はないか」

木戸口から見ていた真矢が、たまらず飛び出してきた。

「来るな」

宗十郎は厳しく拒んだ。

再び剣を取って戦えないのなら、もう生きている意味もない。ひたすらそう思い詰め、意地になって丸太を叩きつづける。

傷だらけになりながらふるった何十度目かの一撃が、麻縄を斜に叩いた。

反動で丸太がくるくると木刀に巻きつき、宗十郎の手から軽々と奪い去る。

少し遅れて遠くでことりと木刀の落ちる音がする。

宗十郎は四つんばいになって木刀を捜しはじめた。

両手で冷たい地面をさぐっていくうちに、悔しさに嗚咽《おえつ》がこみ上げてくる。

それでも木刀をさがそうとはいずり回った。

ガサッ
背後で物音がした。

夜の徘徊《はいかい》からもどった五右衛門が、体中に草や木の葉のくずを付けて歩み寄る。

頭をふりながら遠慮がちに近付くと、宗十郎にぴたりと寄りそい、体を押し付けてきた。

(気を落とすなよ)

そう語りかけているのが気配でわかる。

だが、宗十郎はかたくなに拒むと、地面をさぐりながらはいずり回る。

五右衛門はひと声低くうなって宗十郎の鼻先を横切った。もどってきたときには、木刀をくわえている。

「五右衛門……」

宗十郎の胸に熱いものがせり上がった。

耐えに耐え抑えに抑えていた思いが、堰《せき》を切ってあふれ出した。

「ありがとう、ありがとう」

五右衛門の大きな頭を抱き締め、声をおし殺して泣いた。

五右衛門は宗十郎の目を布の上からぺろりとなめた。

温かいざらざらした舌で何度もなめながら、いつまでも立ち去ろうとはしなかった。


三月も終わりに近付いた雨の日のことである。

「仕舞いでもやっておられたのですか」

日課となった朗読の前に、光政がそうたずねた。

「いいえ。どうしてですか」

「昨日、真矢どのと立ち合っておられた時、目を前に置き、心を後ろに置くと言っておられたのを、小耳にはさんだものですから」

「見切りの極意をそう教わったのです」

宗十郎は高雄山で道円に教えられたことを語った。

真矢の木刀をかなり見切れるようになったせいか、気持も前向きになっている。

「そうですか。あるいは何かの参考になるかもしれません」

光政が読みはじめたのは、世阿弥元清《もときよ》の記した『花鏡《かきよう》』の一節である。

「また舞いに、目前心後ということあり。『目を前に見て、心を後ろに置け』となり。これは以前申しつる舞智《むち》風体の用心なり。見所より見るところの風姿は、わが離見なり。しかればわが眼の見るところは、我見なり。離見の見にはあらず。離見の見にて見るところは、すなわち見所同心の見なり。その時は、わが姿を見得するなり」

宗十郎は頭を殴られたような衝撃を受けた。

これは道円が教えようとした見切りの真髄にほかならない。

離見とは観客の見る目であり、離見の見とは観客の目になって自分を見ることだ。

そうすると見所同心の見、つまり観客の目で自分の姿を見ることになり、本来の自分の姿をとらえることが出来る。

普通の役者は前と左右しか見ることは出来ないが、離見の見を体得した役者は自分の後ろ姿を見ることが出来ると、世阿弥は言う。

「後ろ姿を覚えねば、姿の俗なる（野卑な）ところをわきまえず。さるほどに離見の見にて見所同見となりて、不及目の身所（目の届かない所）まで見智して、五体相応の幽姿をなすべし。これすなわち、『心を後ろに置く』にてあらずや」

これは見切りについても、そっくり言えることだ。

我目で見た相手の動きと、相手の目で計った自分の動きを重ね合わせ、二人を頭上から観察しているような目を同時に持つこと。

それが離見の見であり、見切りの極意である。

朝比奈範冬との戦いで無意識とはいえその体験をしていたために、宗十郎は乾いた砂が水を吸うように世阿弥の教えを理解した。

頭ではなく体が教えに反応したのである。

以来、宗十郎は目に頼らぬ見切り、離見の見の境地をめざして、いっそう熱心に剣の修行に打ち込むようになった。

四月になり山々が新緑におおわれる頃になると、宗十郎の気持も安定し、目に頼らない見切りも少しずつ身についていったが、今度は五右衛門の様子がおかしくなった。

夜ごとに山中をうろつき回り、明け方になって泥だらけになって戻ってくる。

体の匂いも一段ときつくなり、時おり妙に切迫した声で鳴く。木に体をこすりつけたり、爪を立てて皮をはがし取ったりする。

自分の力を持て余しているらしく、時々足をかんだり、さお立ちになって木を殴り付けたりしている。

右馬助が叱りつけても以前ほど素直には従わない。

光政の屋敷に飼われている三頭の馬が、五右衛門の気配を感じただけで震え上がるので、近寄らないように叱りつけるが、五右衛門はわざと廏《うまや》の前に座りこんで唸《うな》り声をあげたりする。

馬が奥の壁に張りつくようにして震えると、

（思い知ったか）

とでも言いたげな顔を向けて悠然と立ち去り、にわとり小屋にちょっかいを出しに行く。

たちまちにわとり小屋は大騒ぎになる。

十数羽のにわとりが、この世の終わりが来たとでもいうようなけたたましい鳴き声をあげ、羽ばたきながら走り回る。

五右衛門はけっして手を出そうとはしないが、時おり欲しくてたまらないような目をする。

「そろそろ山に返したほうがよさそうでござるな」

光政はそう勧めた。

「木に体をこすりつけたり、爪を立てたりするのは、自分の匂いをつけて縄張りを作っているのですよ。一人前の熊になった証拠です」

「そうでしょうが、しかし」

右馬助は気がすすまないらしい。五右衛門との別れが辛《つら》いのだ。

「里の者たちも怖がっておりましてな。実のところ、何とかしてくれという苦情が持ち込まれているのです」

山で五右衛門と出逢《であ》って卒倒したという者や、子供を外に出せないと言って来る母親が後をたたないらしい。

里の長《おさ》である光政としては、それを無視できないのだ。

「それにもうじき交尾の時期です。五右衛門もどうやらもよおしているようだが、ここに置いていては花嫁を見つけることも出来ますまい」

光政はおだやかに決断を迫った。

「分りました。日を選んで山に連れて行くことにします」

右馬助はそう答えたが、折悪《おりあ》しく翌日から雨になった。

この雨が上がってからと、一日二日と延ばしていたが、はたして三日目の朝に異変が起こった。

明け方、五右衛門が口のまわりを血だらけにしてもどってきたのだ。両足の爪にもべっとり血がついている。

屋敷では大騒ぎになった。

「五右衛門、これは何事だ」

右馬助は真っ青になって怒鳴りつけた。

五右衛門は恐れる様子もなく、お前の知ったことかと言わんばかりにぺたりと座り込んだ。

「貴様」

右馬助はかっとして殴ろうとした。

「お待ちなさい。何を食べたのか調べるのが先でしょう」

光政が引き止めた。

「申しわけござらぬ。万一のことがあれば、それがしの責任でござる」

そう言うなり雨の中に飛び出していった。

四《し》半刻《はんとき》ほどしてもどった右馬助は、両肩に子牛ほどもある猪をかついでいた。鋭い牙《きば》がある雄の猪で、全身が褐色の剛毛におおわれている。

「敵はこいつでござった」

庭先にどさりと置いた。

左の耳のあたりが爪でごっそりとえぐり取られている。

どうやら猪は五右衛門の縄張りに入って戦いを挑み、右の張り手一発で殴り殺されたようだ。

腹のあたりに申しわけ程度にかじった跡がある。

五右衛門は獲物を食べようとしたようだが、口に合わなかったらしい。

「これは大手柄でござる。こやつはこのあたり一帯の猪の大将でしてな。芋や粟《あわ》を荒らされて迷惑しておったところじゃ。さっそく料《りょう》って、皆の衆に振るまいましょう」

光政が腰をかがめてのぞき込んだ。

猪の左の耳から鼻にかけて皮と肉が引き剝《は》がされ、頭蓋骨《ずがいこつ》が砕けている。

これが人だったらと思うと、見ている者の背筋に冷たいものが走った。

雨は巳《み》の刻（午前十時）には上がった。

空はからりと晴れ、空気は澄みわたっている。雨に洗われた新緑の山々は、その色あいをいっそう鮮やかにしていた。

右馬助は野いちごを腰の袋に入れると、五右衛門に声をかけた。

「そろそろ行くぞ」

野いちごを差し出すと、五右衛門は喜び勇んで立ち上がる。

「これからどちらへ」

宗十郎がたずねた。

「尾根伝いに八紘嶺に向かうつもりでござる。里の近くに放して、迷惑をかけてはいけませせぬのでな」

「私も連れて行ってくれませんか」

「拙者はそのまま信濃の身方を訪ねるつもりじゃが」

「構いません。目は見えなくとも、道は分ると思いますから」

近頃では真矢の太刀をかなり見切れるようになっている。尾根の道でもそれが通用するのか試したかった。

右馬助はためらった。いかに宗十郎とはいえ、一人で歩くのは危険すぎる。

「俺、いえ、私も行きます。連れていって下さい」

真矢が右馬助の前に膝《ひざ》をついて頼み込んだ。

くくり袴《ばかま》にはばきを巻き、山走りの仕度を終えている。腰には双刃《もろは》のうめがいを差していた。

「分った。ただし、何があっても拙者の言い付けに従ってもらうが、それでもいいか」

「はい」

「よろしい。ではとっておきの場所へ案内するとするか」

三人と一匹は、八紘嶺へとつづく尾根を北に向かった。

山の民や修験者が通る細い道があり、左右に切り立った崖《がけ》が迫っている。

宗十郎はその道を見事に歩いた。

まるで目が見えているように立木をかわし岩場を抜けていく。

幼い頃からの山走りの修行のせいか、周囲の様子が気配で分る。

初めはどうなることかと気を揉《も》んでいた右馬助や真矢も、四半刻ほどするうちにいつもの陽気さを取りもどしていた。

一番喜んだのは五右衛門である。

宗十郎の前になり後ろになりしてまとわりついていたが、心配することはないと分ると、右馬助の尻《しり》を鼻でつついて競走をいどんだ。

「馬鹿者、また転げ落ちるぞ」

右馬助はうるさげに手で払った。

それでも五右衛門はあきらめない。右馬助の前に出ると、誘いかけるように小走りに走り出し、半町ばかり行った所で立ち止まってふり返る。

「私なら大丈夫です。真矢もいますから、先に行って下さい」

「では、地蔵峠あたりで待っております」

右馬助は五右衛門を追って走り出した。

五右衛門の喜ぶまいことか。さお立ちになって追ってくるのを確かめると、右手で二、三度手招きをして、猛然と走り出した。

「五右衛門がいないと淋《さび》しくなるな」

真矢がぽつりと言ったが、表情は花が咲いたように明るい。真矢がいるからという宗十郎の一言が、よほど嬉《うれ》しかったらしい。

二里ほど歩き、地蔵峠の近くまで行くと、右馬助が岩に腰を下ろして崖をながめ下ろしていた。

「五右衛門の奴がね」

右馬助はあきれ返ったように崖の下を指差す。

数日来の雨で、道の右側の斜面が三町ばかりにわたって土砂くずれをおこしている。

走るのに夢中になった五右衛門は、地盤のゆるくなった所で足を踏みはずし、三町の高さを転げ落ちたのだ。

「もうじき上がって来るじゃろうから、待っておりましょう」

右馬助が言い終わらないうちに、五右衛門が荒い息をしながらもどってきた。

ぬかるんだ土の中を転がり落ちたために、赤土まみれになっている。

気持が悪いらしく何度も胴震いをしてふり落とそうとしながら、面目なさそうに右馬助を見上げる。

「まったく、お前という奴は」

右馬助は腰の布を取って目の回りをふいてやったが、毛にこびりついた赤土はなかなか落ちなかった。

刈安峠《かりやす》からつづく道を下り、安倍川に出て河原の道をさかのぼった。

三段の滝となった岩場を登り、谷にそって大きく蛇行する道をどこまでも歩くと、川の両側に衝立《ついたて》のように山が迫り、急に行き止まりとなった。

安倍川の水源にたどりついたのだ。

「あれでござる」

右馬助が川の尽きた所より少し上の方を指した。

岩の陰から湯気が立っている。

近付いてみると、五、六畳ほどの広さの湯だまりがあった。

水色に透き通り、底に敷きつめた小石が見える。

「湯がわいておるのじゃ。山の者たちが調法しておりましてな。傷を負うた者の湯治場にもなります」

現在の梅ヶ島温泉である。

甲斐との国境にあるこの温泉は、武田《たけだ》信玄《しんげん》の隠し湯だったことで有名だが、それ以前にも湯はこんこんと湧きつづけ、山の民や安倍峠を越えて駿河から甲斐に抜ける旅人に利用されていた。

「宗十郎どのの目にも効くのではないかと思うて案内したのじゃ。皆で五右衛門との別れのひと風呂《ふろ》としゃれ込もう……、こら、待て」

右馬助は嬉々《きき》として湯だまりに入ろうとする五右衛門の前に立ちはだかった。

「汚れたまま入る奴があるか。川で赤土を落としてからだ」

川に追いやると、水をかけてごしごしと五右衛門の体を洗い始めた。

「すぐ行きます。先に入っていて下さい」

「俺は、いい。ここで待っています」

真矢が岩場に腰を下ろした。

「駄目だ。言い付けには従う約束であろう」

宗十郎は目に当てた布を解き、小袖《こそで》と裁《た》っ着《つ》け袴《ばかま》を脱ぎ、下帯ひとつになって湯に入った。

腰までの深さがある。

少し熱いが、湯にとろりと粘り気があって肌を刺さない。

湯に溶け込んだ地中の養分が、体の芯《しん》にまで達していくような心地良さだ。

「どうした。早く入れ」

右馬助がためらう真矢を急《せ》きたてた。

「私は……、女だから」

「遠慮はいらぬ。人も獣も皆同じじゃ。入らぬというのなら、さっさと帰ってもらうぞ」

右馬助が妙な理屈をいっておどし付ける。

真矢はきっと目を吊《つ》り上げて岩の上に立つと、小袖からわらじまで思い切りよく脱ぎ捨て、一糸まとわぬ姿になった。

乳房が豊かに張り、ふくらみのある腰から足がすらりと伸びている。

下腹部には新緑の若葉のように初々しいものがはえそろっているが、真矢は隠そうともしない。

「お、おい」

うろたえたのは右馬助である。

まさか腰の物まで取るとは思っていない。

それ以上に真矢がこれほどまでに女として成熟していようとは予想もしていなかったのだ。

真矢は全裸のまま岩場を飛ぶと、宗十郎の前でぺこりと頭を下げてから湯に入った。

「いい湯加減だろう」

宗十郎は平然としている。

「そうだな」

真矢は肩まで湯につかって宗十郎と向き合った。

見えないとは分っていても、見開いた澄んだ目を向けられて、恥かしさに頬を染めている。

「どれ、わしらもお邪魔しようか」

右馬助が五右衛門を連れて入ると、湯が一気にあふれて谷川に流れ落ちた。

湯が水と混じり合い、煙のように湯気が上がる。

「ずいぶんと、ひどい……」

真矢が二人の肩や胸の傷跡に目をやった。宗十郎は色白なだけに、よけいに痛々しかった。

「生きていると、体にも心にも傷を負うものだ。それが生きるということだ」

右馬助が怒ったように言った。

右馬助は幕府と鎌倉方の戦が始まると同時に湯島城を奪い返し、千代秋丸派の国人衆と一揆《いっき》を結んで戦ったが、鎌倉が陥落したために城を放棄せざるを得なくなったのだ。

「五右衛門もよく戦ってくれたよ」

右馬助が五右衛門の肩を抱き寄せた。

頭上には紅葉の若葉が枝を伸ばし、あたりの山からうぐいすの声が聞こえてくる。

時おり、そよ風に吹かれて山桜の花が落ちてくる。

宗十郎はいつしか、はるかな天の高みから山あいの湯だまりを見下ろしているような錯覚にとらわれていた。

（下巻に続く）

本書は平成九年三月、新潮文庫より刊行された作品を分冊したものです。

彷徨《さまよ》える帝《みかど》（上）

安《あ》部《べ》龍《りゅう》太《た》郎《ろう》

角川文庫 13673

平成十七年二月二十五日　初版発行
平成二十五年八月十五日　三版発行

発行者─井上伸一郎
発行所─株式会社角川書店
東京都千代田区富士見二─十三─三
電話・編集（〇三）三二三八─八五五五
〒一〇二─八〇七八
発売元─株式会社KADOKAWA
東京都千代田区富士見二─十三─三
電話・営業（〇三）三二三八─八五二一
〒一〇二─八一七七
http://www.kadokawa.co.jp
印刷所─暁印刷　製本所─本間製本
装幀者─杉浦康平

あ 40-3　ISBN978-4-04-365903-6　C0193

角川文庫発刊に際して

角川源義

第二次世界大戦の敗北は、軍事力の敗北であった以上に、私たちの若い文化力の敗退であった。私たちの文化が戦争に対して如何に無力であり、単なるあだ花に過ぎなかったかを、私たちは身を以て体験し痛感した。西洋近代文化の摂取にとって、明治以後八十年の歳月は決して短かすぎたとは言えない。にもかかわらず、近代文化の伝統を確立し、自由な批判と柔軟な良識に富む文化層として自らを形成することに私たちは失敗して来た。そしてこれは、各層への文化の普及滲透を任務とする出版人の責任でもあった。

一九四五年以来、私たちは再び振出しに戻り、第一歩から踏み出すことを余儀なくされた。これは大きな不幸ではあるが、反面、これまでの混沌・未熟・歪曲の中にあった我が国の文化に秩序と確たる基礎を齎らすためには絶好の機会でもある。角川書店は、このような祖国の文化的危機にあたり、微力をも顧みず再建の礎石たるべき抱負と決意とをもって出発したが、ここに創立以来の念願を果すべく角川文庫を発刊する。これまで刊行されたあらゆる全集叢書文庫類の長所と短所とを検討し、古今東西の不朽の典籍を、良心的編集のもとに、廉価に、そして書架にふさわしい美本として、多くのひとびとに提供しようとする。しかし私たちは徒らに百科全書的な知識のジレッタントを作ることを目的とせず、あくまで祖国の文化に秩序と再建への道を示し、この文庫を角川書店の栄ある事業として、今後永久に継続発展せしめ、学芸と教養との殿堂として大成せんことを期したい。多くの読書子の愛情ある忠言と支持とによって、この希望と抱負とを完遂せしめられんことを願う。

一九四九年五月三日